A Faint Cold Fear Thrills Through My Veins
William Shakespeare

Zu diesem Buch

Fernsehen ist Krieg. Die festangestellten Redakteure des Südwestdeutschen Fernsehens bringt diese Erkenntnis keineswegs ins Schwitzen, schließlich gibt es ja einen Betriebsrat. Erstaunlich ist nur, daß jene Redakteure Intriganten, Versager und natürlich Drehbuchautoren anziehen wie der sprichwörtliche Kuhfladen die Schmeißfliegen. Der ungekrönte Herr der Fliegen, Heiko Fehrenbach, ist zwar kein SWDR-Bürokrat, aber ein ungemein produktiver Drehbuchautor. Seine Vorabendserien sind von atemberaubender Flachheit, und selbstredend vermehrt sich dieser Biedersinn wie von selbst. Kein Wunder also, daß Fehrenbach eine Legion namenloser Autoren beschäftigt und auspreßt wie Zitronen. Schließlich wollen das schwäbische Eigenheim und die Rente gesichert sein. Nun ist das Cleverle tot, reichlich mies und hinterhältig stranguliert, und die Kulturschickeria in Stuttgart hat den Top-Skandal fürs Sommerloch. Fernsehen ist eben doch Krieg, und eigentlich kommt es auf den ein- oder anderen Toten nicht mehr an. Motive und potentielle Täter gibt es wie Sand am Meer, und Hauptkommissarin Adamczyk tappt im dunkeln. Der Mord an Fehrenbach bringt auch den im journalistischen Gleichmut dümpelnden Lokalchef des *Stuttgarter Tagblatts,* Udo Winterhalter, aus dem Gleichgewicht. Fehrenbach gehörte zu seiner alten Clique aus dem Alemannischen. Damals hatte man noch Häuser besetzt, das waren Zeiten, als links sein und bewußt alternativ leben noch gesicherte Werte waren, ganz so wie das «Schaffe, schaffe, Häusle baue» der Neckaranwohner. Aber sogar diese gemeinsame Jugenderinnerung hat der geschäftstüchtige Fehrenbach in einem schleimig verlogenen Fernsehspiel in klingende Münzen umgesetzt. Wie unerträglich gemein das Leben sein kann, beweist eben nicht nur ein Blick in die Tageszeitung oder die Glotze. Stuttgart ist immer eine Reise wert, denn da betätigen sich nicht nur Journalisten und emanzipierte Arbeiterinnen, sondern auch Avantgardefilmexperten als Privatdetektive.

Uta-Maria Heim, geb. 1963 in Schramberg/Schwarzwald, lebt als freie Schriftstellerin und Journalistin in Stuttgart. Sie schrieb bisher Kurzprosa, Lyrik, Essays und Hörspiele. Ihr thriller-Debüt sorgte nicht nur in Stuttgart für Aufregung. Der Spiegel bezeichnete «Das Rattenprinzip» (Nr. 3013), das 1992 von der Krimikritik mit einem «Deutschen Krimipreis» ausgezeichnet wurde, als ein «Kultur-Dschungel-Buch» über die tödliche Wildnis der Kunstmetropole Stuttgart. Weitere Dschungel-Krimis werden folgen.

Uta-Maria Heim

Der harte Kern

Rowohlt

rororo thriller
Herausgegeben von Bernd Jost

Deutsche Erstausgabe
Veröffentlicht im Rowohlt Taschenbuch Verlag GmbH,
Reinbek bei Hamburg, Juli 1992

Redaktion Peter M. Hetzel
Umschlagfoto Thomas Henning
Umschlagtypographie Peter Wippermann/Susanne Müller
Satz Sabon (Linotronic 500)
Gesamtherstellung Clausen & Bosse, Leck
Printed in Germany
890-ISBN 3 499 43045 2

«Der harte Kern» – eine Provinzposse in vielen dramatischen Akten:

Die Laiendarsteller:

Udo Winterhalter, streitbarer Melancholiker
Claudi, rabiate Italienliebhaberin
Heiko Fehrenbach, Opfer
Frau Engert, Täterin
Prof. Klaus Muck, Drehbuchknecht und Hauptverdächtiger
Hauptkommissarin Adamczyk, der hilflose Arm des Gesetzes
Privatdetektiv Späth, Cineast und Schnüffler von betörendem Mittelmaß
SWDR, öffentlich-rechtlicher Ver-Sender und Bubi Hertzfeld aus Oklahoma City, Belachungsexperte
Der harte Kern: Jo, Biggi, Susanne, Jörg, Luzia, Astrid, Vera, Wolf, Heiko, Udo und natürlich Claudi

Handlungsort:
Stuttgart

Eintritt frei!

Dieser Kriminalroman hat Heiko Fehrenbach noch nicht als Drehbuch vorgelegen.

Der Pseudorealismus der Kulturindustrie, ihr Stil, bedarf nicht erst der betrügerischen Veranstaltung der Filmmagnaten und ihrer Lakaien, sondern wird unter den herrschenden Bedingungen der Produktion vom Stilprinzip des Naturalismus selber erzwungen.

Theodor W. Adorno

Man vergißt seine Schuld, wenn man sie einem andern gebeichtet hat, aber gewöhnlich vergißt der andere sie nicht.

Friedrich Nietzsche

1

Frau Engert trat vor den Spiegel. Sie verfolgte, wie ihr dunkelroter Seidenmantel vom Bügel glitt. Wie sie ihn auf das Biedermeiertischchen neben dem Eingang warf, über den Trokkenblumenstrauß, der so geschmacklos wie verstaubt war. Sie hörte es rascheln. Sie betrachtete den Kleiderbügel. Er war aus hellem Draht, neu und wie man sie in jeder Reinigung bekommt. Frau Engert bog ihn prüfend auseinander, bevor sie mit leichten Schritten nochmals zur Wohnzimmertür zurückging. Heiko Fehrenbach saß mit dem Rücken zur Diele. Er drehte sich nicht um. Rauchkringel kräuselten sich zur Decke. Frau Engert nahm aus ihrer Tasche die Haarbürste mit dem hölzernen Griff. Es klickte. Jetzt!

Zack war sie bei ihm. Zack war der Bügel übern Kopf und um den Hals. Frau Engert zog zu. Nach hinten. Fest. Sehr fest. Heiko Fehrenbach gurgelte. Er faßte sich an den Hals, dann krampften sich seine Hände hilflos nach hinten ins Leere. Während sie mit der linken Hand aus Leibeskräften weiter zuzog, drehte Frau Engert mit der rechten die Haarbürste in den Winkel des Bügels ein. Jetzt war die Drahtschlinge klein genug, daß ihre Linke loslassen konnte. Der Draht schnitt in Fehrenbachs Hals, mit jeder Umdrehung tiefer.

Gern hätte sie dabei zugesehen. Von vorn, von nah, Aug in Aug. Bestimmt quollen seine jetzt heraus. Bestimmt waren sie schon blutunterlaufen. Bestimmt quoll ihm die Zunge gleich aus dem Mund. Er wurde ja schon schlaff. Zackezacke zu. Frau Engert packte die Haarbürste fester. Ein Ruck. Der Draht fraß sich in Fehrenbachs Hals. Zack! Holz splitterte. Die beiden Bürstenteile fielen zu Boden. Frau Engert packte den Draht und zog weiter. Und noch ’ne Umdrehung. Zack und zu. Der Sessel, in dem Fehrenbach saß, kippte nach hinten. Und mit ihm der Mann. Er war tot. Umsonst, die viele Kraft. Es wäre auch leichter gegangen.

Nun, da er so krumm im halb umgestürzten Sessel hing, war sie doch froh, daß sie's von hinten getan hatte. Frau Engert richtete ihn wieder auf. Gern hätte sie ihm in die Augen gespien, die wie Gallert hervorquollen – aber die Spurensicherung! Frau Engert seufzte. Er sah wirklich sehr häßlich aus. Sie betrachtete ihn eingehend und machte dabei Fingergymnastik. Ihre Hände waren blutleer. An den Kanten zogen sich weiße Striemen.

Vorsichtig pickte Frau Engert ihre beiden Kippen aus dem Aschenbecher. Und tat sie in das Glas, aus dem sie vorher etwas Wasser getrunken hatte. Fast zärtlich wickelte sie den Draht auf und zog Fehrenbachs Kopf aus der Schlinge. Seine Zunge hing ihm aus dem Mund, sein blaues Gesicht war gedunsen. Den Kleiderbügel stopfte sie mit dem Glas in ihre Tasche. Sie hob die Bürstenteile auf. Am Handrücken entdeckte sie einen frischen Schnitt, der blutete.

Frau Engert trat aus dem Haus. Es war ein schönes, entlegenes Haus auf der Schwäbischen Alb, eines, das in einem seiner tausend Filme hätte vorkommen können. Durchaus! Ein Klotz für diese verfluchten Vorabendserien: so neonkaminkühl und einsam, ach einsam. Daß er selber in so einer Verdummungs-Katakombe vor sich hin protzte, das zeigte nur, daß dieser Wicht keine Distanz zu seinem blödsinnigen Stoff hatte.

Während sie vor dem erleuchteten Vorzeigebunker von einem Bein aufs andere trat, beschloß Frau Engert, ins nahe Tübingen zu fahren. Bevor sie sich zu Fuß auf den Rückweg zum Waldparkplatz machte, öffnete sie drinnen ein Fenster. Dann erst zog sie mit dem Fuß fest die Tür zu.

Frau Engert fuhr schell und sicher. Im Zentrum fand sich sofort ein Parkplatz. Sie verstaute Bügel, Bürste und das Glas mit den Kippen in einem großen gefütterten Briefumschlag, auf dem der Vermerk *By Air Mail* stand. Sie stopfte ihn ins Handschuhfach, verschloß es und überprüfte den Vorgang zweimal.

Frau Engert war mit ihrem Mord noch nicht zufrieden. Bisher war es allenfalls ein B-Picture, oder schlimmer, ein Abklatsch von Fehrenbachs müden Serienkrimis. Aber noch konnte man was daraus machen, was Originelleres. Etwas, das Pfiff hatte und den Pressefreddys ordentlich Zeilengeld gab. Ob «Ossi» Oswald noch in der Mordkommission war? Frau Engert kicherte. Dessen blödes Gesicht wollte sie sehen! Ach, könnte sie doch dabeisein, wenn Ossi sich über das gräßliche Opfer beugte. Und Udo Winterhalter mit seiner jämmerlichen Lokalredaktion. Wenn die jetzt mal nichts zu schreiben hatten. Frau Engert fuhr sich über die Schnittstelle an ihrer Hand.

Sie ging zu einer Telefonzelle und führte ein längeres Gespräch. Frau Engert lachte und klang sehr jung dabei. Dann setzte sie sich in eine Kneipe, die sie im ersten Semester oft besucht hatte. Auch hier hatte das gelackte Leben Einzug gehalten, die Tische waren weiß und die Getränke teuer. Frau Engert bestellte ein großes Mineralwasser. Sie saß so, daß sie die Tür im Blick hatte. Sie sah auf die Uhr. Es ging gegen Mitternacht. Zwischen ihrem Entschluß und dem Augenblick lagen gut zwei Stunden. Seltsam, dachte Frau Engert, wie verschieden man die Zeit doch wahrnimmt. Hintereinander rauchte sie drei Marlboro-Lights.

Beim zweiten Mineralwasser, der Kellner stellte die ersten Stühle hoch, ging noch einmal die Tür auf. Ein Mann kam herein, groß, jung, braungebrannt. Mit einem glatten, etwas verlebten Gesicht und stahlenden Locken. Frau Engert blinzelte. Das war er.

2

Auf dem Bildschirm das Haus. Es flimmerte. Es lag in tiefem Schnee, das Haus, den die schlechte Qualität des Rekorders blaugrün verfärbte. Das Haus hatte Ähnlichkeit mit dem echten Haus, es sah ihm so verdammt ähnlich, daß Udo die Augen zusammenkniff. Da, der orangerote Smilie, die gelbbraun gepinselte Schrift: UNS KRIEGT IHR NICHT RAUS HIER.

Und: WIR KOMMEN WIEDER. Die schief in den Angeln sitzenden Fensterläden, das überdachte, vorgebaute «Tempele» am Eingang, der mit dicken Latten verbarrikadiert und vernagelt war. Die Scheiben, die sie ihnen eingeschlagen hatten. Mit den Scherben hatte sich Luzia aus Protest die Arme aufgeschlitzt. Die Narben sah man, wenn sie ihren Säugling hochhob, noch heute.

Udo drückte die Taste Rücklauf. Er sah sich nochmals den Abspann an. Ein Hartmut Kreglinger in der Rolle des pubertierenden Provinzjournalisten Uwe. Ein lausiger Dreckaffe, dieser halbgare Schauspieler, und gut fünfzehn Zentimeter kleiner als Udo. So 'n Pickel bin ich nie gewesen, dachte er. Nicht mal in der Schule. Was ich damals beim *Schwarzwälder Merkur* verbraten hab, war nicht verkehrt. Mich jetzt so saublöd hinzustellen. Jedes Arschloch kapiert doch, daß ich das bin, jeder, der damals dabei war.

Aber wo? Wo hatte die Filzlaus eigentlich kenntlich gemacht, daß es sich hier um eine wahre Geschichte handelt? Wo? Drehbuch und Regie: Heiko Fehrenbach. Und dann diese Filmmusik. Dies Lied hätte er nicht nehmen dürfen. Das brachte das Faß zum Überlaufen. Udo entkorkte die zweite Flasche *Bouchard Père & Fils*, aus der er dann trank. *Think of me,* Smokie 1977, *oh the lonely lonely lonely, the lonely lonely lonely lonely one.* So fand ihn Claudi, die von der Spätschicht kam.

Bücken. Greifen. Hinlegen. Eindrehen, eindrehen. Loslassen. Bücken. Claudi krümmte sich in den Sessel. Ein altes Weib. Noch zwei Monate, und ihr Fließband war weg. Und mit ihm fünf altersschwache Türkinnen, eine rheumatische Griechin und ein andalusischer Säufer. Plus Claudia Roth. Nix mehr Schwäbische Motoren-Werke. Der Rest wurde übernommen, schwupp hinüber in die Fertigungsinsel. «Ich krieg ihn.»

«Heiko?» Udo nuckelte an der Flasche.

«Den Platz, im September in der *SMW*-Buchhaltung.»

Er rülpste.

«Mußt du immer saufen.» Claudi starrte auf den Fernseher, wo das Bild stand. «Und wieso machst du den Scheiß nicht aus.»

«Uns kriegt ihr nicht raus hier», sagte Udo. «Wir kommen wieder.»

Privatdetektiv Späth lauerte. Daß der neue Mieter in der Bebelstraße auch drei Wochen nach seinem Einzug noch keine Anstalten machte, den kaputten Rolladen zu reparieren, von Vorhängen ganz zu schweigen, vereinfachte die Sache. Späth stand sich im Treppenhaus des gegenüberliegenden Altbaus im Stuttgarter Westen die Füße in den Leib. Standbein, Spielbein, er seufzte. Mit seinem handlichen Feldstecher hatte er sogar den Titel des Spielfilms erkannt, mit dem der Observierte sich zweimal hintereinander den Montagabend vertrieb. «Der harte Kern», Produkt eines jener Serien-Verbrecher, denen Späth eines Tages das Handwerk legen würde. Späth, dessen «Nicht unter Kaurismäki» in einschlägigen Kreisen bereits ein geflügeltes Wort war, notierte kopfschüttelnd.

Das ging zu weit. Jetzt spulte das Mädel doch tatsächlich das Video nach vorn, und die beiden glotzten sich den Schinken noch ein drittes Mal an! Wenn schlechter Geschmack, dachte Späth, stinken würde, dann zög's in Schwaden bis hier herüber.

«Du, ick bring den um, du.» Mucke fuchtelte mit der Karo. Im Kantinenanbau des *Südwestdeutschen Fernsehens* war es auf einmal sehr still. Allein der Schampus zischte. Zehn junge Menschen hoben den Kopf. Nur weiter drüben, da gackerte noch eine. Die Feier zum fünfundzwanzigjährigen Dienstjubiläum der *SWDR*-Unterhaltungschefin Dr. Xeni Uhlenhaas war kurz vor dem Ende.

«Herzchen», sagte die Droste, Dr. Uhlenhaas' Sekretärin, und nahm Mucke zart die Kippe aus der Hand, zerdrückte sie im Aschenbecher.

«Hast genug Alk gehabt, wa?» Fritsch-Grünbein, dem Muckes falscher Ossi-Ton furchtbar auf den Sack ging, berlinerte gallig zurück.

Aber Mucke. Fingerte die letzte Karo aus der Schachtel. «Du», sagte Mucke, «ich sach dir ma was, Schauspieler. Daß du jetzt jeden Sonnabend bei uns rüberflimmerst, das verdankst du nur mir, ja? Icke hab nämlich die Schose verbraten, icke alleen.»

«Reg de nit uff.» Gust Jungheinz legte kollegial den Arm um Muckes Schulter und schüttete ihm dabei Bier in den Kragen. «Ihr müsset ihn verschtehen. Da hat ihn der Heiko extra ausm Oschten geholt, und jetzt macht er die *Friedrichstraße* auf eigene Rechnung.»

«Vonnem Honorar», Mucke spie Krümel, die sein gelber Finger in die Karo zurückstopfte, «zahlt sich mein Muttchen grad die Miete. Mehr nich.»

«Herr Muck.» Ah, die Droste.

Nun Mucke. «Vertrach? Iss nich.»

Fritsch-Grünbein nickte. «In solchen Fällen ist der Heiko nie ganz sauber.»

«Und mein Name?» Mucke erhob sich zitternd. «Name? Iss nirgends. Nich ma Co-Autor, nee.» Pause. Mucke blickte um sich. Sein Blick flirrte. «Keene Kohle, keen Vertrach, keen Name. Dabei bin ick Professor!»

«Nie ganz sauber?» Julietta Harm, die bisher geschwiegen hatte, kiekste. «Eine Sau ist der.»

Mucke stierte auf den Tisch. «Der hat er ooch übel mitgespielt, der Julietta. Die hat für ihn den halben *King Ska* gemacht...»

«Ach, laßt mal.» Die Droste fummelte ihren Ohrclip zurecht. «Der Heiko ist halt noch jung. Der muß sich erst noch einarbeiten, bis er weiß, wie der Hase läuft.»

Bertolt, Sabinchen, Matylde und Kellermann erhoben sich fast gleichzeitig. «Mädel», sagte Kellermann, «du bist festangestellt. Wir aber von der Drehbuch-Werkstatt...»

«Wir treffen uns nie», fuhr Sabinchen dazwischen, «und Heiko weiß, warum.» Das Sektglas, das sie mit weißen Knöcheln umklammert hielt, riß knackend.

Am Nebentisch standen die letzten auf. Auch die Droste verließ stöckelnd die Runde, wissend, daß sie sich nicht zu echauffieren hatte.

Und Bertolt. «Der verdient sich mit uns 'ne goldene Nase.»

«Das Schwein», rief Matylde, die, das spürte man, auf einen Abgrund zustrudelte.

«Sackabschneider», rief Gust Jungheinz.

«It's time to pay now», schrie Julietta.

«Wo ist er eigentlich?» fragte Fritsch-Grünbein gelassen.

«Im Fernsehraum. Feiert wohl ohne uns. War vorhin wieder was im Ersten.» Sabinchen leckte sich ihren blutenden Finger.

«Ach.» Bertolt nickte sarkastisch. «Wer hat's denn diesmal geschrieben?»

«Wird Zeit, daß der mal 'nen Denkzettel kriegt.» Kellermann schob den Stuhl zurück. «Ich geh ihn suchen.»

«Ja», schrie Matylde, «jetzt gleich.»

«Von uns allen», forderte Julietta. «Eins in die Fresse!»

Mucke spie und hielt den Kopf gesenkt. «Ick bring ihn um.»

Udo sprang auf und schlüpfte in sein stinkendes Hemd. Fünf vor zehn! Dann fiel ihm ein, daß er neuerdings nicht mehr als fünf Minuten vom *Tagblatt* entfernt wohnte. Er zog das Hemd wieder aus.

Claudi schlief mit offenem Mund, ihre Hexenhaare hatte sie wild auf dem Kissen verteilt. Eine Strähne hing ihr zwischen den Zähnen. Udo ging in die Küche. Die Balkontür stand offen. Die Sonne schien breit. Frau Mauser hängte Wäsche auf. «So, der Herr Lokalchef», rief sie im rechten Winkel herüber, ihre Stimme eine einzige Beleidigung. Kaum hatte sie spitzgekriegt, zu welchen Zeiten Udo Winterhalter aufstand, schon hatte sie die Zeitung abbestellt. Udo prostete mit der Milchflasche hinüber.

Die Häuser standen hier eng beieinander, die Hinterhöfe waren verwinkelt. Udo, der aus dem schrägen Nordbahnhofsviertel mehr multikulturelle Milde gewohnt war, hoffte, daß seine Bebelstraßenzeit eher heut als morgen vorbei war. Die Bude war ja nur ein Notanker. Bis der Opa zwei verkehrsberuhigte Straßen weiter endlich Udos neue Eigentumswohnung freimachte. Vier schlanke Zimmer, aber weiß Gott, der alte Saftsack hatte ihn reingelegt. Schon Ende Mai hatte er draußen sein wollen, und jetzt war Mitte Juli.

Udo sprang die Stufen hinunter, munter pfiffen ihm die Vögel entgegen, die Linie 9 fuhr ihn schwarz die eine Station hinauf.

Claudi erwachte davon, daß eine Haarsträhne ihr in die Nase fuhr. Ihr Kopf war bleiern. Sie hatte furchtbares Zeugs geträumt, von früher, von dem Haus. Heiko war darin vorgekommen und Udo freilich, aber, ja, auch Jo Kulbe. Von dem hatte sie sogar den Spitznamen vergessen, aber jetzt wußte sie ihn wieder. Der Täufer. Von Luzia hatte sie geträumt und davon, daß Wolf Niebel sich mit dem Schraubenzieher in den Arm stach.

Schuld war Heikos Film. Welch ein dackelhaftes Ende! Als ob Wolfi einer umgebracht hätte, damals, welch ein Quatsch, welch ein Blödsinn. Wolfi starb, weil er sich zuviel Stoff setzte. Das wußten sie alle, das wußte auch Heiko. Was soll das, daß da einer Wolf Niebel mit dem Messer zwingt, eine Überdosis Schlaftabletten zu schlucken? Wer das sein sollte, war Claudi rätselhaft. Für diesen ansonsten viel zu stillen Jungen, der im Film Thomas hieß, gab es keine reale Entsprechung. Aber wie war das noch? Genau, dichterische Freiheit. Mit der Glotze als Produktionsmittel kannst du alles machen, da darfst du auch ein X für ein U verkaufen, vorausgesetzt, die Masse klatscht Beifall.

Aber egal, dachte Claudi und wurgelte sich die Haare zu einem Knoten zusammen, außer uns hat den Streifen eh keiner gesehen, der weiß, daß der Rest wirklich mal so passiert ist.

Mucke hievte sein Zentnerchen Haut und Knochen vom Hochbett. Prompt verfing sich sein rechtes Spinnenbein im Gummibaum, den Muttchen mal wieder so beschissen neben die Leiter plaziert hatte. Elastisch bog sich der Gipfel gegen die Regalwand, ein Blatt brach knisternd und segelte auf Adorno, Schriften vier. Mucke angelte den Band mitsamt dem Blatt aus dem Regal schräg unter ihm. «Dialektisches Denken ist der Versuch, den Zwangscharakter der Logik mit deren eigenen Mitteln zu durchbrechen.» Klasse, wa? Mucke ließ den Gummibaum schnappen und hoffte, daß das nächste Blatt auf Blochs «Prinzip Hoffnung» fiel.

War nich. Ach Muttchen, nu hockste wieder inner Leninallee. Nich ma Berlinern kann ick mehr. Glatt verlernt. Bist geschockt, wa, Muttchen. Dein Sohn unter die Schwaben. Mucke dachte an den Prenzlauer Berg und spuckte auf den Teppich. Dann steckte er sich das Blatt in den Blondschopf und stieg indianisch von der Leiter. In der Spüle griff er sich ein abgestandenes Bier.

«Mensch, Mucke.» Sprach Mucke daselbst und sah: Tatsächlich, unter dem Bett tat sich was. Hervor stach freudig die Hausmaus Ulrike, Muckes Zimmergenossin. Sonst: «Keiner da.» Der neunundzwanzigjährige Philosophieprofessor Klaus Muck, nach einer durchsoffenen Nacht schwerst angeschlagen, prostete ihr zu, bevor er zum Becken sprang und sich übergab.

Es war schwül in den Gängen. Die Droste zupfte sich unterm Ärmel ihrer durchsichtigen Bluse, wo spitze Härchen aus dem Fleisch herausstachen. Es juckte. Schweiß rann ihr das Dessous hinab, das schwarz war und vom *SWDR*-Betriebsschutz, der per Video den Tunnel zwischen Fernsehbau, Rundfunkteil und Archiv überwachte, interessiert zur Kenntnis genommen wurde. Man hörte den Lärm der Nesenbachallee, wo sechzehntausend Autos pro Tag zwischen den *SWDR*-Gebäuden hindurchdonnerten. Nachdem ein Nachrichtenredakteur beim widerrechtlichen Überqueren der Straße ums Leben gekommen war, hatte man für etliche Millionen den Tunnel gebaut.

Die Droste lächelte ins Schwarz der Kamera und zog sich die schlanken Lippen breit nach. Der Mann vom Betriebsschutz, der zwanzig Meter höher an der Pforte saß, grinste fett in seinen Bildschirm.

Mit ganzer Kraft zog die Droste an der metallenen Tür, die das Ende des Tunnels markierte. Eine Kurve noch, und sie war im Schallarchiv, das auch fürs *Fernsehen* da und fast leer war, weil die Mitarbeiterinnen erfolgreich um die 35-Stunden-Woche gestritten hatten und jetzt mit siebenunddreißigeinhalb drei Vormittage in der Woche im Freibad verbrachten. Die schmalen

Flure hindurch wand sich eine Kette von Namen, Tür an Tür. Drinnen aber liefen die Regale einfach durch, auf denen die Bänder lagen. Vor der Aufschrift *Unsere Heimat* und *Gute Unterhaltung* kam die Droste erhitzt zum Stand. Abrupt ging sie hinein. Die Tür war offen. Keiner da, entfernt Stimmengemurmel.

Die Droste trat entnervt von einem Fuß auf den andern. Wenn die da Zeit hatten, sie hatte jedenfalls keine. Frau Dr. Uhlenhaas wartete nicht. Nicht auf so einen Mist, der ihr persönlich angetragen worden war. Ein Archivband von einem Mundartautor, der sich über die läppische Wiedergabe seiner Texte in *Fünf vor zwölf* beschwert hatte. So beschloß sie, daß sie sich selbst bediente. Sie wußte ja, wo das Ding entfernt liegen mußte, mit der Kenn-Nummer kein Problem. So trat sie nun an die Regale heran, dic zusammengeschoben waren und per Knopfdruck automatisch auseinanderfuhren. So sparte man Platz.

Sie drückte. Der Inhalt der Rubriken *Unsere Heimat* und *Gute Unterhaltung* kam zum Vorschein. Die Droste strahlte. Ihr gefror das Gesicht. Denn zwischen den Bändern lag auf dem breiten Holz ausgestreckt ein Mann. Zuerst sah sie seinen linken Schuh, der teuer war, groß und italienisch. Dann sah sie sein stattliches Bein, das in einer Jeans steckte, von jener Marke, die man im Kino immer aus dem Kühlschrank holt. Er trug ein Jackett, das auffällig war und das sie kannte, das er auch gestern getragen hatte. Sein Gesicht sah man nicht. Über Brust und Kopf waren Bänder verstreut, offene Bänder, herausgezullt und lockig über ihn hingeworfen, als sei er das Opfer eines Fasnetsballs.

3

Gegen Vier wurde Udo eine Leiche geschickt. Sie tickerte herein über den Fernschreiber, und Udo wollte den Polizeibericht gerade routinemäßig dem Kollegen Stulle übergeben, da stutzte er: «Der Mann, der im *SWDR*-Gebäude gefunden wurde, konnte bislang nicht identifiziert werden», hieß es da.

Welch ein Schwachsinn! Jeder, der seit Schleyer und Mogadischu den *SWDR*-Komplex betreten wollte, mußte erst einmal die Plomben vorzeigen. Unerkannt kam da keiner hinein und schon gar nicht hinaus – nicht über seine Leiche.

Freitod? Totschlag? Mord? Wäre Freund Ossi noch dagewesen, Udo hätte kurz mal bei der Mordkommission angerufen und sich zur Sau machen lassen, aber Ossi war nach Dresden versetzt. Windig! Ossi, der alte Verfassungsschützer, jetzt kam ihm die *Partei*-Zeit zupaß. In Dresden, da brauchten sie solche wie ihn, hauptkommissarische Wendehälse, die wußten, was die SED bereithielt, die Leute von der Stasi kannten. Ossi mit seinen Mehrfachspielchen, der in der Stasi mehr daheim war als irgendeiner in Sachsen. Ossi, der prompt hinübergefunkt hatte, Anno 83, wer in der *Partei* nicht auf Linie war.

Vermutungen. Udo schämte sich nicht überzeugend. Ossis Aufstieg zum Leiter der Dresdner Mordkommission schlug Udo übel auf den Magen. Er ahnte, daß er einmal mehr gelinkt worden war, daß Ossi nicht fürs Bonner *Amt* zuvorderst schaffte, sondern für die, an die Udo, das Arschloch, eine verlebte Jugend hindurch eisern geglaubt hatte.

Aber nun. Was tun mit der Leiche. Beim *SWDR* anrufen? Da konnte man sich die Zähne auch selber ziehen. Udo wählte Ossis alte Nummer. Es meldete sich prompt die Adamczyk. *Hauptkommissarin Adamczyk*. Udo legte auf.

Meine erste eigene Leiche, dachte Hauptkommissarin Adamczyk. Noch dazu ein junger Promi. Jetzt nur keinen Fehler machen. Jetzt nur alles zurückhalten, was an Information bereits da ist. Jetzt nur die Leute im Zaum halten, denn der Kreis der Verdächtigen schließt sich. Ein paar Stunden noch, und der Fall ist im Kasten. «Würden Sie Ihre Aussage», sagte sie zur Droste, «bitte zu Protokoll geben?»

Die Droste zupfte an der Bluse. Frau Heinrichs legte die Finger auf die Tasten. «Klaus Muck», wiederholte die Droste, «sagte zum Ende der Feier, er werde Heiko Fehrenbach ermorden.»

Auch der Schauspieler Fritsch-Grünbein, der *Elvis* der *Friedrichstraße*, sagte freudig aus. Stramm stand er vor der Adamczyk, als sei er eben bei der *Fahne*. «Jawoll», bellte Fritsch-Grünbein, «zweimal. ICK BRING DEN UM.»

«Bitte.» Die Adamczyk zerknüllte zwischen den Fingern ein graues Altpapiertaschentuch, mehrmals recycled. «Überlegen Sie sich genau, was Sie jetzt sagen. Sie müssen Ihre Aussage gegebenenfalls vor Gericht wiederholen.» Pause. «Würden Sie Klaus Muck einen Mord zutrauen?»

Fritsch-Grünbein brach nun doch der Schweiß aus. «Wie ... ich meine, wie wurde Heiko Fehrenbach denn ...»

«Tut nichts zur Sache.» Cool, die Adamczyk, ganz Chefin.

«Na ja», stammelte Fritsch-Grünbein, «der Mucke, also, der Klaus Muck, der ist wohl zu allem fähig.»

«Noi», sagte Gust Jungheinz, «der Mucke net.»

Na warte, Bürschchen, dachte die Adamczyk, du warst es wahrscheinlich selbst. Du hast dem Muck geholfen, den Toten ins Regal zu hieven.

«Noi», sagte abermals Gust Jungheinz, «der Mucke, der schwätzt a wengele viel, aber einen totschlagen, das tut er net.»

«Es war also Totschlag.» Hauptkommissarin, Adlerblick.

«Des woiß i net.» Jetzt fing der Kleine doch tatsächlich an zu heulen.

Julietta Harm fraß an ihren Fingernägeln. «Ich bin dann gegangen. Ich weiß nicht. Was der Klaus Muck gemacht hat. Er war saumäßig wütend. Und saumäßig besoffen.» Zwischen jedem Satzteil machte sie zwei Minuten Pause. Die Adamczyk wollte sie schütteln. «Aber Kellermann.»

«Was ist mit Kellermann?»

«Kellermann. Ging ihn suchen. Den Fehrenbach.»

«Keine Ahnung», sagte Kellermann. «Und jetzt möcht ich bitte meinen Anwalt sprechen.»

Mucke hatte grad seiner Ulrike ihre Milch hingestellt, da hörte er das Martinshorn eines Einsatzwagens. «Mann, Ulrikchen Meinhof, da staunste, wa? Die jagen die Terroristen.» Mucke lauschte. «Iss ja wieder Großeinsatz heute.» Ulrike schnupperte. «Weeßte», sagte Mucke, «weil die doch wieder ihre Anschläge tun, auf die Promis. Angeblich. Aber das soll dich nich...»

Mucke horchte. Von draußen das Kommando des Einsatzleiters: «Kommen Sie heraus. Das Haus ist umstellt. Widerstand ist zwecklos.»

«Ulrike», sagte Mucke, «die haben ein Mega, wenn wir det jehabt hätten, damals, gegen die Faschos anner Mauer.»

Wieder das Megaphon. «Kommen Sie heraus! Wir wissen, daß Sie da drin sind.»

Mucke spähte durchs Vorderfenster seiner winzigen Einliegerwohnung in Stuttgart-Vaihingen am Hang. «Mensch, die sind ja ganz nah.» Er erblickte den Einsatzleiter, der keine fünf Meter vor Muckes Kellerloch strammstand. Um ihn herum gruppierten sich je drei Uniformierte mit Maschinenpistolen. Mucke fuhr herum. Mit einem Sprung war er beim Fenster zum Garten. In Oma Häberles Radieschenbeet standen weitere vier Schwerbewaffnete, ihr Schießeisen frontal auf Muckes Hirn gerichtet.

«Mach's ma gut, Ulrikchen.» Mucke riß die Tür auf und rief: «Ich bin's nich. Det iss ein Versehen!»

«Hände hoch!» brüllte der Einsatzleiter.

Ein Bulle stieß ihm den Knüppel in die Rippen, ein zweiter warf ihn stracks in Oma Häberles Blumenrabatte. Er sah nur noch, wie Gaffer die Fenster aufrissen. Eine Rose ritzte Mucke die Stirn auf. Mit nach hinten gedrehten Armen lag er auf dem Bauch. Sie tasteten ihn nach Waffen ab. Mucke krümmte sich und strampelte wild. «Sach ma, spinnt ihr? Ist das Stasi, oder wa?»

«Widerstand gegen die Staatsgewalt», diktierte der Einsatzleiter, der gelassen dabei zusah. «Landfriedensbruch.» Handschellen klickten.

Oma Häberle rannte schnaufend aus dem Haus. Sie keuchte

und sagte zum sich windenden Mucke: «Die Blume, des werde Sie zahle!»

Die Flure waren wie im Krankenhaus. Es war kalt hier. Mucke rann eisig der Schweiß hinunter. Einer stieß ihn vorwärts, ein zweiter brachte ihn immer wieder zum Stolpern. «Ick werd mich erkälten.»

Dann durch eine Tür, die hoch war und breit wie für ein Krankenbett. «Ist das LKA, oder was? Oder iss det schon Stammheim?»

«Wir stellen hier die Fragen.» Hauptkommissarin Adamczyk, inmitten ihres Teams, nickte den Bulldoggen zu. Sie zogen Mucke auf einen Stuhl, der mitten im Raum stand und durch eine Neonröhre hart angestrahlt wurde. Die Handschellen verklickten sie mit der Lehne.

«Psychiatrie, oder was?» Mucke nickte. «Ick will 'nen Anwalt.»

«Wir lassen uns hier nicht provozieren», die Adamczyk lächelte hinter ihren speckigen Strähnen hervor, «legen Sie sich bitte einen anständigen Ton zu.»

Zwei Stunden später hatte Mucke begriffen. «Icke bin Professor», sagte er. «Marxismus-Leninismus. Ick hab geglaubt, das hier, das sei 'n Rechtsstaat.»

Das Team schwieg. Frau Heinrichs schlug in die Tasten. «Icke hab geglaubt», flüsterte Mucke, «man kann hier sagen, was man will.»

«Sagen schon.» Der Neuzugang, Kommissar Berger, trat vor. Er lispelte. Die Adamczyk verscheuchte ihn wie eine Fliege.

«Ick weeß doch gar nich mehr, was ick gesagt hab.» Mucke war kaum noch hörbar. «Ick war doch besoffen.»

Frau Dr. Uhlenhaas fuhr mit der Zunge über die obere Reihe ihrer Brücke, in der sich ein Salatblatt verfangen hatte. Man sollte nicht in der Kantine essen, dachte sie.

«Ja, was nun?» Der Regisseur Karlhans Gantner trat ans Fenster ihres Büros. Der Schweiß lief ihm die Glatze hinunter, die sommersprossig war und gerötet. Am Zenit ging bereits die Haut ab. Die neu nachgewachsenen Stellen seiner skalpierten Kopfhaut sahen aus wie flache Tümpel in ebener Landschaft.

«Ja, weiß ich doch nicht.» Die Unterhaltungschefin wurde ungehalten. «Was kommen Sie überhaupt zu mir mit der Scheiße. Können Sie denn gar nichts selber entscheiden. Hä?» Pause, dann sotto voce: «Sie sagen doch selbst, diese Sit-Com-Serie, äh, *Friedrichstraße*, sei im regionalen Testprogramm gut gelaufen, nackt. Was für den Probelauf gut ist... Wieso da jetzt noch aus dem Schrank lachen lassen? Hä?»

«Weil», Gantner knirschte, «kein Amerikaner in der Sit-Com auf die Lachspur verzichtet. Keiner.»

«Ach», Dr. Uhlenhaas fuhr sich über die perlend gelben Zähne. «Wir sind hier aber in Deutschland, hä?»

«Allerdings.» Gantner war kurz vor Showdown. «Deshalb sind unsere Sit-Coms auch so beschissen. *Alf* dagegen, die *Golden Girls...*»

Frau Dr. Uhlenhaas hatte ihr Salatblatt gefunden und hielt es prüfend gegens Licht. «Auch die laufen synchronisiert häufig ohne Lacher. Die Belachung kommt hier nicht sonderlich an, die Deutschen wollen selber lachen, wenn sie lachen müssen.»

«Und die Lachorgel?» Gantner sah erst wieder hin, als Dr. Uhlenhaas das welke Blatt in den Papiermüll warf.

«Machen Sie mit diesem Scheiß-Synthesizer, was Sie wollen. Werfen Sie ihn meinetwegen zum Fenster raus. Das Geld, das wir für ihn ausgegeben haben, kriegen wir mit den Werksverträgen nach und nach wieder rein.» Dr. Uhlenhaas grinste.

Karlhans Gantner nicht. Er dachte an den Lachkonfektionär, der noch diese Woche aus Oklahoma City einflog und dessen Ticket nicht mehr zu stornieren war. Der Konfektionär, ein Mr. Bubi Hertzfeld, war ein Genie des stimulierenden Lachzusatzes. Er hatte die Aufgabe, neunhundertdreißig vollsynthetische Lachfrequenzen so zu sampeln, daß ein Durchschnittspublikum an den überzeugenden Stellen überzeugend lachte. Mit dem echten Publikum, das hatte Gantner probiert, war die

Friedrichstraße nicht zu machen: Es lachte nicht, zumindest nicht an den richtigen Stellen.

Herein stöckelte die Droste. Frau Dr. Uhlenhaas entschied: «Belacht wird nicht.» Sie stand auf. Zur Droste: «Was stehen Sie da? Wie sehen Sie überhaupt aus?»

Obwohl die Droste kurz vor dem Zusammenbruch war, stammelte sie noch geistesgegenwärtig, «endlich sind Sie da». Bevor sie mit der Nachricht fortfuhr: «Man hat Fehrenbach ermordet. Vermutlich war's der Klaus Muck.»

An diesem späten Dienstagnachmittag wurde auch im *Tagblatt* gefeiert: Chefredakteur Käsbacher bereitete sich auf den Ruhestand vor. Winterhalter, der keinesfalls fehlen durfte, streckte Stulle resigniert den Toten entgegen. Dem Polizeireporter, der die Meldung kurzsichtig von sich weghob, entfuhr ein gelangweiltes «Joo», bevor er aufschrie.

Winterhalter nahm am Ende der langen Festtafel Platz. Als Sitzriese wollte er keinem die Sicht versperren. In seinem gräulichen Hemd knitterte die knappe Dankesrede. Die schwarze Krawatte, die er nun aus der Tasche seiner nicht ganz sauberen Jeans zog, hatte ihm Claudi fehlerhaft und schon vor Wochen gebunden. Wie einen Strick streifte er sie sich über den Kopf.

Neben ihn setzte sich Kaffka, ein schöngeistiger Wirrkopf, der neu war beim *Tagblatt*. Er betreute die Medienseite, und es ging das Gerücht, daß er in seiner Promotion über Gleichnamigen daran gescheitert sei, daß er Kaffka mit zwei Eff schrieb. Udo hatte mit Kaffka, der schüchtern war und verstört wirkte, bislang kaum ein Wort gewechselt, fand ihn aber angenehm. Die Seite hatte sich bereits in den zwei Juliwochen, die Kaffka im Dienst war, deutlich gemausert. Lang geht das so nicht, dachte Udo. Denn Kaffka hatte sämtliche Kritikerinnen, allesamt Ehefrauen und Geliebte der entscheidenden Redakteure, kurzerhand nicht mehr beschäftigt. Statt dessen setzte er neue ein, namhafte Leute zum Teil, die er aus der ganzen neuen Bundesrepublik zusammenstoppelte. Der Kerl weiß ja nicht, was er tut, dachte Udo grimmig. Der kennt ja die Strukturen nicht. Nein, nicht am pseudolinken Gehabe wird er scheitern, sondern an der Telefonrechnung.

Kaffka gab Udo einen Händedruck, der überraschend warm und trocken war. «Fritz», sagte Kaffka.

Die Vorredner brachte Udo schadlos hinter sich. Dann trat er ans Rednerpult, würdig, gemessen. In über einem Jahr *Tagblatt* hatte er gelernt, was sich gehörte. Und er wurde ernst genommen, jedenfalls gab es keinen im Lokalen, der ihm hartnäckig widersprach. Für den Rest der Zeitung, die jeden Tag reaktionärer und schlechter wurde, interessierte er sich nicht. Formen, dachte Udo, wirken Wunder. Autorität gebiert Untertanen.

Udo trat ans Mikro und spürte den Kloß im Hals. Er wurde doch nicht rührselig! Aus einem Instinkt aus der alten *Partei*-Zeit heraus begann er plötzlich frei zu sprechen. «Ich bin gerührt», hörte sich Udo sagen, zum eigenen Entsetzen, «und traurig, daß Sie gehen, Herr Käsbacher. Es ist wahr, wir hatten Auseinandersetzungen, harte sogar», Pause, «aber Sie sind ein Mann vom alten Format, und so jemanden werden wir hier nicht mehr kriegen.» Schlucken. Zögernder Beifall. Der Lokalchef Udo Winterhalter sagte noch eine Menge mehr, das nach Schwachsinn stank und für das er sich am liebsten auf der Stelle geohrfeigt hätte, aber es kam von Herzen.

Frau Wenninger-Brand, Udos Sekretärin, überreichte dem Alten im Namen des Ressorts eine bibliophile *Stuttgarter Ausgabe* von Hölderlins Schriften. Sie war sauteuer, aber Udo hatte sie angeordnet. Diese böse Anspielung schuldete er dem Chefredakteur noch aus einer anderen Zeit. Versöhnliche Rache, sozusagen. Käsbacher strahlte.

Zuletzt nun erteilte sich Dr. Nikolaus J. Heckmann das Wort, der bislang im Ressort Wirtschaft war, zuletzt als Leiter. Durch Käsbachers Weggang hatte er nun einen rabiaten Aufstieg erlebt, den Udo ihm nicht gönnte. Mit ihm hatte er eine alte Rechnung offen, die, wie immer sie beglichen würde, garantiert zu Udos Ungunsten ausging.

Nach und nach gesellten sich auch jene Redakteure dazu, die bis zur Stunde das Blatt gemacht hatten. Udo sah neben Frau Zingel und der Dragan einen abgekämpften Stulle und grinste. Er hatte es also nicht lassen können. An seinem matten Blinzeln sah Udo sofort, daß es Stulle nicht gelungen war, aus dem *SWDR* oder der Polizei-Pressesprecherin etwas Brauchbares herauszuholen.

Gegen halb neun, also nach dem dritten Viertele Trollinger, hatte Kaffka die Idee, sich abzusetzen. Udo nahm an. «Bist du allein?» erkundigte sich Kaffka im Hinausgehen. Udo verstand nicht. «Bitte», sagte Kaffka und rückte an seiner Brille, «ich würde gern meine Frau mitnehmen.»

«Ja dann», sagte Udo. «Meine Freundin hat Spätschicht.»

«*SWDR*-Nachrichten?» fragte Kaffka.

Udo grinste. «Fast. *SMW*, am Band.»

Man einigte sich auf *Bella Napoli*, das Kaffka nicht kannte. Er verschwand in einer Telefonzelle. Während Udo sinnierend in die verblichenen Auslagen einer schmuddeligen Wäscherei blickte, auf das orangerote Plastikband mit der amateurhaften Aufschrift *Fertigwäsche*, hatte er das Gefühl, daß ihn jemand beobachtete.

Privatdetektiv Späth hoffte, daß es sich an diesem Abend endlich lohnen würde. Er hatte Udo bereits vor der Redaktion erwartet und ging hinter ihm und einem Mann, vermutlich einem Kollegen, in routiniertem Abstand die Bebelstraße hinunter. Er hoffte, daß die beiden zuerst ins Kino gingen, möglichst in *Martha Jellneck*, einen ausgezeichneten Film des jungen Regisseurs Kai Wessel, der zwar schon einige Jahre alt war, aber gerade in einem kleinen Laden wiederholt wurde. Späth hatte ihn immer noch nicht gesehen, und als Udo mit seinem Kollegen nach rechts Richtung Süden abbog, da wußte er, daraus würde wieder nichts werden.

Das *Bella Napoli* machte dadurch, daß es noch hell war, einen noch italienischeren Eindruck. Aber der alte Neapolitaner, der nicht rechnen konnte und kein Deutsch sprach, fehlte seit Wochen. Dem jüngeren, der nun das Sagen hatte, fehlte etwas, das Udo in einer Pizzeria erwartete. Sie hatten gerade die Vorspeisen aus der Vitrine bestellt, sauren Sprudel und Hauswein, da flog die Tür auf. Kaffka hatte Udo schon vorgewarnt, seine Frau sei etwas aufgedreht manchmal, aber die Furie, die dem Tisch entgegenstürmte, die hatte er dann doch nicht erwartet. Dabei sah sie nicht unhübsch aus, ein nicht mehr ganz frisches Frauchen in riesigen Männerklamotten, in einem Jackett, das ihr bis auf die Hände ging. «Matylde», sagte Kaffka.

Um dreiviertel zehn wußte Udo alles. Bei Matylde waren die Drähte heißgelaufen. Auch sie hatte man mittags verhört, allerdings gleich wieder laufengelassen. «Offenbar», sagte Matylde gekränkt, «traut man mir so was nicht zu.»

Udo bestellte noch einen großen Sprudel, den er hinunterstürzte. Er brauchte einen klaren Kopf. «Und du, was traust du diesem Muck zu?»

Matylde stockte. «Das hat mich diese Polizistin auch gefragt.» Sie spielte mit der Tischdecke, grub mit dem Nagel Rillen hinein. «Nichts eigentlich. Außer, daß er gute Komödien schreibt. Die *Friedrichstraße* ist unschlagbar. Zum Totlachen.»

Udo rannte in die Redaktion. Im Lokalbau brannte das Notlicht. Im Halbdunkel griff er zum Hörer. «Erste Seite Lokales Aufmacher neu.»

«Spinnst du?» fragte ölig der Techniker, der natürlich wieder gesoffen hatte.

«Wir schaffen das», sagte Udo, «wenigstens im vierten Andruck.»

4

Frau Engert putzte den ganzen Dienstag die Fenster. Es gab genügend in diesem Haus. Draußen hörte Max eine moderne Oper, in der eine synthetische Diva entsetzlich plärrte. «Mach das Ding leis!»

Max drehte auf bis zum Anschlag. Er lehnte sich aufreizend in den Türrahmen. «Frau Engert?»

Frau Engert verstand ihn nicht, aber sie las an seinen Lippen ab, was er ihr zurief. Nie würde Max sie duzen. Er weigerte sich schlicht. «Ich bin der Sohn von Andreas», sagte Max stets, «Ihr Sohn bin ich nicht.» Nun gut, Max war fünfzehn, aber das war noch lang kein Grund für eine derartige Unverschämtheit. Frau Engert gestand sich ein, daß sie für den Bengel keine Geduld hatte, sie mochte ihn nicht mal, aber schließlich war sie für ihn verantwortlich, solange Andreas nicht da war. Vielleicht, dachte Frau Engert, hätte ich einfach gern mal wieder einen, der mir nah ist.

Es war heiß draußen, viel heißer als gestern, und der Himmel war fast wolkenfrei. Frau Engert beglückwünschte sich einmal mehr zu der guten Lage, die ihr Haus hatte. Es befand sich im Stuttgarter Süden in Halbhöhenlage, in der Nähe vom Zentrum und doch so abgeschieden, daß man in fünf Minuten im Wald war. Rundherum hatte man Sonne, dennoch blieb es kühl genug in den Räumen, daß man auch nachmittags noch gut arbeiten konnte. Mit Max zusammen bewohnte sie sechs Zimmer und den Dachstock, den sie sich zu einem Atelier ausgebaut hatte. Seit Donnerstag waren Ferien. Frau Engert konnte sich nicht vorstellen, daß sie nie wieder ins Robert-Bosch-Gymnasium zurückkehren würde. Nie wieder vor den Schülern stehen, die ihr aufmerksam und gelangweilt entgegensahen, nie wieder das Vibrieren in den Knien, wenn sie das Buch aufschlug. «Ihr solltet eure Gedanken zu folgendem Satz aufschreiben: *Jemand mußte Josef K. verleumdet haben, denn ohne daß er etwas Böses getan hätte, wurde er eines Morgens verhaftet.* Wer will etwas sagen?»

So war sie mit der Zwölften an den *Prozeß* herangegangen, und dem Oberschulamt hatte das nicht gefallen. Man gab ihr nur die Endnote Zwei. Hätte sie eine Einssieben bekommen, mit der Einsdrei in Geschichte hätte es wohl gereicht. Aber so. Vielleicht würde sie später eine Stelle kriegen, im nächsten Jahr.

Frau Engert überlegte sich, ob sie ein Studium an der Kunstakademie dranhängen sollte, das ewige Klecksen ging ihr auf die Nerven. Wenn sie schon malte, dann richtig. Aber etwas hielt sie davon ab, mit ihrer Zeichenmappe auf den gegenüberliegenden Killesberg zu gehen und die Blätter vor einem Professor auszubreiten.

Gegen Abend stieg Frau Engert ins Atelier hinauf. Die Holztreppe war steil und knarrte. Oben war es, trotz den aufgeklappten Fenstern, stickig. Es roch nach Holzleim und Lack. Frau Engert trat an eines der Bilder heran, einer abstrakten Mischtechnik in kräftigen Farben. Dekor. Nett. Frau Engert schnaubte. Sie würde es ihrem Homöopathen schenken. Für die Praxis. Oder ihrem Rechtsanwalt.

Tanja kam herauf, das alte Mädchen aus dem Erdgeschoß, das mongoloid war und sehr zurückgeblieben. Häufig streunte es ums Haus herum, und manchmal konnte es sich stundenlang selbst beschäftigen. Oft schlich Tanja ihr hinterher, wenn sie gehört hatte, daß Frau Engert nach oben ging. Linkisch stand sie nun in der Tür, mit halb heraushängender Zunge. «Komm rein, Tanja.» Frau Engert legte ihr Zeichenblock und Malkasten zurecht. «Hilfst du mir ein bißchen beim Malen?»

Tanja strahlte schief und sabberte aus dem Mundwinkel. Trippelnd kam sie näher, blieb stehen und machte einen Satz. Dann hing sie an Frau Engert, ließ sie sofort wieder los und hielt ihre Hand fest. Tanja streichelte den Schnitt an Frau Engerts Handrücken, der sich trotz der Jodtinktur entzündet hatte. Innen in der Hand pulste etwas, es schien auch zu eitern. «Doktor gehen», sagte Tanja. Daran hatte Frau Engert auch schon gedacht, dann war ihr aber eingefallen, daß sie das besser nicht tat.

Tanja ließ Block und Pinsel liegen. Sie stromerte herum, ging nach hinten ins Eck und öffnete den Verschlag, in dem sich alte Möbel, Bücher und Kleider türmten. Frau Engert wußte, daß sie nichts kaputtmachte, und ließ sie. Wenn Tanja Gegenstände fand, die ihr gefielen, dann konnte sie lange mit ihnen eins sein – bis sie das Ding, das sie eben interessiert geliebt hatte, mit einer brachialen Wut an die Wand warf.

Frau Engert beobachtete, wie Tanja alte Vorhänge von den Regalen nahm und vergebens versuchte, sie um leere Einmachgläser zu wickeln, die in einer kleinen Gruppe auf dem Boden standen. Dann nahm sie einzelne Gläser auf, hob sie gegens Licht und verteilte sie neu, kopfschüttelnd gab sie ihrer Welt eine innere Ordnung.

Abends zog sich die Wunde an Frau Engerts Hand etwas zusammen und fing an zu jucken. Das hieß, daß jetzt der Eiter kam und mit ihm die Heilung. Dennoch war die Hand jetzt so stark angeschwollen, daß Frau Engert einen Kamillenumschlag machte. Bevor sie sich mit einem selbstgemachten Holundersprudel und Virginia Woolfs *To the Lighthouse* auf den Balkon setzte, beschloß sie, morgen zum Gesundheitsamt zu gehen. Wenigstens eine Tetanusspritze. Überhaupt mußte sie sich gegen vieles impfen lassen. Man wußte ja auch nie, wann man in Urlaub fuhr.

5

Kein Alkohol, dachte Udo tags drauf beim Frühstück, vor sich das *Tagblatt* und Kaffee. Draußen hängte Frau Mauser schon Wäsche ab. Das Klicksen der Klammern, die in eine Plastikschidde plumpsten, vermengte sich als eigenwilliger Rhythmus mit Udos Sätzen. Spät hatte er sie hingeworfen, und nun ängstigten sie Udo allemal. Denn, schuld war der Alkohol, Udo hatte ja für das, was Matylde ihm lauthals erzählt hatte, keinerlei Rückversicherung! Wenn nun alles nicht stimmte? Wild erfunden war? Udo war erledigt. Er starrte auf die Headline seines Aufmachers wie auf ein stehengebliebenes Bild: «Grausamer Mord an einem jungen Stuttgarter Drehbuchautor? – Heiko Fehrenbach im *SWDR*-Archiv tot aufgefunden – Die Kripo hat den Verdächtigen Klaus Muck verhaftet».

Herein Claudi, wie immer zu heftig, mit einer Tüte voll Brötchen. Sie nickte sarkastisch, als sie Udos tragisches Gesicht sah. «Wirsch widdr mol entlasse?»

Schon vor zehn war es schwül und so heiß, daß Udo auf dem Weg Hemd und T-Shirt auszog. Er stopfte das T-Shirt in seine Tüte, die Reklame machte für die *Frankfurter Rundschau*. Die nehmen mich nicht mehr, überlegte Udo, wenn die Schose nicht stimmt, bin ich ex. Er zog das Hemd wieder an.

Stulle tat beleidigt, anerkannte aber sofort, daß der Chef halt der Chef war. Glotzte sogar etwas neidisch. Die Lokalrunde verlief daher unauffällig. Keiner außer Stulle hatte Udos Alleingang so recht mitbekommen, im übrigen war Sommerloch. Fast die Hälfte der Mannschaft weilte im Urlaub, drei hatten Termine, die sechs übrigen waren dankbar für jeden Dreck. Und jetzt, sogar ein gemeiner Mord! Je fieser, desto besser. Die Seiten mußten gefüllt werden. Und ein toter Heiko Fehrenbach war allemal attraktiver als die Hocketse vom Radlerverein Karl August 1898.

Die erste Abreibung kriegte Udo bei der Blattbesprechung aller Ressorts um elf. Heckmann, ganz der Chefredakteur, hatte jene Stellen im Blatt, die er bemängelte, mit Leuchtstift umkreist und schraffiert. Udos Artikel leuchtete in giftgrünen Schraffuren. «Herr Winterhalter», sagte Heckmann, «in einem Provinzblatt mag das ja angehen, daß man Meldung und Kommentar vermischt, wir halten uns da allerdings nach wie vor an die Grundregeln des Journalismus.»

Häffner lachte polternd. Udo wäre gern auf ihn losgegangen, sah dann aber, daß er sich mit Feuilletonchef Schmitz-Scharfnagl einen Brief durchlas und gar nicht zugehört hatte. «Ihre Recherche hat ja Hand und Fuß», hörte Udo wie von weitem Heckmann sagen, «das haben Sie gelernt, auf dem Dorf.» Udo überging diese Spitze. Ihm lief es eiskalt den Rücken hinunter. Hand und Fuß! Muttergottes.

Die Lokalredakteurin Zingel, die auf die Sechzig zuging, stand auf. «Sind wir hier Schulerbuben?» Zustimmendes Gemurmel.

Heckmann winkte sie auf den Stuhl zurück. «Was Ihrem Artikel fehlt, Herr Winterhalter, ist die saubere Trennung. Soweit es sachlich bleibt, okay. Aber hätten Sie Ihre – im übrigen übereilte und undifferenzierte – Kritik am Vorgehen der Polizei nicht in eine Glosse packen können? Kursivbuchstaben, Herr Winterhalter – oder kennen Sie den Befehl nicht?»

Damit hatte er die Lacher auf seiner Seite, denn Udo kam mit dem Kursiv-Befehl des Textverarbeitungssystems wirklich nicht zurecht. Einmal war ihm sogar ein Artikel durchgegangen, der ganz in Großbuchstaben erschien.

Weibliche Intuition, dachte Hauptkommissarin Adamczyk zufrieden, als sie die Zeitung aufschlug. Dagegen Oswald! In seinem letzten großen Fall vor über einem Jahr hatte er kläglich versagt. Er war gegen Wände gerannt, hatte die Arbeit der Untergebenen sabotiert und bei seiner einzigen, läppischen Festnahme einen fidelen Langhaardackel überfahren. Was das allein dem *Mord* an Häme eintrug! Denn Udo Winterhalter hatte sich nicht lumpen lassen und daraus ein flottes Glößchen geschneidert.

Der Adamczyk blieb das Herz stehen. Was sie da sah, war nicht zu fassen. Woher wußte Winterhalter das? Wie konnte er so einen Artikel schreiben? Die Pressestelle hatte doch dichtgehalten. Aber natürlich. Einer der Drehbuchschreiber hatte geplaudert. Das hätte sie sich denken können. Die Adamczyk überflog Udos Aufmacher mit Geierblick. Die Fakten waren in Ordnung. Aber dieses Gegeifer gegen die Polizei! Hatte Winterhalter diesen Dackel Maier noch immer nicht gerächt? *Wo die Staatsgewalt einsetzt, muß es Genickschläge geben. Anders geht das wohl nicht. Aber die Hatz gegen den Philosophieprofessor Klaus Muck ist mehr. Sie ist ein Anschlag auf die Freiheitlich-demokratische Grundordnung.* Welch pathetisches Finale! So saublöd, daß die Adamczyk kichern mußte. Die öffentliche Meinung stand hinter ihnen. Die Masse legitimierte die Methoden der Polizei, die im übrigen gerechtfertigt waren und dazu da, die Demokratie zu festigen. Daß Klaus Muck ein Mörder war, daran gab es kaum Zweifel.

Hauptkommissarin Adamczyk hatte eine Leberknödelsuppe verspeist und danach einen faden Salatteller, sich über Bergers liberales Lispeln geärgert und den Kaffee in ihre Bürozelle hinübergerettet, da rief Frau Dr. Müller aus der Anatomie an. Die Adamczyk konnte die Müller nicht leiden, weil die Müller ihre vorgebliche Wissenschaftlichkeit dazu ausnutzte, andere zappeln zu lassen. Der Adamczyk wischte sie mit Vorliebe eins aus, weil sie wußte, daß die einen Oberkieferknochen nicht von einem Schlüsselbein unterscheiden konnte.

Minutenlang quälte die Müller mit Details, die keine Sau kapierte. Faselte etwas von einer Fraktur im Jochbeinbereich, die anzunehmend erst nach Eintritt des Todes vorgekommen sei, langweilte unendlich mit einer Analyse der Magenschleimhaut, aus der hervorging, daß der Tote Vegetarier gewesen war, und stellte postum eine leichte Aneurin-Unruhe fest.

«Drogen?» fragte die Adamczyk alarmiert.

«Vitamin B», erwiderte Müller.

«Herrgott», sagte die Adamczyk.

Frau Dr. Müller ließ sich nicht bremsen. Die Adamczyk schlürfte derweil ihren Kaffee und drehte ihre fettigen Haare zusammen. «Und was schließen wir daraus?» Müller genoß hörbar die Pause. «Na», erklärte sie dann, «daß der Tod schon lange vor Mitternacht eintrat, bis zu einer Stunde. Und daß Fehrenbach nicht an dem Ort ermordet wurde, an dem man ihn fand.»

Die Adamczyk blieb lange still sitzen. Was die Müller bisher hatte, war zwar ungenau, aber es reichte, Klaus Muck todsicher zu entlasten. Zur anzunehmenden Tatzeit hatte Muck ein unumstößliches Alibi, ebenso Kellermann und die andern, die mit ihm am Tisch gesessen hatten. Sämtliche Verdächtige waren auf einmal entlastet. Der bloße Gang zum Klo hätte für keinen von ihnen ausgereicht, *diesen* Mord zu vollführen.

Den Skandal zurückhalten, überlegte die Adamczyk. Aber Muck muß sofort aus der Zelle. Da kam der zweite Anruf, ein Mann vom *SWDR*-Betriebsschutz. Er habe gestern freigehabt, das *Tagblatt* erst jetzt gelesen, und er wolle sofort melden: Um einundzwanzig Uhr siebenundvierzig habe er Heiko Fehrenbach aus dem Hauptausgang des *Südwestdeutschen Rundfunks* hinausgelassen.

Da selbst nach dem Mittag noch kein Dementi vorlag, ging Udo davon aus, daß er Oberwasser hatte. Matyldes Informationen waren verläßlich gewesen. Er beschloß, es ihr herzlich zu danken. Was tun, dachte Udo. Sein Instinkt antwortete prompt. Sich die Gefängnismauern Stammheims mal wieder von außen ansehn. Dann die Adamczyk anrufen und sich anscheißen lassen. Im Fall Muck gab es auf die Schnelle keinen Fortschritt. Dann Rundruf. Dann Glosse. Überschrift: Freiheitsberaubung? Dickes, sehr dickes Fragezeichen.

Am Fenster der Linie 15 klebte ein Gedicht von Ivan Goll: *Wenn du dich näherst / Schauert der Abgrund / Die Mauern zittern / Der Jasmin duftet wilder*... Daß diese Bahn nach Stammheim fuhr, erschien Udo logisch.

Wie üblich hatte er am Hauptbahnhof den Anschluß verfehlt, aber das kannte er schon. Nun fuhr er durch die Nordbahnhofstraße, die ihn für mehr als ein Jahr aufgenommen hatte. Vor dem Pennerwohnheim war frisch gekehrt, kein einziger, der dastand und soff. So ist's recht, dachte Udo hässig, es herrscht Ordnung im Viertel. Der Schwabe ist sauber und säuft nur da, wo keiner ihn sieht. Wie sollten die Vermieter sonst ihren Wucher betreiben, bei so einem öffentlich sichtbar gemachten Schandfleck? Man hatte ein freundliches Schild angebracht, *Fußgängerzone*, damit auch der letzte bemerkte: Das *Eisenbahndörfle*, einstiges Problemviertel, war hoffähig geworden.

Filippo, der sizilianische Gemüsehändler, der, wahrscheinlich aus Hygienegründen, draußen nun hauptsächlich noch Bier verkaufte, fegte feucht seinen Stand aus. Nur im *Spumante* herrschte die alte Ordnung: An den Resopaltischen wurden Karten geklopft, und Udo war es, als hörte er die Fäuste, die auf den Tisch schlugen, die italienischen Flüche. Auf den neu installierten Bänken, die wie die tiefstehenden Laternen nachtblau waren, saßen die türkischen Greise, die mit den hiesigen mehr gemein hatten als nur die schiefgelegte Kopfhaltung.

Dann war der schöne Spuk vorbei. Was folgte, war der Nordbahnhof, dessen betonierte Scheußlichkeit sich nach der spätpostmodernen Begrünungsinsel ins Rabiate auswuchs. Udo fuhr weiter, hinein in die Grube, oben staute sich geduldig der Autoverkehr. Seit der *Pragsattel* für 100 000 Autos täglich mit Millionenbeträgen ausstaffiert worden war, konnte man ihn autofrei nur noch mit der Bahn überwinden. Jeder Versuch, ihn zu Fuß zu überqueren, war lebensgefährlich. Welch zusätzliche Bedrohung für die Beamtinnen und Beamten der ansässigen Polizeizentrale und die letzten Soldiers der US-Kaserne, aber immerhin stand gegenüber das Robert-Bosch-Krankenhaus, da konnte man flikken, was zu retten war.

Erst bei der sachlich schwäbischen Frauenstimme «Endstation Stammheim» riß Udo der Faden. Er sprang hinaus und ging in Richtung Vollzugsanstalt. Schon von weitem erkannte man die Stacheldrahtumzäunung auf dem sicherlich idyllischen Dachgarten, die die Mietskasernen weithin überragte. Die plump dahingeworfenen Klötze wirkten wie halbherzig vertuschte Familienknäste, sie waren überzeugende Vorboten einer Haftanstalt, die den Namen eines ganzen Stadtteils vereinnahmt hatte. Die wenigen Menschen hier bewegten sich, als befänden sie sich in einer permanenten Deckung, und wenn sie eine Haustür aufschlossen, schienen sie erleichtert aufzuatmen. Nun blieb auch die letzte Frau vor dem Briefkasten stehen und starrte ihm nach, als Udo das letzte Stück hinunterging, allein, als einziger.

Stammheim strahlte die Tristesse eines sowjetischen Atomkraftwerks aus. Riesige Betonmauern wucherten vor großzügig gewundenem Stacheldraht. Hochgradig radioaktiv verseucht alles, dachte Udo. Man konnte sich gut vorstellen, wie kleine weiße Männchen mit Atemmaske und Schutzanzug darin herumwuselten, und der Geigerzähler machte pieppieppiep. Wie mußte der, dachte Udo, der solch ein Bauwerk entworfen hat, die Menschen hassen! Selbst ein Kernreaktor hat ästhetischen Reiz dagegen.

Auf einem Schild zeigte ein Pfeil nach rechts: *Eingang Prozeßbesucher*. Ob ich mir was anschauen soll, dachte Udo und stellte sich vor, es sei futuristisches Kino. Schon wollte er den einsamen Diensthabenden fragen, der VoPo-mäßig in seinem Kabäuschen saß, «bittschön, was steht heute auf dem Spielplan?», aber der würde ihn sowieso nicht durchwinken. Die DDR-Grenze war dagegen ein Scheißdreck gewesen.

Plötzlich stand ein Kerl hinter ihm und packte ihn am Ärmel. «Suchste wat?»

Darauf hatte Udo gewartet. Kaum lungerte man zwei Minuten hier rum, schon war die Staatsmacht im Einsatz. Und einen Ton hatte der schmächtige Dreckskerl, der, das hörte man sofort, tatsächlich bei der Volkspolizei gedient hatte. Aufreizend gemütlich zog Udo seinen uralten, einstmals grünen und inzwischen abgelaufenen Reisepaß heraus. Eine von diesen maschinenlesbaren Identitätskarten besaß er immer noch nicht. Er zahlte schließlich auch noch mit Bargeld.

Als der Schmächtige das Ding sah, brüllte er vor Lachen. «Wo haste denn dat her? Ist das Museum, oder wa?»

Auch das noch, dachte Udo. Jetzt nimmt er mich in die Erfassung, und der Nachmittag ist hin.

«Eben bin ick entlassen worden.» Sie setzten sich auf die mageren Bistrostühlchen der pink-weiß ausstaffierten *Stammheimer Freiheit*. Den ganzen Weg hatte der Typ keinen Ton gesagt. Muttergottes, dachte Udo, ein Knacki. Einer von denen. Der dir jetzt sein ganzes Leben erzählt, und natürlich, er war's nicht.

«Ick bin unschuldig», flüsterte der Schmächtige. Seine Hände zitterten. Drogen, dachte Udo. Der braucht Stoff. Udo rief nach zwei Bier. Oder nein, eine Halbe, ein Spezi. Kein Alkohol.

«Ick sach dir», stammelte der Schmächtige, «wenn du da ma drin warst, da kennste dich nachher nich wieder.»

Lang muß er drin gewesen sein. Udo grinste. So falsch, wie der berlinert. Klingt ja halb schwäbisch. «Wieviel Jahre hast du denn gehabt?» erkundigte sich Udo höflich.

«Jahre?» Der Schmächtige schlug sich an den Kopf, den eine schwarze Schramme zierte. «Een Tach. Dat reicht, Mann.» Er streckte Udo die Hand hin. «Ick heeß Mucke. Komm aus Nekkartailfingen. Bin dann aber lang in Ostberlin gewesen.»

Ich brauch ein Bier, dachte Udo. Die Geschichte, die Mucke ihm auftischte, roch scharf nach Skandal. «Wie heißt der Einsatzleiter?»

«Woiß ick net», erwiderte Mucke, der als Schock-Spätfolge mehr und mehr zu seiner schwäbischen Muttersprache zurückfand.

Das läßt sich herauskriegen. Wenn die Story stimmt, überlegte Udo, dann fällt das Sommerloch heuer ins Wasser.

«Der Berger, der hat's mir dann gesagt.» Mucke kippte. «Die wollten's mir doch net sagen. Warum sie mich rauslassen. Nur der Berger, der hat gesagt, ick bin unschuldig, weil der Mord schon vor zwölf war und gar nich im *Fernsehen*, und da saß ich gemütlich mit den andern...»

«Wann hat sich eure Runde denn aufgelöst?» fragte Udo, der Unstimmiges witterte.

«Mann, war ick besoffen.» Mucke rülpste. «Wo ick doch sonst nix trinke. Aber wart ma.» Pause. «Vielleicht gegen einse?»

«Und war der Heiko Fehrenbach noch mal da? Also, erst hat er doch unten Fernsehen geguckt, von Viertel neune bis nach halber zehn.»

«Dann kam er noch ma.» Mucke rieb sich die Augen. «Du meinst, weil der Kellermann ihn so spät noch gesucht hat? Also, ick hab den Heiko zuletzt so vor zehn gesehen. Aber ich dachte irgendwie, der treibt sich wo rum.»

Udo schwieg lange.

«Weil er sich doch nicht verabschiedet hat.» Mucke griff auf dem Nebentisch nach einem Beutel Tabak. «Der ist zwar link, der Junge, aber Ade sagen tut er.»

«Amore», sagte Udo. Die Plattennadel machte einen Hüpfer, als Claudi zu ihm auf das Bett sprang. Gianna Nannini wiederholte den Satz, den sie eben gesungen hatte: *«Siamo veramente in questo film.»*

«Basta», rief Udo und sprang auf. «Scheißdreck! Wenn morgen im Blatt steht, was mir dieser Mucke heut nachmittag geflüstert hat, dann bin ich erledigt.» Er rannte im dürftig möblierten Zimmer umher, als müsse er einen scheuchen.

«Freilich steht's im Blatt», Claudi grinste. «Oder glaubst du, der Spätdienst radiert deinen Artikel?»

«Kaum», sagte Udo, der im Hemd dastand und dessen bleiche Schenkel sich bläulich zusammenzogen. Draußen ging ein Gewitterregen herunter, der praktisch aus heiterem Himmel kam. Von einer Sekunde auf die andere war es winterkalt geworden. Claudi räkelte sich, in der Seidenwäsche, die ihr Marthel, die Mutter, zum Dreißigsten geschenkt hatte. «Muesch ebbis doa fir din Udole», was übersetzt hieß, daß die zähe Claudi alterte und Udo im Bett eh nicht das war, was Marthel sich vorstellte.

«Domani devo alzarmi presto, dai.» Udo warf sich lustlos auf Claudi, die dachte, daß ihr sein Italo-Fimmel langsam zu weit ging.

Hinterher war Udo soweit, daß er wieder essen konnte. Das nächtliche Verschlingen unübersehbarer Spaghettimengen war für ihn der sichere Indikator dafür, daß er nervlich in Ordnung war. Während er Zwiebeln in Öl goß, störte ihn Claudi. Seit sie im Winter nach Stuttgart gekommen war, hatte er einfach nirgends Ruhe. Aber in Mariabronn, ihrem gemeinsamen Schwarzwälder Heimatkaff, hatte man sie auf einmal nicht mehr gebraucht. Denn der rote Karle, der Claudis Vater war und Kommunist, hatte die Klitsche an ihre beiden Brüder vermacht, die sich nicht lumpen ließen und ordentlich aufstockten. Was Fritz und Heiner binnen kurzem an CNC-Maschinen und Arbeitern ranschafften, das ging auf keine Kuhhaut.

Zumal war Claudi überflüssig. Den Bürokram machte jetzt die Schwägerin, die Frau vom Fritz, die ihre drei Kinder soweit hatte, daß ein Halbtagsjob möglich war. Und da kam ihr die Investition in die neue Halle grad richtig. Daß Claudi Industriekauffrau extra gelernt hatte, weil der Karle sie als Geschäftsfrau wollte, davon redete von einer Stund zur andern keiner mehr. An den computergesteuerten Maschinen duldeten sie die Brüder auch nicht, weil sie sagten, daß Programmieren nichts sei für sie. Udo dachte, daß diese Kränkung einer Enterbung gleichkam. Und das, wo Claudi jahrelang geschuftet hatte! Für die Werkstatt hatte sie sich kaputtgemacht, und nun, kaum zog sich der alte Karle an den Fernseher zurück, da jagten die Brüder sie zum Teufel.

«Die Kündigung», sagte Udo. Claudi verzog das Gesicht.

Drei Teller Spaghetti und zwei kleine Gläser Chianti genügten, daß Udo wieder auf der Höhe war. «Du mußt kündigen», sagte er zu Claudi, die sich das Rauchen abgewöhnt hatte und an den Nägeln fraß. Udo, der Raucher haßte, legte ihre Hand auf den Küchentisch. «Sofort. *SMW* ist sowieso Scheißdreck.»

«Die Buchhaltung», sagte Claudi. Schon als kleines Kind hatte sie im heimischen Fabrikle Arbeit verrichtet, nie hatte sie von unrechtmäßigem Geld gelebt, schon ihre Schulerhefte waren anständig erputzt worden. Und jetzt wollte Udo also, daß sie von ihm lebte, ihm womöglich die Hemden bügelte und ein anständiges Essen auf den Tisch brachte. Dabei hatte sie ihn immer für gescheiter gehalten. Aber wenn der Mann über fünfunddreißig ist... Claudi griff nach der vergilbten *Orient*-Schachtel, die zur Zierde auf dem Fenstersims stand, EVP zwo Mark vierzig. Sie fischte nach Streichhölzern, die Filterlose zwischen den Lippen. «Den Daudel», sie inhalierte, «mach ich dir nicht.» Claudi mußte husten. «Den Haushalt...»

«Haushalt?» Udo kippte den Rest Chianti. «Wieso Haushalt? Du sollst den Kerl finden, der Heiko umgebracht hat.»

Claudi fing wieder an zu fressen. Sie rauchte, hustete und nagte abwechselnd. Als das Nagelbett blutete, steckte sie sich den Daumen neben die Zigarette in den Mund. Für Udo war es eine Prüfung.

Er riß sich zusammen. «Ich will wissen, wer Heiko auf dem Gewissen hat. Und vor allem, warum. Was damals wirklich war.»

Claudi riß einen Zipfel von ihrer Serviette ab und wickelte ihn um den Finger. «Aber wieso? Und wieso ich?» Wieso wollte Udo Heikos Mörder finden? Aus Profilierungssucht? Weil er beim *Tagblatt* gut dastehen wollte? Weil er noch immer der King von Mariabronn war? Weil er es immer noch nicht lassen konnte? Weil er einen alten Staatshaß hatte? Der Adamczyk und den Bullen eins auswischen wollte? Weil er Heiko von früher her kannte? Claudi merkte auf einmal, daß ihr Udo doch fremd war.

Udo schwieg.

6

Der Donnerstag war so saukalt, daß Udo einen schwarzen Pulli anzog und darüber die Lederjacke. Die Idee, die ihm spät nachts noch eingefallen war, kam ihm im Zwielicht dieses unsommerlichen Morgens zwar absurd vor, aber er hatte keine Energie, Claudi zu wecken. *Kauf ein Auto*, schrieb er statt dessen auf einen halb abgerissenen Zettel und flickte hinein: *altes*. Und das, wo er sich aus gutem Grund geschworen hatte, nie wieder eins zu besitzen.

Udo ging zu Fuß. Es störte ihn, daß keiner unterwegs war, keiner zumindest, der ihn interessierte. Die Straße lag vor ihm wie geputzt. Als hätte man den Regen mit dem Schrubber verteilt. Eine Oma fuhr ihren uralten Pinscher im Kinderwagen spazieren. Er hechelte zahnlos. Sie kamen Udo entgegen, und er bemerkte, daß der Pinscher doch noch zwei Zähne hatte, im Unterkiefer standen sie absonderlich nach vorn. Die Oma, die eine Strickmütze trug, keifte sich ununterbrochen selbst an. Das gefiel Udo so gut, daß er sekundenlang mit der Bebelstraße im reinen war. Fast fröhlich kam er in der Lokalrunde an, erst unter dem Blinzeln von Stulle unterließ er sein Pfeifen.

In der Blattbesprechung ging sie hoch, die Ladung. Sie entzündete sich an einer Kleinigkeit. Stulle hatte statt *Freitod* wieder *Selbstmord* geschrieben, was unzulässig war und weswegen Heckmann rotierte. Dann kam er in Fahrt: Noch mal Stulle. «Er verging sich an ihr» sei keine Formulierung für eine Vergewaltigung, und wo Heckmann recht hatte, hatte er recht. Dann das halbseitige Donnerstags-Farbbild über dem Aufmacher. Seit wie vielen Jahren das in der Sonne gelegen habe? Und apropos Sonne, gestern sei es zwar heiß gewesen, aber heut sei das Wetter beschissen. Wie es da angehe, eine lärmende Truppe im Freibad zu zeigen? Ob der Lokalchef schon was vom Wetterbericht gehört habe, der stündlich herübertickere? Spätestens um viere sei klar gewesen, daß das Wetter umschlägt.

Der Ressortleiter Deutschlandpolitik fiel ein, es folgte der neue Mann aus der Wirtschaft. Alle hackten schließlich auf dem Lokalen herum, keiner kam zur Sache. Es schwieg allein Kaffka. Sein flirrender, leicht irrer Blick zeigte, daß er begriffen hatte. Er wußte nun, wo er sich befand. Heckmann dozierte weiter, das heißt, er machte Winterhalter zur Sau. Aber eben nicht wegen dem ungeheuerlichen Artikel, mit dem sich Winterhalter geradezu hanebüchen aus dem Fenster gehängt hatte. Das war typisch: Über das, worum es ging, wurde beim *Tagblatt* grundsätzlich nicht geredet. Statt dessen fand die Abreibung auf gesichertem Gelände statt. Denn, natürlich war man eine liberale und kritische Zeitung, natürlich galt auch für einen Ressortleiter die Pressefreiheit. Natürlich durfte sich einer wie Winterhalter, der sich nach anfänglichen Profilierungsversuchen unauffällig verhielt, mal auskotzen. Zumal in so einem Fall, wo sich die Polizei allem Anschein nach unsäglich blamiert hatte. Zumal der *Neckarbote*, das zweite, gänzlich unbedeutende Blatt vor Ort, das Skandälchen ruhig verschlafen hatte. Zumal die Fakten anscheinend in Ordnung waren.

Dennoch. Durch ein sensibles Instrumentarium von Einschüchterungen, die auf den Nebenschauplätzen zuverlässig aufgefahren wurden, mußte man die Kontrolle aufrechterhalten. Wer einmal den Boden des Gesicherten verließ, der hatte keine ruhige Minute mehr. Wehe, er benutzte einen falschen Konjunktiv! Wehe, er war des korrekten Gebrauchs des Genitivs nicht mächtig! Wehe, er schrieb *im Dunkeln* groß, wenn einer bloß darin tappte.

Technokrat. Retorten-Redakteur. Klonen-Chef. Udo grinste rundherum und behielt recht: Die gesamte Blattrunde äußerte sich mit keinem Ton zu seinem linksradikalen, individualanarchistischen Skandal-Glößchen, in dem er satte hundert Zeilen hindurch hämisch über den Dilettantismus der Mordkommission herzog. Und mit welchen Sätzchen! «Wo staatliche Willkür sich derart breitmacht, da ist der schleichende Halbfaschismus nicht weit.» Platt, aber treffend. Er forderte, daß der marxistisch-leninistische Philosophieprofessor Klaus Muck angemessen entschädigt wurde, er forderte die Entlassung des zuständigen Einsatzleiters, dessen Name ihm verschwiegen wurde. Er forderte die Rückkehr zu einem Rechtsstaat, der um der Ausgewogenheit willen ja immer auch ein Linksstaat sein müsse: «Im Gefolge der neuen Terroristenhatz, mit der das hiesige Landeskriminalamt mit wenig stichhaltigen Argumenten sein Sommerloch stopft, hat man den kommunistischen Philosophieprofessor Klaus Muck herausgegriffen. Dies ist ein weiteres Indiz dafür, daß die Daten des Verfassungsschutzes in jedem Polizeicomputer abrufbar sind.» Udo wußte, damit hatte er der Adamczyk der Ehre zuviel getan, aber vorauseilender Ungehorsam konnte nicht schaden.

Wieso mach ich das eigentlich, dachte Udo, der, als es zum Feuilleton ging, gewohnheitsmäßig abschaltete. Wieso pokere ich derart hoch? In den nächsten Wochen, das war klar, würde er unaufhörlich gepiesackt. Wollte er die Entlassung erzwingen? Zum Fernsehen gehen und, wie Freund Heiko, miese Drehbücher schreiben? Kleine Seckel wie Mucke ausnehmen? Nein, dachte Udo, ich will's wissen. Nicht, wie weit ich hier gehen kann. Das hab ich schon lang begriffen. Sondern die – na ja – Wahrheit. Dazu mußte ich erst mal dieses unfähige Arschloch von Adamczyk außer Gefecht setzen. Was mir hiermit gelungen ist. Denn die hab ich jetzt beschäftigt! Udo grinste. Er rechnete sich eine Woche Vorsprung aus.

Claudi hüpfte aus dem Werkstor heraus. Sie war wieder sechzehn. Es war wie nach der Schulentlassung, so leicht. Der Meister hatte ihre Kündigung aufatmend zur Kenntnis genommen, der Personalchef strahlte. Ja freilich, sie könne sofort gehen! Er versprach sogar eine Abfindung. Nur eine Betriebsrätin hatte einen Tobsuchtsanfall gekriegt. Das sei gewerkschaftsschädigend, grad jetzt den Bettel hinzuschmeißen. Im stillen gab Claudi ihr recht.

Das endgültige Verlassen des Betriebsgeländes war so unwirklich, daß Claudi alles in Überschärfe wahrnahm. Das Grashalmlächeln des Pförtners, der ihren Betriebsausweis entgegennahm. Das Rot und das Weiß der Schranke. Die Angestellten, die ihr in Grüppchen vom Mittag entgegenkamen. Bald hätte sie eine von ihnen sein können. Bald wäre sie im Rock zum Schaffen gegangen, mit hohen Schuhen und frisch frisiert. Bald wäre sie in einem klimatisierten Büro gesessen, an einem ergonomisch zurechtgestutzten Schreibtisch, und auf den Bildschirm ihres PCs hätte sie wie all die andern kleine Figürchen geklebt, einen grinsenden Frosch, einen lässigen Affen. Daß Claudi dieser Zukunft, die ihr bis dato unausweichlich schien, auf so rabiate Weise entkommen war, das schien ihr endgültig und unwiderrufbar.

Claudi ging in den nächstbesten Gebrauchtwagenladen und kaufte nach einer kurzen Testfahrt das nächstbeste Auto. Er war ein verrosteter Fiat Uno in einem scheußlichen Graugrün, der noch zwei Monate TÜV hatte. Siebenhundert hatte er nur gekostet, und Claudi registrierte fachmännisch, daß der Boden in Ordnung war. Etwas mußte an dem Karren wohl faul sein, aber Claudi gehörte nicht zu den Frauen, die vor solchen Mucken zurückschrecken.

Noch ein paar Ämter, noch eingekauft, natürlich fand sie nirgends einen Parkplatz. Am Spätnachmittag hatte sie dennoch alles zusammen. Sie setzte sich ins *Jenseitz*, das Schwulencafé unten an der Bebelstraße, und bestellte einen trockenen Martini, für den es zu kalt war. Es würde nicht einfach sein, die Leute jetzt im Urlaub aufzutreiben. Die Clique von damals. Claudi nahm die Kladde heraus, die sie sich extra gekauft hatte. Mit ihrer runden, leicht linkslastigen Mädchenschrift schrieb sie groß auf die erste Seite: «Der harte Kern.» Das unterstrich sie zweimal.

Claudi dachte über den Fernsehfilm nach, den Heiko Fehrenbach geschrieben hatte. Daß er ihn selbst geschrieben hatte, kam ihr logisch vor. Erstens machte er mit seiner Drehbuch-Werkstatt sonst fast nur fade Serien, zweitens kamen Details darin vor, die nur einer wissen konnte, der damals im Mariabronner *Haus* mitgemacht hatte. Andererseits gab es auch Fehler. Zum Beispiel Udo. Im Film hieß er Uwe, ein pickliger Gymnasiast, obwohl er damals schon zweiundzwanzig gewesen war und beim Zivildienst. Das war ihm anscheinend selber nicht aufgefallen. Komisch, dachte Claudi, wo er mich doch da kennengelernt hat. Ich war sechzehn. Heiko war zwanzig. Und dann, die Sache mit dem Ofen. Wie hat Udo gezittert, als er kurz gedacht hat, Wolfi sei wegen dem Ofenrohr erstickt, an dem Udo vorher herumgemacht hat. War das ein Theater! Jetzt spielt der Ofen aber keine Rolle mehr.

Claudi überlegte mit dem mechanischen Gespür einer Sachbearbeiterin. Da Heiko kurz nach Filmschluß umgebracht worden war, ging Udo davon aus, daß es einer von damals getan hatte; wahrscheinlich derjenige, den Heiko als Mörder hinstellt. Diesen verschüchterten Thomas-Boy, der aussieht, als ob er nicht auf drei zählen könnte. Für einen kaltblütigen Kerl, der einem Kumpel das Messer auf die Brust setzt, war er tausendmal zu saumselig; und falls er nun auch noch derart kurzentschlossen und tollkühn seinen Mitwisser Heiko um die Ecke gebracht haben sollte, mußte er charakterlich wahre Doppelsaltos vollbracht haben. Oder Heiko hatte halt voll danebengegriffen. Sieht fast aus, dachte Claudi, als wollte Heiko diesen Thomas schützen, irgendwie um Verständnis buhlen. Pädagogisches Fernsehen, oder so.

All die andern hatte sie wiedererkannt: Jo Kulbe eben und Biggi Larsen, Susanne Uhl, Jörg Pfänder und Luzia Zeller, Astrid Klingmann und Vera Haigis, Wolf Niebel natürlich und Heiko, sich selbst auch und Udo, der als Reporter kam und für den *Schwarzwälder Merkur* schrieb.

Sie alle waren schlecht weggekommen. Heiko hatte eine Provinzposse gedreht, die im Grunde hundsgemein war. Denn damals, das war eine gute Zeit gewesen, und das nun im nachhinein so saublöd zu vermarkten, das machte Claudi nach dem zweiten Martini traurig. Daß Heiko tot war, brutal ermordet, das konnte sie sich nicht vorstellen. Heiko, dachte sie, dieser schwammige Bubi, dieser dickliche Aufschneider, der nie recht akzeptiert wurde, über den man gelacht hat. Sie hatte ihn nie leiden können, und später, als sie hörte, daß er beim Fernsehen einen kometenhaften Aufstieg erlebte, da hatte sie nur die Nase gerümpft.

Gewissenhaft listete sie die Namen auf, die ihr aus dem Kopf einfielen. Damit hatten Udo und sie vor der Adamczyk einen enormen Vorsprung. Bis die das kapierte, daß der *Harte Kern* von Ende siebzig real war. Daß er in Mariabronn spielte. Daß die Leute darin, die meisten jedenfalls, wirklich existierten. Daß es auch die Geschichte, bis auf den Mord, der tatsächlich aber ein Unfall mit Drogen war, wirklich gegeben hat. Bis dahin war es möglich, ihr zuvorzukommen.

Was dann? Was tun, wenn Claudi den Mörder fand? Zu Udo rennen? Natürlich. Der das druckte? Unmöglich. Zur Adamczyk? Auf keinen Fall. Claudi dachte an Wolf. An den klugen kleinen Kerl, der Brecht und Nietzsche gelesen hatte. Der Haschisch rauchte und über Benn philosophierte. Sie hatte ihn schon damals nicht verstanden, als sie mit ihm bei Jimi Hendrix in der Ecke lag. Als er die Gitarre nahm und ansetzte zum *Star Spangled Banner*. Als er sie küßte, ihr erster Kuß, und hinterher erfuhr sie, er hatte nur Tabletten geschluckt.

Sie ging nach Hause und warf das Video ein. Sie weinte.

Schülermassen quellen aus einem Gymnasium. Kamera aufs Tor: Halbwüchsige zünden sich Zigaretten an. Sie tragen Schnabelkrägen und Hosen mit Schlag. An einer Litfaßsäule werden Terroristen gesucht. Chris Norman plärrt sein vergängliches *Think of me*… Es ist das Jahr 1977. *Der harte Kern, ein Fernsehfilm von Heiko Fehrenbach*. Schnitt.

Claudi drückte auf Vorlauf. Im Zeitraffer sah sie sich das Mädchen an, das Biggi und ein bißchen niedlicher war, und den Jungen, der in Wahrheit Jo Kulbe hieß. Der Täufer. Beide saßen am Waldrand und knutschten. Die Sommerferien waren zu Ende, nun würden langweilige Wochen kommen, und beide beschlossen, eine «Bande» aufzumachen. Es sollte klar festgelegt sein, wer dazugehörte und wer nicht, so zwölf bis zwanzig Freunde. Claudi kannte die Dialoge halb auswendig. Sie stellte auf Play.

«Klara?» Pseudo-Biggi kichert und spielt mit dem seidenen Braunhaar. Ihr fester Busen rutscht fast aus dem Hemdchen. «Aber die ist doch irre naiv.»

Pseudo-Jo greift ihr an die knallig sitzenden Jeans. «Die hat 'ne Ahnung von all dem Umbaukram. Der ihr Alter hat doch so 'ne Werkstatt. Die können wir brauchen.»

Pseudo-Biggi seufzt. «Okay, okay.»

Claudi konnte sich die Scheiße nicht mehr anhören. So beknackt hatten nicht mal Jo und Biggi geredet, obwohl die ein affektiertes Geturtel hatten, das nicht auszuhalten war. Daß Klara Claudi meinte und daß man sie zuerst nicht recht gewollt hatte, das lag auf der Hand. Sie ging ja nur in die letzte Realschulklasse, fast alle andern aufs Schwarzwald-Gymnasium. Sie war bloß eine Einheimische, sie sprach Dialekt; die anderen waren zugezogen und damit was Besseres. Aber weil Jo eine Zeitlang ihren Arsch gut fand, durfte Claudi mit zum ersten Treff der Bande, auf der Wiese vom Storzen Hugo.

Schnitt, Wiese. Zwei Dutzend betont jugendliche Schauspieler und -innen sitzen malerisch darinnen, einer klampft. *There is a house in New Orleans, they call the Rising Sun...* Pseudo-Jo steht auf. Er hält einen Vortrag: Sie seien nun eine Bande. Sie gehörten von nun an zusammen. Wer nicht mitmachen will, soll bitte gehen. Für den Rest habe er einen Vorschlag: Das alte Bauernhaus oben im Neubaugebiet stehe leer. Die Bäuerin sei gestorben. Das sei von nun an ihr *Haus*. Wer dazugehören will, der soll mitkommen und es besetzen.

Die Szene ist gar nicht mal schlecht, dachte Claudi. Rein von der Erinnerung aus gesehen. Filmisch ist sie Kitsch. Sie drückte wieder Vorlauf, sah gerafft einen Einbruch in einen Bauernhof, der aus Beleuchtungsgründen innen dreimal so groß ist wie der wirkliche. Sie sah fröhliche junge Menschen, die mit Mofas und Mopeds ankommen, Farbeimer und Werkzeug mitbringen. Immer ist da einer, der klampft. *If I had a hammer, I'd hammer in the morning, I'd hammer in the evening, all over this land...* Immer singen ein paar Sopränchen leis mit. Und der kleine Pseudo-Wolf sitzt auf den Stufen, saugt an der Tüte. Jo, der ihn zusammenscheißt. Kein Haschisch. Nicht bei uns.

Claudi sah sich die Szenen an, als das Tauziehen um das besetzte Bauernhaus losgeht. Zwischen den Rechten und den Linken im Gemeinderat, zwischen SPD-Bürgermeister und Sozialausschuß, zwischen der schwarzen und gelben Presse, zwischen konservativen und antiautoritären Lehrern, zwischen Christen und Unchristen, Grauen, Braunen, Gestreiften, Nachbarn, Fremden, Kaminfegern und Tierschützern. Heiko hatte diese Sequenzen slapstickartig geschnitten, heraus kam eine Farce von Provinz. Dabei war das damals ziemlich hart gewesen.

Was den Film so beschissen macht, überlegte Claudi, ist, daß Heiko das alles nicht ernst nimmt. Typische Fernsehkacke, Hauptsache, Familie Schmidt unterhält sich. Von Oma Schmidt bis Klein-Schmidtchen sind alle fröhlich dabei, und hinterher wird brav ins Bett gegangen. So, wie Heiko das Tauziehen im Gemeinderat und im Sozialausschuß beschreibt, die Pressekampagne gegen uns und daß wir ja nur ein «besseres» Jugendhaus wollten, weil wir «bessere» Jugendliche sind, das ist einfach nur nett. Damals ist es uns ernst gewesen. Die ganzen Leute, die hier vorkommen, die sind leer wie Nußschalen. Daß sie keinen Tiefgang haben, macht sie fies.

Pseudo-Thriller. Sozialkitsch. Claudi sehnte sich nach einer Zigarette, wie sie Klara vor sich heftig rauchen sah. Klara sah ihr tatsächlich sehr gleich; die Regieanweisung mußte sehr gut gewesen sein. Das schwarze Haar, das wie Wolle auf die Hüfte fiel, war etwas übertrieben, die Bewegungen stimmten. Claudi ahnte plötzlich, woran Heiko Fehrenbach gescheitert war: Er hatte versucht, die Wirklichkeit und die Filmkunst in eins zu setzen. Dabei hatte ihm die fehlende Erinnerung öfter einen Streich gespielt. Weshalb stellte einer so dicht als möglich eine Geschichte nach und erfand sich dann doch ein anderes Ende? Weil die Wirklichkeit, dachte Claudi, fürs Fernsehen halt doch nichts hergibt.

Sie stockte. Die Volksverdummung, rief der rote Karle immer, setzt da an, wo die Gemeinheit und Feigheit und Widerwärtigkeit als Utopie verkauft werden. Man tut so, als sei die Niedertracht erfunden, weil keiner glauben soll, daß die Welt genauso beschissen ist. Was wird gezeigt? Nichts als reale Scheiße. Und nichts vertuscht echte Grausamkeit und Blödheit und Borniertheit besser als der Bildschirm, auf dem sie gezeigt wird.

Claudi überlegte. Wieso sollte einer wie Heiko, der die Schlichtheit von jeher mit Löffeln gefressen hatte, einen falschen Schluß erfinden? Das Ende, das bekannt war, hätte es genauso getan. Phantasie, dachte Claudi, hat so einer nur, wenn er nicht anders kann. Solange es ihm irgendeinen Vorteil bringt oder irgendeine Erleichterung, wird er so nah wie möglich an der Wirklichkeit bleiben.

7

Schon in der Frühe war die Luft glasklar. Frau Engert setzte sich im Bett auf, sah in den Himmel hinter den Hügeln und wußte: Heute feiert der Sommer seinen Durchbruch. Vorher, das ist nur ein verheißendes Vorspiel gewesen. Jetzt aber, nach dem unzeitigen Kälteeinbruch, kommen Wochen, die satt sind und prall voller Hitze und Gegenwart. Wochen, in denen es kein Nachher gibt, in denen man nicht glaubt, daß dies alles mal ein Ende hat. Lange und doch sich spürbar verkürzende Abende, mit Champagner und leisen Gesprächen draußen, Abende, die ohne Tod sind und ohne jede Erinnerung. Und je kürzer ein Abend würde, je früher die Dämmerung einfiel, desto mehr würde sich diese Gegenwart steigern, bis alles in sich zusammenbrach. Dann kam, mit seiner Todeswoge, der Herbst.

Todeswoge, dachte Frau Egert. Sie wußte nicht, ob ihr dies Wort gefallen sollte, es schien ihr zutreffend und pathetisch. Sie sah auf die Uhr. Es war kurz vor halb sieben, eine Zeit, zu der sie noch immer gewohnheitsgemäß erwachte. Frau Engert sprang aus dem Bett und stand sich gegenüber. Am entgegengesetzten Ende des Schlafzimmers prunkte ein riesenhafter Spiegelschrank, ein Erbstück von Andreas' Großeltern. Wieder überlegte sie, ihn von dort zu entfernen, weil er selbst in diesem großen Raum erdrückend war. Aber wohin. Und – sie wollte Andreas nicht kränken.

Dicht vor sich selbst blieb sie stehen. Ziemlich gute Formen, etwas zuviel Busen vielleicht. Früher hatten sie ihre Schulkameradinnen darum beneidet. Aber das war eben der Preis, den man für eine Top-Figur zahlen mußte: Man alterte früh. Frau Engert überlegte, für wie alt sie sich schätzen würde. Sie betrachtete sich dazu genau ihre Augen, die Lachfältchen, die sich wie Strahlen nach außen zogen. Die kaum merkliche Falte zwischen Nase und Mund. Sie sah sich sogar die Zähne an. Bis auf zwei Kronen waren sie makellos. Achtundzwanzig, dachte Frau Engert.

Sie streifte sich eines von Andreas' weißen Hemden über und trat hinaus auf den Balkon. Es war noch sehr kühl. Frau Engert bildete sich ein, auf dem Rasen helle Tautropfen zu erkennen, die im Morgenlicht glitzerten. Sie spürte sogar die Nässe unter den Fußsohlen, die in Wirklichkeit nur die Kälte des Betons war. Sie hörte, wie Max in die Küche ging, vor dem Kühlschrank hantierte. Sie sah jede seiner Bewegungen vor sich, wie er linkisch nach der Milchflasche griff, während er mit dem bloßen Schenkel die Kühlschranktür aufhielt, wie er mit der Rechten die Flasche an sich drückte und zugleich öffnete, während seine linke Hand damit beschäftigt war, die Cornflakes nicht zu verschütten. Bis er schließlich auf den genialen Gedanken kam, das Schüsselchen auf dem Kühlschrank abzustellen. Aus der Hocke goß er dort oben die Milch ein, während sein rechtes Bein schon vor Anstrengung flatterte. Dann lehnte er sich schlaksig zurück und donnerte die Kühlschranktür zu. Und tatsächlich – zack.

Komischer Kauz, dachte Frau Engert. Überhaupt seine Generation. Als ich so alt war, hab ich geschlafen bis Buffalo, ausschlafen war das Subversivste, was es überhaupt gab. Und dieser Kerl steht noch vor sieben auf, freiwillig. Er langweilt sich, dachte Frau Engert. Schließlich hat er Ferien. Ich sollte ihm etwas bieten, einen kleinen Urlaub, irgend etwas Nettes. Bis vor zwei Wochen hatte Max eine Freundin gehabt, ein kleines Ding namens Julia, und Frau Engert hatte es nichts ausgemacht, daß sie bei ihm übernachtete. Obwohl sie wie Max erst fünfzehn war. In Frau Engerts Jugend war so etwas undenkbar gewesen, und sie hatte auch sogleich an Andreas geschrieben, der schließlich der Vater war. Auf ihre Frage, ob das zulässig sei, hatte sie bis heute keine Antwort.

Nun, und dann hatte Julia kurz vor den Sommerferien einen Griechen näher kennengelernt, aus ihrer Parallelklasse, und jetzt ging sie mit dem. Insgeheim beneidete Frau Engert diese Jugendlichen um ihre absolute Berechenbarkeit. Denn Julia hatte schnell kapiert, daß Max nicht in die Ferien fuhr – um allein zu reisen, war er ja noch zu jung –, und sich diesen Wassilios angeeignet, mit dessen Sippschaft sie nun auf Mykonos weilte.

Frau Engert lauschte noch eine Weile auf die Geräusche, die von drinnen kamen, bis Max' Zimmertür mit einem dezidierten Knall ins Schloß fiel.

Kaum stand sie unter der Dusche, als Max in der Tür lehnte und rief. Sie wußte nie, ob er das absichtlich machte. Denn immer, wenn sie duschte, war garantiert der Teufel los. Ein Anruf von Andreas, der schließlich ein Vermögen kostete, ein Einschreiben oder sonst etwas Wichtiges. Und Max schien es zu genießen, wenn er sie beim Duschen unterbrechen konnte. Er zog sich auch nicht zurück, sondern er wartete, bis sie heraustrat, nackt und klatschnaß, und nach dem Handtuch fischte.

Das konnte nur Andreas sein, so früh. Frau Engert sprang in den Bademantel. Immer vergaß er die Zeitverschiebung. Wenn es hier halber acht war, dann war es in Nairobi bereits halb zehn.

Im Flur stand, sichtlich verlegen, Frau Schimanek. «I hab Sie ghört», sie trat von einem Bein aufs andere, «wie Sie die Balkontür zugmacht hent. Und da hab i mir dacht, kannsch hochgehe. Sie isch scho wach.»

Frau Engert wickelte den Gürtel fester und seufzte.

«Noi», sagte Frau Schimanek, die in einem schlauchigen Rock und in einer dottergelben Kostümbluse steckte, «i will Sie ja sonsch net störe. Aber mei Schwiegermutter hat heut nacht ein neues Schlägle kriegt.» Tragische Pause. «Und jetzt möcht i mit meim Moh nohfahre, Sie wisset ja, sie ischt in Stettin im Altersheim, mr woiß ja nie, wann's zu Ende geht.»

«Ich nehme Tanja gern.» Frau Engert klang ungeduldig, aber sie meinte es ehrlich.

Punkt acht Uhr kam Tanja hoch. Frau Engert hörte ihre plumpen Schritte, sie spürte am Zahnfleisch, wie Tanja sich am Geländer hochschleifte, und öffnete schon vorher. Das Mädchen kam allein, aber Frau Engert wußte, Frau Schimanek wartete unten und lauerte auf jeden Schritt.

«So», rief Frau Engert, daß es im Erdgeschoß widerhallte. «Da kommt meine Tanja.»

«Frau Enner!» Tanja streckte die Zunge heraus und drückte sich an sie. In der Hand trug sie ein kleines Köfferchen. Frau Schimanek hatte Frau Engert zwar den Wohnungsschlüssel gegeben, aber Tanja bestand darauf, die wichtigsten Dinge mitzunehmen.

Das waren: der Affe Mr. Ripper, Tanjas Teetasse mit dem aufgedruckten Bär, ein rotgestreifter Ball und, neueste Errungenschaft, ein knallroter Lippenstift. Frau Engert wußte es schon vorher, aber sie ließ sich bereitwillig zum Sofa ziehen, wo Tanja ihren Koffer begierig öffnete. Jeden ihrer Schätze drückte sie, bevor sie ihn Frau Engert übergab, kurz und fest an die Brust.

«Die.» Max, der in der Tür stand, spuckte trocken auf den Boden, «was will die denn hier?»

«Tanja bleibt vorerst bei uns», erklärte resolut Frau Engert, «und ich will, daß du nett zu ihr bist.»

Ein Flegel und eine Idiotin. Man hat es nicht leicht. Frau Engert stieg mit Tanja ins Atelier hinauf. Das Gerümpel dort im Verschlag würde das alte Mädchen für ein paar Stunden bei Laune halten.

8 ——— Um die Zeit donnerte Claudi bereits über die Autobahn Richtung Süden. Donnern, das hieß, sie fuhr hundertzwanzig. Allerhand, was der Karren noch hergab. Zuletzt hatte Claudi Udos BMW 850i gefahren. Da hatte das Donnern bei gut zweihundert angefangen. Sie mochte nicht daran denken.

Udo schien erleichtert zu sein, daß er Claudi loswurde. Der Verlust seines Junggesellendaseins war etwas, womit nicht zu spaßen war. Aber da war noch etwas anderes, ein diffuses Schuldgefühl, das Claudi seit Heikos Tod von Udo trennte. Sie hatten nicht darüber gesprochen, und auch jetzt wollte Claudi nichts wissen davon. Nur nicht ins Grübeln kommen, dachte sie, während sie schleppend auf die Überholspur ging. Der Karren zog nicht. Dafür hatte er einen ausgeleierten Kassettenrekorder, aus dem Claudi nun Eros Ramazzotti entgegenröhrte. *Nato ai bordi di periferia / dove i tram non vanno avanti più / dove l'aria è popolare / è più facilie sognare / che guardare in faccia la realtà*... So könnte es bleiben.

«Heilandsblechle», rief der rote Karle, als Claudi den Kopf durch die Küchentür streckte. Hemdsärmelig saß er allein am Tisch und stierte bleich in seinen Milchkaffee. «Ja sag amol, hot di de Udo nausgschmisse?» Er lachte eine Spur zu dröhnend.

Claudi fiel dem Vater um den Hals. «Ich muß doch mal wieder gucken, wie's daheim geht», erwiderte sie ergriffen.

«Ha, siehst wohl.» Der rote Karle wies aus dem Fenster. «Die Bäume tun auch nicht mehr mit.» Er lachte gallig.

Tatsächlich hatte der Schwarzwald, der sich als rauhes Panorama am Horizont entlangstreckte, schon bessere Tage gesehen. Claudi schluckte, als sie sah, daß wieder mehr Kronen abgebrochen waren, daß man neue Schneisen herausgehauen hatte in den drei Wochen, in denen sie nicht da war.

«I gang glei widdr», sagte Claudi und setzte sich. Der Vater stand vorsichtig auf und tappte hinüber zur Kaffeemaschine. Dort goß er Kaffee in eine Tasse, etwas, das er noch nie für sie getan hatte, und stellte sie Claudi hin. Er ist alt, dachte Claudi und bemerkte zugleich, daß sie dieses Altsein hinnehmen konnte. Es ängstigte sie nicht.

Zu Fuß ging Claudi hinüber ins Neubaugebiet Schramme. Wer in Mariabronn zu Fuß ging, der machte sich verdächtig. Es waren auch keine Gehwege gebaut, wenigstens nicht da, wo Claudi lief, und fast hätte ein schnittiges Golfle sie erwischt. Claudi sehnte sich nach Maier, den Ossi überfahren hatte. Dieser Granatenseckel! Aber ein Hund in der Stadt, das ging nicht. Und Marthel wollte nicht mehr. Ein weiteres Mal werde sie keinen toten Dackel von der Straße kratzen. Dabei täte ein kleiner Hund dem Vater gut. Claudi ertappte sich bei dem Gedanken und schämte sich.

Mariabronn war auf eine Weise häßlich geworden, die ins Groteske ging. In den Monaten, die Claudi nun fehlte, hatte man im Zentrum des Viertausend-Seelen-Dörfchens (den Friedhof nicht eingerechnet) ein pseudo-postmodernes, protziges Geschwür entwickelt, das sich *Geschäftszentrum Mariabronn-Mitte* nennen durfte. Es stand in der Marialocher Straße genau mitten auf der Kreuzung, daß es sich zum Hineinrasen anbot. Zehn Millionen hatte die Wucherung aus Stahlbeton und Glas gekostet, und als Claudi nun dran vorbeiging, erlebte sie just den eröffnenden Festakt mit, der vom Trachtenverein musikalisch umrahmt wurde. Aus einem Mikro plärrte ein Festredner weithin das Zitat von Christian Morgenstern: «Nicht da ist man daheim, wo man seinen Wohnsitz hat, sondern wo man verstanden wird.» Die neu sich ansiedelnden Geschäftsleute johlten vor Begeisterung.

Kaum war Claudi ein halbes Jahr von daheim fort, schon stellte sich bei ihr jene Fremdheit ein, die sie bei Udo immer bemängelt hatte. Im stillen empfand Claudi die Fremdheit als Ekel. Oben an der Marialocher Straße kam ihr die Mutter entgegen. Sie ging langsam, mit kleinen Schritten, die schwere Einkaufstasche rollte sie auf Rädchen hinter sich her; eine weitere Plastiktüte, an der fast der Henkel riß, schleppte sie mit nach unten hängendem Arm.

Claudi packte sofort ein Schuldgefühl, daß sie nicht im Haus geblieben war, daß sie der Mutter nicht half. Aber Marthel winkte ihr von weitem entgegen, sie schwenkte die Plastiktüte mit dem Aufdruck *Frisches von Edeka* munter vor dem Gesicht. Claudi rannte ihr entgegen, bereit, ihr alles abzunehmen, aber Marthel lachte. «Daß du kommst», rief Marthel, «es gibt Fleischküchle mit frischen Bohnen.»

Claudi stammelte etwas, daß sie nur schnell noch zur Luzia müsse, und wußte, vor dem Abend gab es kein Fortkommen.

Luzia Zeller, die heute Bantle hieß, wohnte in einem klobigen Zweifamilien-Wohnklotz, dort, wo einmal der Wald gewesen war. Jetzt reihten sich schicke Wohnklötze eng aneinander, sie hatten ein stilisiertes Schwarzwalddach und individuelle Rustikalbalkone. Neben den Erstautos, die das Bootle für den Bodensee schon aufgeschnallt hatten, und den Zweitautos mit dem Kindersitz spielten glückliche Kinder, die sich in den frisch angelegten Anlagen nicht schmutzig machen durften. Bäumchen waren verlegt worden wie elektrische Leitungen, eine zarte Erinnerung an die Waldlandschaft. Dreihundert Meter höher hatte früher das *Haus* gestanden; eine vergessene, wild wuchernde Hecke erinnerte daran.

Bei Bantles waren die Rolläden heruntergezogen. Das Garagentor war zu. War Luzia trotz Haus und Kind in Urlaub gefahren? Daß die sich das leisten konnte. Aber der Mann schaffte halt beim Plastik-Wernz, er war Abteilungsleiter, keine schlechte Partie. Claudi stapfte noch ein Stück höher, in den Eichenweg, wo Irmela wohnte. Irmela war früher einmal Claudis beste Freundin gewesen, aber in die Clique hatte sie als Hauptschülerin keinen Einlaß gefunden. Jetzt war sie mit einem Meister verheiratet, und ihr Töchterchen Tatjana lernte grad laufen.

Claudi sah Irmela von weitem, obwohl Irmela feist geworden war und ihre kastanienbraune Fönwelle in nichts an die mausbraunen Zipfel von früher erinnerte. Irmela sah in ihren hohen Lackschuhen und mit dem ganzen C&A-Geglitzer fast ein bißchen italienisch aus. «Tag», rief Irmela, wodurch schon klar war, daß sie sich aufgrund ihrer besseren Heirat vom ortsüblichen *Grüß Gott* fortan abhob.

Claudi beugte sich über das Kind und herzte es, daß ihm, wie sie hoffte, Hören und Sehen verging. Aber der kleine Trampel quietschte begeistert. «Ich habe zur Luzia gewollt», sagte Claudi ohne Umschweife, um Irmela so kurz vor dem Mittagessen in keine Verlegenheit zu bringen. Es war schließlich nach elf, und der Mann hatte ein Anrecht darauf, daß ihm um zwölfe gekocht war. Da war es nicht drin, daß man schnell noch einen Amaretto süffelte.

«Die Luzia», erwiderte Irmela schnell und erleichtert, «ist mit dem Mann und dem Kind z' Italien.»

Nato ai bordi di periferia/dove non ci torno quasi più/resta il vento che ho lasciato/come un treno già passato... Claudi sang mit, als sie nach dem Speckvesper wieder im Auto saß. Und ab Richtung Singen, in die Schweiz hinein. Das norditalienische

Kaff, in dem Luzia den Urlaub rumbrachte, war über deren Schwiegerleute leicht zu ermitteln gewesen.

Wenigstens das klappte. Denn Luzia war die einzige aus der damaligen Bande, von der Claudi sicher wußte, wohin es sie verschlagen hatte. Sie war am wenigsten weit gekommen, aber immerhin zu einem Abteilungsleiter und bis nach Italien. Noch immer war es gewaltig heiß. Marthel hatte es sich nicht nehmen lassen, für Claudis Italienfahrt, die überschwenglich goutiert wurde, schnell noch eine weiße Bluse zu kaufen, deren Spitzenkragen jetzt schon durchgeschwitzt war. Claudi ärgerte sich. An einem Parkplatz hielt sie und zog ihr altes T-Shirt an, wer weiß, wofür sie das gute Stück noch brauchte. Ein Lastwagenfahrer grinste unverschämt.

Udo registrierte mit mildem Ärger, daß Claudi seine besten Italo-Kassetten mitgenommen hatte. Ohne Canto gelangen die Spaghetti nicht, und er *mußte* Spaghetti kochen. Weil er nämlich Sonntagsdienst hatte, und weil er sonst nicht wußte, wie das Wochenende herumzukriegen war, ohne daß er nervlich auf den Hund kam.

Claudis Abwesenheit war eine große Erleichterung für ihn. Udo merkte erst jetzt, am ersten Abend in der leeren Wohnung, an dem er sicher wußte, daß sie nicht polternd von der Spätschicht kam, wie gut ihm das tat. Der Redaktionstag war nicht einfach gewesen. Heckmann ließ sich nicht lumpen und schlug zu, wo er konnte. Kein Fauxpas war ihm dafür zu läppisch. Ausbaden mußte das zuvorderst Polizeireporter Stulle. Der heute geschrieben hatte: «Der Fahrer wurde leicht verletzt, von ihm wurde eine Blutspur entnommen.» Daß ihm so etwas unterlief, konnte sich Udo nur mit der zum Zerreißen angespannten Atmosphäre erklären. Stulle war zwar ein kleines Licht, aber keinesfalls ein Blindgänger.

Udo räusperte sich und schluckte. Er stand in seiner kahlen Küche, in der sich schmutziges Geschirr stapelte, und dachte, er sei in den letzten Jahren wenig vorwärtsgekommen.

Gerade als es Nacht wurde und Udo wie gelähmt beschlossen hatte, sich beim Pizza-Service in der Claudiusstraße *Tortellini quattro formaggi* zu holen, klingelte es. Kaffka, dachte Udo, der wieder mit ihm saufen wollte, damit hatte Udo gerechnet. Es lebe die Freiheit! Er raste hinunter, übersprang vier Stufen, geradewegs hinein in Mucke, der mit zwei Koffern bewaffnet im stockdunklen Gang stand.

Süden, dachte Claudi. Sie erwachte abseits eines malerischen Bergsträßchens, irgendwo bei Montecrestese. Spät noch oder schon früh war sie von der Autobahn abgekommen, die neuerdings das norditalienische Domodossola an den modischen Massentourismus anschloß. Oder war die Autobahn noch nicht fertig? Claudi war todmüde gewesen, und jetzt entschied sie zerknittert, sich auf Nebensträßchen nach Bognanco weiterzukämpfen.

Die Vögel pfiffen wild, um wach zu werden, hatte Claudi alle Scheiben heruntergekurbelt. Frischer Fahrtwind fiel ein, und Claudi stoppte, um am Wegrand frische Himbeeren zu pflücken. Sie verfuhr sich mehrmals, und als sie endlich vor den Gesundbrunnen Bognancos parkte, war es fast schon halb zehn. Der Alte am Eingang nahm gern ihre zwanzig D-Mark, sie zahlte und ließ sich einen Plastikbecher geben. Drinnen der Park mit den *Fonti*: Alte italienische Ehepaare standen herum und tranken das heilende Mineralwasser mit andachtsvollen Schlucken. Eine riesige Toilettenanlage für den anschließenden Dünnschiß, aber kein Schwimmbecken, kein Hallenbad, nichts, wo man sich wenigstens die Zähne putzen konnte.

Claudi betrat einen offenen Saal mit einer Kuppel, in dem leise plappernde Achtzigjährige auf hohen Stühlen saßen und weltmännisch in *Le Monde* oder *Times* blätterten. Aus einem der Hähne ließ sie sich lauwarmes, geschwefeltes Wasser heraus, das sie arglos hinabgoß. Sie würgte. Unmittelbar setzte der Drang ein, sich ausgiebig zu entleeren. Sie tat es lange.

Auf ihrem Spaziergang durch die Anlagen hörte Claudi aus einer der Hallen Tanzmusik. Am hellichten Morgen! Sie trat näher. Und tatsächlich: Eine Liveband spielte, wie sie auch bei der Hochzeit von Tante Cäcilie und Onkel August denkbar gewesen wäre. Rüstige Alte drehten sich paarweise zu den elektronischen Klängen des Kaiserwalzers; die Damen, die ihre Wasserbeine vergessen hatten, in fröhlich gepunkteten Kleidern, unter denen sich die Würste scharf abzeichneten. Die galanten Herren hatten den obersten Hemdknopf unter dem korrekt gebundenen Schlips geöffnet, dezent fuhren sie sich mit dem Kosmetiktüchlein über die schütteren Haare. Claudi rieb sich die Augen. Sie erkannte Werner Bantle, der sich mit einer mondänen Mamma munter drehte. Im Eck saß Luzia und stillte ruhig ihren Säugling.

Luzia setzte sich schweigend ins Auto und fuhr mit Claudi die wenigen Serpentinen nach S. Lorenzo hinunter, wo Bantles seit genau einer Woche ihr Albergo hatten. Schweigend setzte sie sich mit an das Tischchen am Dorfplatz und ließ sich *cappuccino* und *brioche* bestellen. Claudis Italienisch war trotz Volkshochschule fehlerhaft, Luzia sprach dagegen, außer *buongiorno*, kein Wort. Aus einem unsichtbaren Lautsprecher drang, von atmosphärischen Störungen durchbrochen, Eros Ramazzottis *Se bastasse una canzone*; es war das einzige, was Claudi mit ihrer unhaltbaren Lage in diesem Süden versöhnte.

Luzia hatte ihren Säugling überraschend dem Mann überlassen. Sie fuhr sich über die nackten Arme, und Claudi sah wieder die Narben, die von den Glassplittern am geräumten *Haus* herrührten. Luzia hatte sich, zum Zeichen ihrer inneren Verletzung, mit den herausgesprengten Fensterscheiben in langen Diagonalen die Unterarme aufgeschlitzt. Es hatte in den Schnee geblutet, aber Luzia hatte gelacht und gerufen: «Aufruhr, Leichenschmaus, wir kämpfen fort um unser Haus.» Die tiefen Schnitte waren zu spät genäht worden, das Fleisch wucherte um die langen Linien, und Claudi dachte, daß zum Schönheitschirurgen das Geld halt nicht reichte.

Luzia hörte sich Claudis Geschichte ohne eine Regung an. Die Vereinbarungen des Schwarzwaldes hatten sie eingeholt: Über das Wesentliche wurde nicht geredet. Und falls doch mal einer das Maul aufsperrte, dann tat man, als sei nichts. Man saß da und wartete, bis es vorbei war. Claudi erzählte in kantigem Alemannisch, Luzia winkte sie ins düstere Fernsehzimmer. «Prego», rief der Signore, und Claudi zog ihr Video aus der Tasche. Luzia schwieg bis zum Abspann. Mit keinem Laut deutete sie an, daß sie empört war. Daß sie sich in der verschlagenen Lena wiedererkannte. Daß der Film ein wahrer Skandal war. Außer Claudi war Luzia die einzige Einheimische gewesen, und sie kam als lachhafter Dorftrampel weg.

«So isch», sagte Luzia und stand auf. «Der Bue will si Milch.»

Claudi fuhr Luzia zurück nach Bognanco, und auf der idyllischen Fahrt kriegte die endlich den Mund auf. Als ob sie das Drumherum der felsigen Wälder gebraucht hätte, damit ihr endlich ein Gedanke kam. «Dr Kulbe Johannes», sagte Luzia, und Claudi staunte, wie weit diese im Ausdruck regrediert war, «dem tät ich das zutrauen.» Der Kulbe Johannes, der sei mit dem *Haus* so fanatisch gewesen, und der Niebel Wolf habe ihm die Bande mit seiner verfluchten Hascherei ordentlich zur Sau gemacht. «Und wo der sich dann das Zeug gespritzt hat, da ist der Johannes narrisch geworden und hat ihn umgebracht.»

Entsetzt registrierte Claudi, daß Luzia die Differenz zwischen dem Film und der damaligen Wirklichkeit gar nicht spürte. Und daß es ihr im nachhinein egal war, in ihrer Jugend nachträglich einem Mörder Platz zu machen. Was im Fernsehen kam, war für sie die Wirklichkeit, nach dem eigenen Anteil wurde nicht mehr gefragt. Das ist das Dorf, dachte Claudi, und daß sie daraus entflohen war. «Der Johannes», sagte Luzia, «ist letzte Woch in Mariabronn gesehen worden. Man sagt ja, er sei sonst z' Afrika.»

Himmel, dachte Claudi, das hätt ich leichter haben können. Aber was hatte ausgerechnet der herrische Täufer mit diesem verschüchterten Thomas-Bürschchen gemein? Gegensätzlicher ging es nicht mehr. Aber eben, sagte sie sich, das ist es. Heiko hat von Jos Mord gewußt. Oder die Schose zumindest geahnt. Er hat daraus diesen Film gemacht. Und weil er nicht wollte, daß Jo erkannt wird – vermutlich, weil er wußte, daß es ihm dann an den Kragen geht –, hat er den Täufer aufgespalten in Pseudo-Jo und Thomas. Weil er sich für diese Deckfigur Thomas nicht interessiert hat, ist der so farblos geblieben. Und weil er möglichst keine Eigenschaften von Jo haben sollte, wirkt er so unecht. Jo dagegen. Der hatte schon immer so was Brutales. Dem hat so etwas schon damals gleichgesehen. Und jetzt wohl erst recht.

Bei den Eltern konnte sie sich nicht blicken lassen. Die wollten doch, daß Claudi sich ordentlich erholte. Diese Pleite von einem Italo-Urlaub hätte die lieben Alten nur beleidigt. Aus Bognanco hatte Claudi schnell noch eine Karte an daheim geschrieben, mit farbigen Brunnen darauf, auf der sie ankündigte, daß es südlich sei und weiter zum Meer ging. Zu Udo konnte sie auch nicht. Der wollte vor dem Sonntagsdienst seine Ruhe und von Claudi ein Ergebnis. Sie fuhr an der Ausfahrt Rottweil von der Autobahn ab bis nach Dunningen. Dort stellte sie sich in die einzige Telefonzelle. Von Mariabronn blieb sie besser erst weg, bis sie wußte, ob Jo Kulbe noch dort war. Er hatte hier keine Verwandten mehr, bei wem war er gewesen?

Es war spät, und es war Samstag. Claudi suchte die Nummer von Ela heraus, die in Schramberg einen Naturladen hatte. Ela war dadurch, daß sie biodynamisches Obst verkaufte, tierversuchsfreien Lidschatten und Umweltschutzhefte, über alles informiert, was im Leben der Andersdenkenden vor sich ging. Sie war prompt am Apparat. «Jo?» schrie Ela. Sie aalte sich hörbar im pH-neutralen Badewasser. «Alte Liebe rostet nicht. Der besucht Biggi Larsen in Bornheim. Ja, Frankfurt ist das.» Ela überlegte. Eine Adresse hatte sie nicht, sie erinnerte sich aber an eine Kneipe: «Paulaner.» Claudi überlegte sich gallig, ob sie da nicht besser gleich nach München fuhr.

Privatdetektiv Späth strahlte. Endlich tat sich was! Endlich kam er an Stichhaltiges! Die Frau, die bei Winterhalter wohnte, angeblich dessen Verlobte, hatte Gepäck in einen Fiat geladen und war weggefahren. Ein junger Mann war sogleich, gestern abend noch, bei Winterhalter eingezogen. Späth stand auf seinem Platz im gegenüberliegenden Treppenhaus und lugte durch den Feldstecher. Es war nacht draußen. Er sah Winterhalter, der sich in einem uneingeräumten Zimmer mit dem jungen Mann unterhielt. Der junge Mann hatte nachmittags mit Winterhalters Hilfe eine riesige Matratze herangeschafft, die sie beide nun gemeinsam bezogen. Wenn dieser Pressefritze womöglich noch schwul war! Bald hatte Späth den Beweis, den Victor Kübler wollte: Daß Winterhalter für seine neu gekaufte Eigentumswohnung keinerlei Eigenbedarf hatte, daß diese Frau Roth, die er angeblich heiraten wollte, lediglich eine vorübergehende Untermieterin war. Und damit würde Opa Kübler, mit Späth als Zeugen, alsbald vor Gericht ziehen! Späth grinste und sah auf die Uhr. *Ein Engel an meiner Tafel* wartete.

«Mann», sagte Mucke, der am Leintuch zerrte. «Det merkt doch keiner, det ick hier wohne. Und wenn schon.»

«Ich bin eben erst hier eingezogen, vorläufig.» Ich Pisser, dachte Udo. «Und ich darf nicht untervermieten.»

Mucke richtete sich auf. «Und det sacht eener mit ’ner Eijentumswohnung.»

Udo bemerkte, daß Mucke, je wütender er wurde, desto wilder und falscher berlinerte. Das Schwabentum mußte sein Trauma sein.

Im Zuge seiner Verhaftung hatte Mucke umgehend sein Kellerloch verloren. «Terrorischte», hatte Oma Häberle erklärt, «des wolle mir net.» Außerdem – wer tät ihr denn nun die Radiesle ersetze? Und des Rosebeet?

Mucke, der Udo überschätzt hatte, verlangte sofort eine Pressekampagne zur Wiederherstellung der alten Wohnverhältnisse. Nicht genug, daß Mucke persönlich erschienen war und herrisch Wohnraum forderte! Engagierter Journalismus ist ein Scheißdreck, dachte Udo, ich Seckel. Da er auf keinen Fall wollte, daß bei Heckmann wieder der Deckel hochging, verließ er sich auf Claudi und ließ Mucke gewähren. Er mußte ihn hinhalten.

Als Udo sich mit Mucke an die Glasfront des *Jenseitz* setzte, grinste ihm von draußen ein Kerl entgegen, den er kannte. Der ihm, wie er glaubte, schon gefolgt war. Ein Schwuler, dachte Udo. Daß ich nicht schon früher darauf gekommen bin.

Am Abend wurde aus dem Schwulencafé eine kühle Achtzigerjahre-Bar, die jetzt schon nostalgisch wirkte. Eros-Jünglinge saßen einander auf dem Schoß und fixierten mal Udo, mal Mucke. «Sach ma», sagte Udo und ärgerte sich, daß er die Scheiße schon annahm.

«Als ick nach Berlin ging, war ick achtzehn», erwiderte Mucke, während das Bier kam. «Mein Muttchen iss Kommunistin. Da hat se rübergemacht, so nach achtzig.»

Udo trank und dachte bei sich, wenn das so einfach gewesen wär, dann wär ich mit.

«Mein Muttchen, die hatte da 'nen Auftrach...»

«Herrgott», rief Udo, «red deutsch!»

«Bitte», erwiderte Mucke. «Dann halt net.»

Schweigen. Mucke zündete sich eine Karo an. «Ich war frühеingeschult und hatte grad Abi. Da wußten sie nicht, was sie mit mir machen sollten, und da kam ich auf die Humboldt-Uni.» Er rauchte. «Unter den Linden. Philosophie.» Er grinste. «Na, und da haben sie mich dann vergessen.» Er grinste breiter. «*Fahne* war nicht. Ich hab mich da hochgedient, im Marxismus-Leninismus. Na, und zwei Wochen vorm Fall der Mauer war ich Professor.»

Eine derart verlogene Geschichte hatte Udo nie gehört.

«Glaubst mir net, wa?» Muckes Grinsen war froschartig.

Süden, dachte Claudi. Es war Sonntag, es war früh, sie stand vor einem italienischen Eiscafé, das noch geschlossen hatte. Von Bognanco nach Bornheim, zwei Nächte im Uno, aber Claudi wußte, in *diesem* Süden, der ein Nordend war, da würde es sich entscheiden.

Wie sie diesen Sonntag herumbringen sollte. Ein Hotelzimmer, duschen und vier Stunden Schlaf. Und was, wenn Jo sich schon auf zum Flughafen machte? Gen Afrika davonflog? Dann hätte sie immer noch Biggi am Wickel. Claudi betrat eine Telefonzelle und suchte unter L wie Larsen. Aber natürlich fand sie keine Birgit. Biggi, dachte sie schwer, lebt garantiert in einer Wohngemeinschaft. Und Afrika ist groß.

«Suchen Sie was?»

Claudi, die seit Minuten mit gesenktem Kopf in der Zelle stand, blickte auf. Vor ihr stand ein Mann, der unrasiert war und nett klang. Plötzlich fiel ihr ein, wie sie nach den zwei Nächten aussah.

9

Mit Jean-Jacques in der Nordendstraße/Ecke Friedberger Landstraße, so hatte sich Claudi das vorgestellt. Süden! Jean-Jacques war zwar kein Italiener, er war Franzose und kam aus einem Kaff bei Aix-en-Provence, aber das war fast schon dasselbe. Claudi erwachte vom sanften Licht, das durch die Jalousetten fiel. Jean-Jacques tastete in einem besänftigend gleichförmigen Rhythmus in seinen PC ein. Sein Zimmerchen in dieser Wohnung, die Claudi noch nicht gesehen hatte, war so eng, daß Claudi, als sie nun den Arm ausstreckte, gegen Jean-Jacques' Bein stieß. «Wieviel Zeit ist es?»

«Tiens!» sagte Jean-Jacques.

Sie setzten sich in jenes Italo-Straßencafé in der Rohrbachstraße, in dessen Nähe Claudi am Morgen geparkt hatte. Kleine Mädchen mit Pferdeschwänzen und Lackschuhen sprangen herum, um immer wieder innezuhalten und mit einem Ausdruck augenblicklicher Verwunderung die weißen Kniestrümpfe hochzuziehen. Laut pfiffen die Vögel. Zwei dreckigbraune Mischlingsrüden führten ziellose Kämpfe auf, auf der Kippe zwischen gelangweiltem Spiel und genauso gelangweilter Ernsthaftigkeit. Die kleinen Mädchen versuchten, sie zu streicheln; eins ging in die Hocke und streckte schon beide Arme aus, traute sich im allerletzten Moment aber doch nicht. Der kleinere Rüde knurrte.

Claudi sah Jean-Jacques zu, der mit abgespreiztem kleinem Finger einen Espresso trank. Sie schätzte ihn nun auf höchstens Zwanzig. Unter dem Dreitagebart verbarg sich ein kindliches Milchgesicht, das an jenen Stellen, die später mal kantig würden, noch kreisrund war. Er glotzte etwas kuhäugig außerdem, denn er hatte die Brille abgesetzt, und seine Augen waren groß und vorstehend. «Was machst du eigentlich hier?»

Darauf hatte Claudi gewartet. Was sollte sie sagen? Daß sie einen Doppelmörder aus ihrer Jugend suchte, den eine frühere Freundin wiederum aufgrund des läppischen Umstands verdächtigte, daß er vor bald fünfzehn Jahren despotisch eine Dorfbande inszeniert hatte, bei der ihm ein Drogensüchtiger in die Quere kam? Daß sie nun hoffte, diesen zweifachen Mörder, der erst vor ein paar Tagen einen jungen Filmemacher umgebracht hatte, der vom ersten Mord wußte, in einer Kneipe namens *Paulaner* zu stellen und zu einem Geständnis zu zwingen? Daß ihr das – bis auf das Ende – alles einleuchtete?

Noch nie hatte sich Claudi in einer derart lachhaften Misere befunden. «Ich bin Studentin», sagte sie, «und in Stuttgart hab ich keinen Job mehr gekriegt, übern Sommer. Nun hab ich über einen Freund die Namen von ein paar Kneipen hier in Frankfurt, die über die Semesterferien Leute suchen.»

Jean-Jacques runzelte die Stirn. «Hein! Ich kenne eine Kneipe, nicht weit von hier, die kann ich dir morgen zeigen. Heute ist zu, aber die haben da ein Schild im Fenster...»

«Im *Paulaner*?»

«Nein, nicht. Ich zeig dir. Was studierst du?»

Claudi stockte. Nie im Leben hatte sie eine Uni betreten. Dann fiel ihr zum Glück Mucke ein. «Philosophie.»

«Dis donc!» rief Jean-Jacques. «Ich auch!»

Jean-Jacques ließ sich gern in den *Paulaner* einladen. Gegen Abend erkundigte er sich aber nochmals höflich, ob sie denn genug Geld habe. Claudi lachte. «Bei SMW...» Scheiße.

Draußen wollte Jean-Jacques nicht sitzen. Drinnen war der *Paulaner* noch fast leer. Die Tische waren weiß bedeckt, an den

Wänden hing kein einziges Bild. Obwohl die Fenster offenstanden, war es hier etwas kühler. Aus den Lautsprechern kamen Oldies, die Claudi noch aus der Kindheit kannte: *Che sera* und *Je t' aime*.

Jean-Jacques faltete die Hände. «Hast du schon Zwischenprüfung?» fragte er, noch ehe der Wein kam.

Claudi dachte an ihr Alter und nickte. O Gott, wie soll ich das nur drei Tage aushalten. So lange, bis seine Vermieter zurückkamen, hatte Jean-Jacques ihr Quartier angeboten. Aber was, wenn Jo bis dahin nicht auftauchte, wenn sie Biggis Adresse nicht herausfand? Claudi hatte die Tür gut im Blick.

«Über was?» wollte Jean-Jacques wissen.

«Marxismus», erwiderte Claudi wie aus der Pistole geschossen. «Marxismus, und... und Zeichen.»

Jean-Jacques guckte. «Ah! Professor Bense!»

«Genau», sagte Claudi, «bei Bense studier ich.»

«Aber Bense ist schon lange tot!»

Claudi hatte sich Zigaretten gekauft und paffte. Sie fühlte sich angenehm schwer in den Beinen und im Schädel glasklar. Nach dem frischen Salatteller und beim dritten Glas Rotwein konnte es gar nicht mehr besser laufen. «Bense», dozierte sie, «machte damals den Fehler, daß er den Charakter der gesellschaftlichen Bewegung nicht ernst nahm.» Das konnte gar nicht falsch sein, bei einem Professor. Guter alter Karle! Was hatte sie bei ihm nicht alles gelernt. Nun würde es ihr nützen. Claudi musterte die Leute, die hereinkamen, genau. Kein Jo, keine Biggi.

Jean-Jacques sah auf seine aufeinandergelegten Fingerspitzen. Er äußerte ein paar Fremdwortkaskaden über Semiotik. «Neopositivismus», rief Claudi. An der Theke beobachtete sie einen geistreich dreinblickenden Herrn in einer ausgefransten Jeansjacke, der verschmitzt lauschte. Claudi spürte, sie mußte ihm den Gefallen tun und sich noch etwas versteigen. Denn der Herr, der an ihrem zusammengeschusterten Schwachsinn aus gut kommunistischen Karle-Zitaten sichtlich Vergnügen hatte, wurde zunehmend ihr Komplize. Vielleicht ist das ein Sprachproblem, dachte sie halb schuldbewußt, daß der kuhäugige Jean-Jacques sich derart lumpen läßt.

Ohne daß Claudi so recht darauf geachtet hätte, war der *Paulaner* inzwischen brechend voll geworden. Es gab kaum mehr einen Stehplatz. Claudi blickte nur immer wieder flüchtig herum, ob sie den Täufer irgendwo entdeckte. Bis dann *Sailing* von Rod Stewart kam und Claudi Tränen in die Augen kriegte, die sie verstohlen wegwischte. Aus den Augenwinkeln sah sie gerade noch, wie Jo Kulbe den *Paulaner* mit einer Gruppe von vier, fünf Leuten wieder verließ.

Udo hatte derweil seinen Sonntagsdienst fertig, an den er noch einen halben Nachtdienst drangehängt hatte. Die so entstandene Freizeit hatte er bitter nötig. Der Tag war unauffällig verlaufen, auch der Abend, zwei pünktliche Verkehrstote, ein verspätetes Drogenopfer und Berichte von Vereinsfesten, die man, siehe Sommerloch, auf achtzig Zeilen aufgeblasen hatte. Da war nicht mal mehr ein Theater, das sich über mangelnde Subventionen beklagte, etwas, das in den letzten Monaten im Kulturamt viel Staub aufgewirbelt hatte. Auch die Untersubventionierten fuhren in Urlaub, nach Malmö oder Taschkent. Und ich, dachte Udo, ich Arschloch schufte, bis es mir im Oktober in den geliehenen Wohnwagen pißt.

Wieder hatte er sich mit Mucke im nahen *Jenseitz* verabredet, aus Bequemlichkeit und weil die letzten Schältomaten im Küchenschrank für zwei nicht reichten. Wer hat eigentlich zuletzt immer eingekauft? Es mußte Claudi gewesen sein. Mucke geht mir langsam auf den Sack, überlegte Udo und bedachte den *Tagblatt*-Pförtner beim Hinaustreten auf die Bebelstraße mit einem hässigen Grinsen. Das ist der letzte Abend, den ich mit dem Sekkel in diesem Schwulenbistro verbringe.

Privatdetektiv Späth hätte sich gern noch die Spätvorstellung eines Experimentalfilms angesehen und seufzte. Aber wenn dieser Winterhalter schon wieder mit seinem Untermieter in die Brüderbar ging, dann hatten sich die Spesen gelohnt. Denn das war gerichtsreif, ein paar Zeugen noch, und der Fall war im Kasten. Mit etwas Geschick war Victor Kübler nicht nur die Sorge um seine Mietwohnung los, sondern Udo Winterhalter auch seinen Ruf beim *Tagblatt*. Denn ein Kulturfritze durfte ruhig schwul sein, er sollte es wohl gar, ein Lokalchef dagegen kaum. Wahrscheinlich deshalb das Geschiß mit der getürkten Freundin, rein zur Deckung. Geschieht ihm recht, dachte Späth, wieso macht er auch so einen Scheiß und meldet einen unrechtmäßigen Eigenbedarf an, mit dem er einen alten, hilflosen Rentner aus seiner Billigwohnung ekelt. Späth nahm den Feldstecher.

Mucke, der den ganzen Sonntag auf dem winzigen Küchenbalkon gehockt und in Herbert Marcuses *Der eindimensionale Mensch* gelesen hatte, rief: «Aus theoretischen wie empirischen Gründen spricht der dialektische Begriff seine eigene Hoffnungslosigkeit aus.»

Frau Mauser, die bizarr gemusterte Leintücher abhängte, lugte wunderfitzig über die Brüstung.

«Seite 264!» Mucke schwenkte sein zerfleddertes Taschenbuch. Frau Mauser ließ sich nicht provozieren und zog den Kopf zurück.

Mucke nahm sich das einsame Bier aus dem Kühlschrank und legte sich auf die Matratze. Dort wartete er darauf, daß es dunkel wurde. Er kniff die Augen zusammen, beäugte das schwindende Weiß in den Zimmerecken und dachte an Marcuse. Bis er pissen mußte. Er drückte auf den Schalter und machte Licht.

Gegen halb elf schlüpfte Mucke in seine alten Holzpantinen aus dem Ossi-Land und polterte die Treppen hinunter. Im obersten Stock öffnete sich eine Tür und schloß sich gleich wieder. «Angenehmen Abend», schrie Mucke, daß es widerhallte.

Auf der Straße war kein Mensch. Typisch, dachte Mucke. Der schwäbische Kleinbürger hat Schisse, spart und vergräbt sich hinterm Fernsehgerät. Er wäre zu gern abgehauen, aus dieser Scheißstadt, wo sich keiner um ihn kümmerte, wo er nur gelumpt und gelinkt wurde. Aber wohin? Nur nicht in die Leninallee, Mucke spuckte, wo sein Muttchen saß und wartete, daß alles herauskam. Ich muß 'n Prozeß machen, dachte Mucke, Mann, ich bin doch in der Gewerkschaft. Da hab ich doch Rechtschutz in so 'nem Falle, Mann, ist doch nicht Osten hier. Nur – wer würde ihm glauben, daß er die *Friedrichstraße* geschrieben hatte, fuffzich mal zwanzig Minuten Fernsehkacke, er allein? Nun, wo Heiko, das Arsch, nicht mehr da war?

Mucke durchfuhr etwas, ein schriller Schmerz; er sah sich zu, wie er im Zeitlupentempo auf den Gehweg sackte.

Späth stürzte das Treppenhaus hinunter und stieß einen Stock tiefer fast mit einer entgegenkommenden Frau zusammen, die ihm verschreckt nachsah. Jetzt ging der junge Mann keine fünf Schritte, und prompt fiel er um. Kreislauf, dachte Späth, kein Wunder, bei der Hitze. Schwule sollen sowieso geschwächt sein. Was, wenn der Junge Aids hatte? Dünn, wie er war. Was, wenn er blutete?

Ich rühr ihn nicht an, dachte Späth und rannte über die Schienen. Der junge Mann war vornübergesackt und lag halb auf dem Gesicht. Späth rüttelte ihn an der Schulter. «He, Sie!» Er kniete sich hin und drehte ihn um. Der Kerl war leicht und knochig, aber schlaff wie ein Sack. An seiner Schläfe prangte ein sauberes Einschußloch, aus dem ein wenig Gehirnflüssigkeit herausrann.

Jemand kam keuchend gelaufen. Späth wurde scharf von hinten gepackt, die Arme wurden steil nach oben gerissen. «Hilfe», krächzte Udo, «Mord.»

10

Ich gebe zu, ich bin damals dabeigewesen. Ich sage nicht, ich war dazugehörig. Man hat mich geduldet, ab und zu. Ja, ich war oft in dem *Haus*, eine Zeitlang fast jeden Tag. Aber ich war von dem, was sich im *Harten Kern* abspielte, wie durch eine Glaswand getrennt. Ich durfte zuschauen. Ich durfte hineinblicken in ihre Welt, weil sie vielleicht eine brauchten, die ihnen dabei zusah. Bei dem, was sie ihre *Bande* nannten. Ich eignete mich, denn ich war bei den Jüngsten. Ich war still, ein stilles Mädchen, und ein Schulkamerad, den ich kürzlich traf, der sagte mir, ich sei farblos gewesen. Das kränkt mich noch heute, nach all den Jahren, daß ich den andern so in Erinnerung bin. Als konturloses, verschüchtertes Mädel, das ich nicht sein wollte und das ich im Innersten auch niemals gewesen bin.

Die *Bande* fing an, da kam ich in die achte Klasse. Biggi Larsen war gerade sitzengeblieben und kam zu uns, sie war älter als ich und von ihr ging alles aus, was mir erstrebenswert schien, was ich selber nicht hatte. Ich heftete mich an sie wie eine Ertrinkende. Sie wohnte in der Nachbarschaft, und ich schlich an ihr vorbei, wenn sie mit Jo auf dem Gehweg Federball spielte, in der Hoffnung, daß sie mich wenigstens grüßt. Sie tat es, und auch Jo grüßte mich, und eines Tages fing Jo an, sich für mich zu interessieren. Ich glaube nicht, daß er mich jemals ernst nahm, ich war ja nur ein huschendes Mäuschen, aber grad das muß ihn an mir gereizt haben.

Jo war schon damals ein Lebenskünstler und ein Machtmensch, er war ein schöner, sanfter Junge, und oft bin ich zusammengezuckt, wenn er anfing, über seine Eltern zu reden. Er kam ja aus völlig zerrütteten Verhältnissen, mein Gott, aber mit Geld. Er schröpfte seine Alten, wo er nur konnte. Nie wieder habe ich jemanden kennengelernt, der sich so gewissenlos alles nahm, was er grad brauchte. Und wie er sich von seinen Eltern für deren Unglück bezahlen ließ, als Entschädigung, daß er's mit ihnen so schwer hatte, daß sie mit ihren Streitereien einen vermurksten, gestörten Jungen aus ihm machten, so nahm er auch uns aus. Nicht geldmäßig, meine ich, da war er eher großzügig, er lud uns zum Kaffee ins *Staidler* ein, er schenkte uns seine Klamotten; aber eben emotional. Er war der absolute Mittelpunkt, er scharte die Leute um sich und verteilte die Rollen. Biggi, die Schöne, durfte seine Freundin sein, und ich glaube, sie war ihm hörig. Ich bin kurz einmal in Jo verliebt gewesen, aber ich wußte, bei so einem kann ich nicht landen. Trotzdem, obwohl ich ihn durchschaut habe, bin ich immer außer mir gewesen, so richti aus mir herausgefallen, wenn Jo mich beachtet oder gar für etwas gelobt hat. Bei einem Wort von Jo, einem Lächeln, bin ich vor Freude und Scham knallrot geworden, auch später noch, als das mit dem *Haus* zu Ende und Biggi in der Psychiatrie war.

Der einzige, der mich anbetete und den ich dafür verachten mußte, das war damals Heiko. Ich wußte ja noch nicht, daß mein Ausgeschlossensein etwas war, das mein Leben sozusagen vorwegnahm, etwas, das immer so bleiben würde. Ich wußte auch nicht, daß es andern genauso ging, daß auch sie allein waren. Ich kannte nur mich und meinen eigenen Makel, ich hielt ihn für augenblicklich und wartete, daß er vorbeiging. Ich war ja erst vierzehn Jahre alt, also halb so alt wie heute. Mir fehlte jede Art von Lebenserfahrung, ich war auf dem Dorf groß geworden, mitten im Schwarzwald, in das es meine Eltern mit mir verschlagen hatte, als ich noch ganz klein war, und weswegen meine Mutter oft klagte.

Heiko war der Apothekerssohn, er war bedeutend älter als ich, sechs Jahre, das galt damals noch als unüberwindlich. Dennoch bemerkte ich, daß auch Heiko nicht richtig akzeptiert wurde. (Heute frage ich mich, ob überhaupt einer akzeptiert wurde.) Er war schwer und dicklich und hatte riesige Patschhände. Heiko war ein Einzelkind, er wurde verhätschelt, und vielleicht war ich deshalb über ihn erhaben, weil ich in seiner massigen Weichheit meine eigene Verletzlichkeit wiedererkannte. Ich mußte ihn verachten, weil ich mir nicht vorstellen wollte, daß so der junge Mann aussah, der zu mir paßte.

(Noch könnte ich schweigen. Noch könnte ich die Blätter, die ich eben vollgeschrieben habe, vernichten. Ich könnte in die Küche gehen und mir etwas zu essen machen, etwas Leichtes, und dann mein Badezeug packen und ins Schwimmbad radeln. Es wäre ...ünftig, denn eines Tages wird einer meine Aufschriebe fin... ich sie nicht sehr gut verstecke, die Gefahr ist groß. ...Sicherheit, noch weiß keiner die Wahrheit, und ...nn wird sie auch niemand jemals erfahren.

Denn außer mir gibt es nur noch einen, der einen Teil der Wahrheit weiß, wissen könnte, und ich werde gegebenenfalls Maßnahmen gegen ihn ergreifen müssen. Was mich dennoch beim Schreiben hält, ist ungewiß.)

Das war ein August. Himmel, ein Tag fast wie heute. Nur daß die Luft schon schwerer wurde, und der Wald war fast schwarz am Nachmittag. Jo hatte mich vor der Schule angehalten, gesagt, daß ich zur Storzen-Wiese kommen solle, warum, das werde ich dann schon sehen. Ich blickte ihm nach, seinem federnden Gang, den engen Jeans, den wehenden Locken – ich dachte an *BRAVO*, an den *Jungen des Monats*, ich fühlte mich seltsam beflügelt. Jo hatte mich eingeladen, mich, und das gab so ein Kribbeln, das sich aus der *BRAVO*-Wirklichkeit auf mich herabsenkte, mich in sich einhüllte. Ich schwebte auf der sprichwörtlichen Wolke.

Das Treffen auf der Wiese verlief ernüchternd. Jo hatte ja gar nicht mich gewollt, er hatte nur alle mal um sich geschart, die er in seiner Bande dabeihaben wollte. Ich war eine unter vielen, eine der letzten wahrscheinlich, die Kleinste. Ich saß ein wenig abseits, zupfte an stoppeligen Gräsern, war zu verlegen, um aufzublicken. Ich hörte, wie die anderen sprachen, nacheinander standen sie auf, gelobten, von nun an zusammenzuhalten. «Ich bin dabei», sagte auch Wolf Niebel, der sitzenblieb, was mir im Dämmer auffiel, in einer seltsamen Trunkenheit aus Altweibersommer und dem Gefühl, nun endlich jugendlich zu sein.

Dann kam es, daß wir aufstanden und mit lautem Gejohle zum Kern-Haus zogen, zum alten Hof der Kernen-Bäuerin, das da am Rand des Neubaugebiets Schramme stand. Die alte Kerne war gestorben, das Haus hatten die Erben an die Stadt verkauft. Nun sollte es bald abgerissen werden, damit Bauplatz frei wurde für weitere Zweifamilienhäuser, und Jo befahl, wir sollten hineingehen und es besetzen. Ich habe damals nicht gewußt, was ein besetztes Haus ist, ich habe nie von den Besetzungen gehört, die im nahen Freiburg stattfanden, und ich könnte schwören, auch Jo und die andern wußten es nicht. Daß wir diesen Hof besetzten und daß Jo es befahl, das schien uns logisch, da wir doch eine Bande waren und zu alt, uns im Wald noch Hütten zu bauen. Es war eine absurde Selbstverständlichkeit, und ich bin sicher, keiner der knapp zwanzig, die mitgekommen waren, würde heute anders davon sprechen.

Das Haus war einfach offen, oder ich erinnere mich nicht, daß da ein Hindernis gewesen wäre, wir trampelten halt die Treppen hinauf und gingen durch den überdachten Eingang, das sogenannte «Tempele», hinein. Drinnen sah es nicht gut aus. Aber auch nicht so schlecht, wie ich erwartet hatte. Wenige Möbel standen herum, die man noch gebrauchen konnte. Klar, es blätterte der Kalk ab an den Wänden, es roch muffig. Der Boden war dreckig, das Plumpsklo verschissen, und aus dem ehemaligen Schlafzimmer stank es derart nach Pisse, daß keiner es betreten wollte.

Im oberen Stock gab es ein Zimmerchen, das in sehr gutem Zustand war. Wir öffneten die Fenster, wir johlten und spähten hinaus und griffen nach den Zweigen der nahen Apfelbäume, die wild wuchsen und uns Äpfel spendierten, die unreif waren und verheißungsvoll. Jo war mit dem Mofa gekommen (oder war es schon ein Moped?), er brauste davon, mit Biggi auf dem Gepäckträger. Über Schotter, zwischen den Baggern hindurch, die die Erde aufrissen. Wohnraum! Kanalisation! Straßenlaternen! Die Neubausiedlung interessierte uns nicht. Wir nahmen sie nicht einmal wahr. Nach einer halben Stunde kamen Jo und Biggi zurück. Sie brachten Schnüre mit und einen Farbtopf. Und Leintücher, darauf schrieben wir: DIESES HAUS GEHÖRT UNS. Wir wußten nicht, daß das ein Transparent ist. Aber wir hängten das Leintuch aus dem Fenster.

11

Jo lachte sich tot. Immer wieder schlug er sich auf die Schenkel und warf den Kopf mit den Locken zurück, durch die sich blondierte Strähnchen zogen. Er machte den Mund weit auf dabei, und Claudi erblickte eine tadellose Zahnreihe. Wie bei den meisten zu schönen Menschen wurden seine Züge mit zunehmendem Alter fies. Ins einstmals Hübsche seines genormten Köpfchens gruben sich häßliche Überzeichnungen. Wenn das Tadellose umkippt, dachte Claudi, dann wird es teuflisch.

Biggi sah noch fast aus wie damals, nur daß ihr Schleierblick immer dämlicher wurde. Ihre niedrige Stirn hatte etwas Äffisches. Ansonsten gehörte sie zu den solariengebräunten Erzieherinnen, die sich in Stretch-Jeans und Lackpumps quetschen. Aus Scham über ihr sozialpädagogisches Helfersyndrom spreizen sie die Beine und geben sich nuttig. Biggi hätte sich ohne Probleme vor die Tür stellen können.

«Aber du hast doch ein Alibi», sagte Biggi sanft und berührte Jo mit dem Knie, «du warst doch bei Nele in Reutlingen.»

Jos Grinsen blieb ihm eine Zehntelsekunde lang auf dem Gesicht stehen. Dann warf er erneut den Kopf zurück. «Ist das komisch, irgendwie.» Vertraulich ernst beugte er sich vor zu Claudi, die umhersah, ob das Getue schon auffiel. Jo und Biggi hatten sich nun doch noch in den *Paulaner* gezwängt, die Begleitung saß draußen, Jean-Jacques war gegangen. Jo strich über Claudis Arm. «Nehm's mir nicht übel, Claudi. Aber dein Detektivspiel ist einfach lächerlich. Du glaubst doch wohl selbst nicht, daß du so weiterkommst, irgendwie.»

Wenn er noch einmal *irgendwie* sagt, dann hau ich ihm eine runter. Claudi schniefte. «Klar, ich fahr mit dir in Handschellen nach Stuttgart zurück.» Sie sagte es so trocken, daß selbst Biggi etwas merken mußte.

Jo spielte wieder sein Lachen, hörte abrupt damit auf. «Und nun hätte ich also ein Motiv. Ich habe damals Wolf die Tabletten gegeben, weil der sich Heroin spritzte, was bekannt war, und deshalb die Stadt das Kern-Haus räumen wollte. Jetzt hat Heiko einen Film daraus gemacht, und nun mußte ich ihn, da er ein Mitwisser war, um die Ecke bringen.»

Claudi wußte, wie dünn Luzias Theorie war. Aber sie hätte diesem Schleimer zu gern was angehängt. Rein aus Sympathiegründen.

«Herrgott!» rief Claudi. «Das sagt halt Luzia Zeller. Ich würd gern deine Meinung wissen.»

«Luzia war's.» Jo grinste diabolisch.

Biggi klimperte mit den Ohrkettchen. «Mich macht das schon betroffen. Und ich find's gut, daß du dich so verantwortlich fühlst, Claudi. Aber liegt das nicht daran, daß du selber nicht genau weißt, ob du Wolf nicht auf dem Gewissen hast?»

Udo zitterte von oben bis unten. Er hatte zusammen mit zwei bulligen Türken den Mann festgehalten, bis das erste Blaulicht kam. Man hatte den Kerl abgeführt. Man hatte Mucke in eine graue Kiste gepackt. Das alles lief wie ein Film ab. Dann hatte man auch Udo mitgenommen und die halbe Nacht verhört. Jetzt stand er draußen vor dem Polizeigebäude, und Sendeschluß. Ich raff das nicht, dachte Udo. Wieso immer ich. Wieso muß ich die Nase immer in Scheiße stecken. Nie wieder, dachte Udo, Claudi soll nach Hause kommen und Schluß. Ich kann nicht mehr.

Als er noch am Wohnungsschloß herumfummelte, klingelte drinnen das Telefon. Udo ließ es läuten. Zehn, elf, zwölf, dreizehn. Beim achtzehnten Klingeln hob er ab. «Hast du geschlafen?» Claudi klang fremd, hochdeutsch und nachtwach. Er erkannte sie kaum.

Als Udo am Morgen auf wackligen Beinen in seinen Glassarg trat, der ihn vom Großraumbüro der Lokalredaktion trennte, sah er drinnen Heckmann. Der war sichtlich informiert. Und sprach dann wenig und mit gedämpfter Stimme. «Herr Winterhalter», jovial bot er Udo in dessen eigenem Büro einen Platz an, «Sie haben schon einmal einen Mord...»

...begangen, dachte Udo. Sag doch, was du denkst, du Arschloch.

Heckmann räusperte sich. «Nun, das liegt ja länger zurück. Und ich weiß ja», kaltes Lächeln, «daß Sie nichts dafür konnten.

Diesmal sind Sie sicher genauso unschuldig. Aber Ihre Polizei-Attacken sind nach den neuesten Vorfällen ein unverzeihlicher und für das Blatt beschämender Fauxpas.»

Udo schluckte.

«Und da Sie, nun erst recht, befangen sein dürften...»

«Bitte», flüsterte Udo, «ich bin entlassen.»

«Aber nein», sagte Heckmann, «ich möchte Ihnen nur sagen, daß Sie, bis etwas Gras über die Sache gewachsen ist, nicht mehr selber schreiben sollten.» Pause. «Vielleicht dürften wir auch über eine kleine redaktionelle Umbesetzung nachdenken.»

Udo übersetzte für sich Klartext: Heckmann konnte ihm nicht kündigen und wollte deshalb erzwingen, daß er von selber ging.

Den ganzen Vormittag saß Udo am Schreibtisch und stierte. Der Sekretärin hatte er barsch befohlen, daß er nicht gestört werden wollte. Jetzt lugte sie besorgt herein und sah, daß er nichts tat. Die Vernehmungsbullen hatte er angeschwiegen. Er hatte immer nur *i woaß nimme* gestammelt, in seinem alemannischen Heimatdialekt, den er sonst kaum noch brauchen konnte. *I woaß nimme* – Schock, hatten sie diagnostiziert, und einer hatte sich angeboten, ihn nach Hause zu fahren. Er wollte aber lieber allein an die frische Luft. Wahrscheinlich mußte er heute nachmittag spätestens wieder antanzen.

Wie Mucke am Boden lag. Udo drängte das Bild weg und zwang sich zu breiterer Logik. Daß einer Klaus Muck erschossen hatte, eiskalt abgeknallt, das sprach dafür, daß Udo sich irrte. Daß die Adamczyk, die dumme Sau, bei Heiko auf dem richtigen Dampfer gewesen war. Der Täter mußte beidemal aus der gleichen Ecke kommen, Kulturschiene, auch wenn die Morde noch so unterschiedlich waren. Udo überlegte. Er hatte keinen Schuß gehört.

Frau Dr. Uhlenhaas verschluckte fast gar ihre Kontaktlinse. Dann pflückte sie das zarte Glas von ihrer Zunge, die vom Kaffee schwarz war, und pulte es mit ihren blutroten Nägeln ins Auge zurück, mit einer Grimasse, als stünde sie im Todeskampf.

«Nein», sagte sie, «ich habe keine Ahnung, wer Klaus Muck erschossen hat. Er war ein Großmaul und nicht sonderlich beliebt. Trotzdem tut es mir leid um ihn. Er war begabt. Deshalb hatte ich ihn ja auch aus Ostberlin geholt, wo er mit seiner Vergangenheit», Stocken, «Sie wissen ja, er war bekennender Marxist, keine Chance mehr hatte. Ich reichte ihn weiter an Heiko Fehrenbach, es kam zu einer fruchtbaren Zusammenarbeit. Muck hatte geistreiche Einfälle. Es zeigte sich aber, daß er nicht schreiben konnte, ein Theoretiker, kein dramatisches Talent. Und dann kam es zum Streit zwischen beiden, weil Klaus Muck behauptete, daß er die Serie, für die er Ideen geliefert, auch selbst geschrieben hatte.»

Die Adamczyk war mit den Gedanken woanders.

Kellermann erinnerte sich plötzlich, daß Mucke, spät nach Mitternacht, auf der *Fernseh*-Feier lange gefehlt hatte. «Ich dachte schon, der kommt nicht mehr.» Fritsch-Grünbein sagte aus, Mucke sei irgendwann allein weggegangen. Gust Jungheinz gab sich und vier andern ein Alibi: Sie hätten das *SWDR*-Gebäude gemeinsam verlassen. Mucke war nicht dabei. Der Pförtner schwieg, brach dann in Tränen aus und gestand, er sei, nachdem sein Kollege den Rundgang machte, vor dem Bildschirm eingeschlafen.

Für die Adamczyk lag des Rätsels Lösung nahe: Mucke, der sich hervorragend auskannte, hatte geholfen, den toten Heiko Fehrenbach durch den Tunnel zwischen den *SWDR*-Gebäuden hereinzuschleppen. Wie das, vom Betriebsschutz unbemerkt, genau vor sich gegangen sein sollte, blieb zwar unklar, aber da die Leiche am nächsten Tag im Schallarchiv lag, mußte es wohl irgendwie möglich gewesen sein. Mucke hatte Fehrenbach zwar nicht selbst ermordet, hatte sich aber um die aufsehenerregende Drapierung gekümmert. Zusammen mit dem Komplizen, mit dem er alles vorher genau verabredet hatte und der Fehrenbach in seinem Haus auf der Schwäbischen Alb mit einer Drahtschlinge erdrosselt hatte. Dann hatte er ihn nach Stuttgart gekarrt – aber Moment, es mußte ein sehr kräftiger Mann gewesen sein, wenn er allein war; man hatte zwar Schleifspuren gefunden und auch Spuren von Reifen, direkt vor dem Eingang, aber Fehrenbach war ein Koloß.

Angenommen, daß es trotzdem einer allein gewesen war, dann hatte er Mucke, seinen Komplizen und Mitwisser, nun erledigt. Waren es zwei, dann hatten es womöglich beide gemeinsam getan. Oder einer davon allein. Dann war nicht auszuschließen, daß es ein drittes Opfer gab.

Der Uno fuhr nicht. Noch einmal, Claudi drehte am Zündschloß. Niente. Sie stieg aus, beugte sich wieder über die offene Motorhaube, bis zum Ellbogen mit Motoröl verschmiert. Zwei sommersprossige Buben sahen ihr zu dabei. Der kleinere stieß den größeren an und kicherte.

Claudi lief zurück zu Jean-Jacques, der kopfschüttelnd auf dem PC klimperte. Sie wusch sich die Arme und bedankte sich nochmals. Dann nahm sie ihr Bündel, stieg in die Zwölf ein, und an der Konstablerwache stieg sie um Richtung Hauptbahnhof. Ohne Auto, dachte sie, ist's eh aus. Zumal Udo die Amateuraktion rabiat abgeblasen hatte. Schafskopf! Erst machte er ein solches Geschiß, sie gab mangels Urlaub den Job auf, und dann verlief sich alles in einer Peinlichkeit.

Nö, dachte Claudi, ich mach weiter. Und zwar systematisch jetzt. Ich schreib mir die Adressen der Leute zusammen und gehe geplant vor. Obwohl Udo sagt, daß es in der Bande doch keiner war. Daß es keinen Mörder an Wolf gibt. Und, unter uns, auch keinen an Heiko. Und daß ich zurück soll. Sofort. Total verstört, der Udo.

Claudi rechnete sich aus, daß sie, mit den Euroschecks, geradezu unbegrenzt Geld hatte. Sie beschloß, daß sie zu Nele nach Reutlingen fuhr.

Wenn schon der Uno verreckt war, dann wollte sie wenigstens mit dem ICE fahren, wo einem das Plastikzeitalter futuristisch um die Ohren pfiff. Bis zu dessen immens teurer Abfahrt testete Claudi die Frankfurter Toilettenanlage, die es in sich hatte. Für läppische fünfzig Pfennige schleuste man sich hier durch die Lichtschrankenhygiene des hereinbrechenden dritten Jahrtausends; Claudi zuckte jedesmal zusammen, wenn ohne ihr Zutun aus unsichtbaren Kanälen Wasser und Heißluft strömten. Eine Rentnerin, die sichtlich aus Ost kam, fand sich überhaupt nicht mehr zurecht und wurde vom Personal höflich eingewiesen. Als die Spülung bei Eintritt automatisch rauschte, verließ die Rentnerin dennoch fluchtartig die Bedürfnisstätte.

Es war immer noch viel Zeit. Ein Fixer heftete sich an Claudis Fersen und verfolgte sie bis zu Gleis zwei. Claudi wiederum verfolgte aus Langeweile einen ihr unbekannten Mann, der in Richtung Friedrich-Ebert-Anlage davonging. Er ging etwas tänzelnd, seine Bewegungen hatten etwas Unbestimmtes. An der Mainzer Landstraße verlor sie ihn aus dem Blick. Claudi bog nach links ein und stand plötzlich, Ecke Hafenstraße, vor einem heruntergekommenen Hochhausbunker, auf dem stand mit riesigen, weithin sichtbaren, kaum bröckelnden Lettern: *Proletarier aller Länder, vereinigt euch*. Claudi floh. Ihr Blick stieß auf der gegenüberliegenden Straßenseite auf die frisch lackierten Buchstaben: *Glaube an den HERRN JESUS, und Du wirst errettet werden.*

Privatdetektiv Späth trat in der Zelle von einem Bein aufs andere, Standbein, Spielbein, und seufzte. Es gab nicht einmal einen Fernseher. Jeden Augenblick mußte sich die Zellentür öffnen. Für was hatte er seinen Anwalt. Späth beschloß, daß er vom Mieterverein, der ihn in Sachen Kübler bezahlte, eine Entschädigung forderte. Wegen unvorhergesehener Unbill. Eine Art Risikopauschale.

Natürlich hatte Späth sogar einen Waffenschein. Aber er war nicht einmal bewaffnet gewesen. Wozu auch. Selbst wenn. Jeder hätte sofort sagen können, daß der Schuß nicht aus seiner Waffe kam. Der Täter mußte einen Schalldämpfer benutzt haben. Er mußte ganz in der Nähe gestanden sein, auf dem Gehweg unter dem Haus. Das Späth stets durch die offene Hintertür benutzt hatte, weil es genau gegenüber lag. Er konnte unbesehen hinein, und von den meist jungen Bewohnern (das sah man an den zwei Namen am Klingelschild) war ihm auch kaum einmal einer begegnet. Er war, bis zur letzten Nacht, ein glücklicher Detektiv gewesen. Jetzt ging er in seinen alten Beruf zurück. Wurde wieder Filmvorführer. Welch schöner Beruf voll angenehmer Ereignisse.

Der ICE flog durch eine abgestorbene Waldlandschaft, nachdem er das geordnete kleinbürgerliche Biblis mit seinen freundlichen Reaktorblöcken im Furor durchschnitten hatte. Claudi kauerte in einem zu engen Ecksitz, eingekeilt zwischen Koffer, Rucksäcke, Taschen und beschnitten durch die ausgestreckten Beine ihres schnarchenden Gegenübers, alles ergonomisch für Japaner eben, und blätterte im *Intercity*-Magazin, das dem neuen Design des *Tagblatts* ähnelte. Man ist, dachte Claudi, weltweit bei der Aufmachung der Musikzeitschriften angekommen, die mir vor zehn Jahren so städtisch vorkamen. Bei diesem kalten Styling, das jetzt, wo man es überall hat, noch avantgardistisch sein soll. Welch ein Bluff. Und welch ein Blödsinn. Obwohl es nicht traurig war, daß die faschistischen Runen vom Signet des *Tagblatts* verschwanden und der alte Ortsgruppenleiter Kächele auf dem Killesberg noch glauben durfte, er halte ein uraltes *SPEX* in der Hand.

Claudi las, daß der ICE 410,70 Meter lang war und pro Triebkopf ein Dienstgewicht von 80,4 Tonnen hatte. Die Anfahrtszugkraft betrug 200 kN pro Triebkopf, bei einer Dauerleistung von 4800 kW und einer Höchstgeschwindigkeit von 280 km/h. Beeindruckend, dachte Claudi gallig, und hübsch hier, wenn man von Frankfurt galaktisch in die Vorstadt rast. *Stuttgart ist eine Vorstadt von Frankfurt* hatte sie auf einem Werbeplakat der Deutschen Bundesbahn gelesen, herzlich. Windschnittig, während durch die Käffer des Schwarzwalds kaum mal mehr ein Busle schleicht, um die fünf unmotorisierten Dorfdeppen zwischen Mariabronn und Schramberg einzusammeln.

Nur nicht Udo unter die Fuchtel kommen, der zumal vom Hafer gestochen war. Claudi stieg in Stuttgart gleich um, hatte aber ins weltabgeschiedene Vorörtchen Reutlingen keinerlei Anschluß.

Kaffka äugte verschüchtert in den Glassarg.

«Ich hab Aids», schrie Udo, der sich zitternd an der Schreibtischkante festhielt. Kaffka ging hinein. Udo blickte an ihm vorbei in eine unbestimmte Ferne.

«Du», sagte Kaffka.

«Ich bin gefährlich», erwiderte Udo. «Gleich fällst du tot um.»

Kaffka legte ihm seine zarte Hand auf die Schulter. «Heut abend geh ich mit Böttiger auf die Wangener Höhe. Da kann man draußen sitzen.»

«Fick Matylde», sagte Udo.

Kaffka kratzte sich. «Kennst du Böttiger? Der ist beim *Nekkarboten* im Sport, ich stand vor Jahren neben ihm beim Spiel Nürnberg gegen Bayern, vier zu null.» Kaffka strahlte.

«Am Arsch vorbei», rief Udo.

Kaffka schlich um den Schreibtisch herum. «Ich kann's ja verstehen, daß du auf Matylde eine Wut hast.»

«Bitte», flüsterte Udo.

Nele fiel glatt um vor Begeisterung. Sie drückte Claudi an sich und jauchzte: «Herrje, du hast dich gar nicht verändert.»

Claudi verzog das Gesicht. Nele zerrte sie nach drinnen, wo es nach Kräutertee und fruchtzuckergesüßten Biskuits stank. Vermischt mit einem hundertprozentig abbaubaren Putzmittel, alles strahlte und blinkte, und Claudi dachte, daß Nele seit ihrem Anruf aus der Stuttgarter Bahnhofspost ordentlich Zeit gehabt hatte. Daß Nele im Telefonbuch stand, das verstand Claudi nun doppelt: Sie gehörte zu den Frauen, die bewußt allein leben, aber keine Sekunde allein sein können.

Claudi, die inzwischen gelernt hatte, machte sich kein weiteres Mal zum Trottel. Hach, nur so mal vorbeigekommen, haha, und mal herumgewirbelt in den zwei schnuckligen Zimmern. Aha, kein Fernseher, dafür ätherische Aquarelle, also bewußtseinsrelevante Entscheidung, nirgends eine Tageszeitung, dafür die Gesamtausgabe Hermann Hesses. Nele, dachte Claudi, ist ein Antagonismus. Sie lebt in ihrem Siebzigerjahre-Revival altbakkener als ihre Großmutter. Aber – wenn sie von Heiko Fehrenbach weiß, dann garantiert vom Täufer.

«Wie ich mich freue», giekste Nele und schubste Claudi in eine niedere Sitzecke. «Erst vor ein paar Tagen war Jo da. Leider hab ich keinen Zucker.»

Claudi nippte am Tee, der scheußlich nach Kranksein stank. «Jo?»

«Jo Kulbe.» Nele freute sich so über den Namen, daß sie aus vollem Hals lachte. «Du hast Glück, daß ich noch da bin. Morgen geht's ab nach Portugal.»

Claudi würgte und verschluckte sich. Erst jetzt bemerkte sie, daß Nele sich überall kleine Häufchen gerichtet hatte, Wäsche, Medizin. «Ist der nicht was weiß ich wo in Afrika?»

Nele strahlte. «Er lebt auf Zanzibar. Er hat dort so Boot-Taxis. Das heißt, er hat eine Horde Jungs, die Touristen auf kleine Inseln bringen.»

So so, eine Horde Jungs. Claudi lächelte und fragte: «Ja, und jetzt ist er wieder hier?»

«Nur kurz. Luft schnappen, sagt er, und Leute besuchen.»

«Ich tät ihn so gern wiedersehen.» Claudi schnaubte sehnsüchtig.

Udo hatte das Gefühl, seine Kiefer paßten nicht mehr zusammen. Er preßte die Zähne aufeinander, ein Biß – aber keine Erleichterung. Wenn er sprach, was er vermied, prallten die Eckzähne wüst gegeneinander. Udo, der keinerlei Zahnprobleme kannte, hätte nie gedacht, daß ihm so etwas mal passieren könnte.

Am Spätnachmittag war es heraus: Heckmann würde persönlich die Leitung des Lokalen übernehmen. «Kommissarisch», wie er sagte. Bis ein anderer gefunden war. Er begründete das damit, daß Udo generell überfordert sei, Organisationsfragen nicht gewachsen und den Mitarbeitern gegenüber illoyal. Was die fraßen wie Schmiedeeisen, sie schmiegten sich elastisch in die neuen Strukturen ein, würdigten Udo keines Blicks und warteten – hierher, Hasso – auf die Gehaltserhöhung. Nur Stulle hatte prompt erklärt, daß er hier und jetzt auf der Stelle kündige. Udo war gerührt. Gerade der beflissene, tapsige Stulle, der am meisten von allen am Job hing. Stulle entpuppte sich als Freund, als einziger.

Ich Seckel, ich naiver, dachte Udo. Natürlich hätte Heckmann mir kündigen können. Jeder ist hier überall und jederzeit kündbar. Nur, er macht's auf die sadistische Tour. Er will eine Leiche. Wenn auch nur im psychischen Sinn. Wieder versuchte Udo zusammenzubeißen. Er sehnte sich nach Käsbacher. Der Alte, er hätte ihn zusammengeschrien, sofort hätte er Udo fristlos gekündigt, ihn stracks aus der Redaktion geschmissen. Und in zwei Wochen wär alles wieder vergessen gewesen, Käsbacher hätte ihm auf die Schulter geklopft und gerufen: «Winterhalter, ich sehe Ihre Arbeit mit Freude!» Welch ein Mann.

Dagegen Heckmann. Der hatte mit Udo noch eine Rechnung offen. Das war klar, daß er sich rächen würde, jetzt, wo er am Hebel der Macht saß. Ein Vorfall hatte genügt, und Heckmann war vorgeprescht. Die Rechnung bezog sich auf eine Steuerhinterziehungsaffäre, die vor über einem Jahr aufflog und einigen Herrschaften aus Politik und Wirtschaft den Kopf gekostet hatte. Heckmanns Frau Brigitte ganz wörtlich – sie wurde umgebracht, von irgendeinem Hintermann. Der Fall wurde niemals aufgeklärt, es gab auch keinen, der daran ein Interesse hatte.

Nun gut, Udo Winterhalter hatte sich damals ziemlich aus dem Fenster gehängt, aber daß ihn diese Schweinerei, bei der er lediglich Zaungast war, eines Tages die Stellung kostete, das hätte er, seitdem sie leidlich überstanden war, nicht mehr geglaubt. Heckmann suchte für den Tod seiner Frau verspätet einen Sündenbock.

Aber wenn es das allein nur wäre. Heckmann war einer jener provinziellen Wirtschaftsjournalisten, die in einem der Rotary- oder Lions-Clubs in diesen anonym zersiedelten Stuttgarter Randkleinstädten wie Böblingen oder Weil der Stadt ständig mit den ortsansässigen Metzgermeistern, Zigarettengrossisten oder Autohändlern diskutierten und deswegen immer vom «Leser» schwätzten, der alles ablehnt, was irgendwie anders ist. Deshalb haßte Heckmann vor allem das Feuilleton, weil es nur eine elitäre Minderheit ansprach, aber Udo paßte da auch ganz schön ins Schußfeld: Alles, was nicht Mainstream war und ein bißchen ironisch, gewagt, anarchisch – das trieb den kleinen, ungestalten Heckmann in seinen schiefsitzenden grauen Anzügen zu seltsam filzpantofflig-cholerischen Ausbrüchen. Wie war das *Tagblatt* doch gesunken! Wo waren die seriösen Großbürger in ihren Nadelstreifenanzügen, die entspannt zurückgelehnt an ihren Zigarillos zogen? So, wie der alte Käsbacher es stets getan hatte, während er «sein» Blatt las, bevor ihn der zweite Herzinfarkt ereilte? Jetzt war da nichts mehr als wildgewordenes Kleinbürgertum. Es gibt auch eine Selbstprovinzialisierung der Zeitung, dachte Udo. Niemand verlangt von uns, daß wir derart hinterwäldlerisch sind. Kein einziger Leser. Aber der Chefredakteur, Amen.

Durch die Hitze kämpfte sich Udo nach Hause. Das Hemd klebte ihm eisig im Rücken. Udo fror. Klapperte mit den Zähnen. Schloß die Wohnungstür auf. Drinnen stank es noch nach den Karos von Mucke. Überall waren dessen Sachen verstreut, Adorno, Marcuse. Udo kickte das Buch weg, *Der eindimensionale Mensch*. Er warf sich auf Muckes Matratze und heulte. Er lauschte auf die Geräusche, die von draußen kamen. Der Feierabendverkehr, Kinderlachen, die Straßenbahn. Darüber legten sich plötzlich die ganz anderen Sommertöne der Kindheit. Das hohle Aufschlagen des Balls auf der Tischtennisplatte, das Zurückgeben des Aufschlags. Ga-uu-i-aa-ha-i.

Wo nur Claudi blieb. Aber Udo spürte, daß er sich gar nicht wirklich nach ihr sehnte. Er schmeckte den salzigen Geruch des Schwarzwalds. Er sah Wolf da liegen. Er hörte, wie dessen Vater schrie: «Macht ihn mir wieder lebendig!» Er roch das qualmende Ofenrohr, das nach verbranntem Schinken stank trotz aufgerissenem Fenster. Nie würde er die Stunden vergessen, in denen er geglaubt hatte, er habe Wolf Niebel auf dem Gewissen. Zusammen mit Claudi. Weil sie doch diesen Ofen angeschlossen hatten, der im Brennraum keinen Überdruck hatte und nicht richtig durchzog. Erst hatte Heiko daran herumgebastelt, den ganzen Nachmittag, und dann am Abend noch Claudi mit Udo. Alle hatten gewußt, daß man ihn nicht anmachen durfte, nur Wolf Niebel nicht, und der hatte dann nachts noch tüchtig gefeuert. Damit es ihm beim Schuß auch warm war.

Dann war schließlich sicher, der Ofen hatte doch funktioniert, sie hatten es hingekriegt, das giftige Gas zog tadellos ab. Daraufhin wollte der alte Niebel auch die Obduktion auf einmal nicht mehr. Er war streng katholisch, und an einer armen Seele wurde nicht herumgeschnitten. Zumal ja klar war, woran Wolf gestorben war: Die Spritze steckte ihm noch im Arm.

Und wenn, überlegte Udo, der Ofen doch nicht ging? Wenn ihn nachträglich einer manipuliert hat? Claudi womöglich? Udo schämte sich.

Bei der zweiten Kanne Kräutertee, angeblich gut gegen Hitze, lenkte Claudi das Gespräch auf den Täufer zurück. «Ist er noch in Deutschland?»

Nele kicherte. «Scheinst dir ja viel aus ihm zu machen. Hat er dich nicht angerufen? Er ist bei allen möglichen Leuten vorbei. Ja, und bevor er abfliegt, wollte er zu Biggi nach Frankfurt. Soll ich dir die Nummer geben?»

«Gern», sagte Claudi. «Bis wann war er denn da?»

«Hier?» fragte Nele. «Ach so, das war komisch. Letzten Montag, also genau vor 'ner Woche, da hat er spät nachts noch 'nen Anruf gekriegt. Das heißt, ich dachte, es sei für mich, aber da war er schon dran, und dann ist er verschwunden, wie er gekommen ist.»

12

Von Anfang an gab es ein Tauziehen. Kaum waren wir in dem Haus drin, schon kam der halbe Gemeinderat. War ja klar, wir waren da unrechtmäßig, aber bei dem, was dann passierte, da ging es nicht mehr nur um uns. Der Sozialausschuß kreuzte auf, zusammen mit einer Expertenkommission, die das halbe Haus auseinandernahm. Natürlich lagen die Stromleitungen bloß. Aber wir hatten ja eh keinen Strom. Und die hygienischen Verhältnisse waren zwar nicht proper, aber gesundheitsgefährdend eben auch nicht. Generationen von Bauern hatten in solchen Zuständen gehaust, und das konnte man nun nicht zum Vorwand nehmen. Deshalb mußte der Brombeer Paule herhalten, der Dorfpenner, der im Kern-Haus häufig übernachtete. Wie der hustete, ging das Gerücht, er habe offene TB. Man fing ihn ein, aber es war nichts.

Solange es sommerlich war und warm, hatten wir mit dem *Haus* selber keine ernsten Probleme. Das kam erst, als es kalt wurde und wir zwei Öfen brauchten. Aber was sie aus uns gemacht haben, das begreife ich erst heute so richtig: Wir wurden zu einem Präzedenzfall für die Provinzpolitik. Der Bürgermeister war ja SPD, die Mehrheit des Gemeinderats konservativ. Und es standen Wahlen an. Aber das war nicht alles. So klar waren die Fronten überhaupt nicht. Beispielsweise war auch Bernhard Mauch gegen uns, der Sozialarbeiter vom *Autonomen Jugendhaus* in der Kreisstadt, der um seine Klientel fürchtete, um die illegale Konkurrenz eines «wilden» Jugendhauses, und uns vorwarf, wir hielten uns für etwas Besseres. Auch der antiautoritäre Gemeinschaftskundelehrer Karl Wilhelm Gutmüller, also «Wigu», war gegen uns. Er beschimpfte uns als «anarchistischen Klüngel», und es hagelte Einträge ins Klassenbuch.

Nicht nur im Rathaus wurde so Politik gemacht. Die Bauern, die rundherum noch Feld besaßen, weigerten sich plötzlich, es zu verkaufen. Die Ortspolizei drohte, das Haus entgegen befristeter städtischer Duldung zu räumen. Da verkündete der Bürgermeister persönlich: Das Haus werde «legalisiert». Es werde auf Stadtkosten renoviert und mit einem hauptamtlichen Sozialarbeiter versorgt. Das hat den *Harten Kern* gespalten. Es gab eine Fraktion, die wollte das nicht. Auf keinen Fall offene Jugendhauszustände! Zu ihnen gehörte Heiko Fehrenbach. Und dann die anderen, die sich als Sieger fühlten, allen voran Jo Kulbe. Deshalb war er auch so sauer, daß Wolf sich nachts immer wieder heimlich ins Haus schlich, sich dort einen Schuß verpaßte und einschlief. Er hatte sich mit ihm sogar geprügelt deswegen, ihm Hausverbot erteilt, mehrmals. Wolf durfte dicht sein, aber bitte ohne Fixerbesteck. Letztlich war es dann ja auch Wolf, der an allem schuld war. Helfen konnte man ihm sowieso nicht.

Es war ein heißer Herbst. Da hagelte es Anzeigen wegen Lärmbelästigung und Verführung Minderjähriger (im Oberstock sollte angeblich ein Puff sein), und als einer aus der *Bande* mit dem Moped falsch parkte, war das Anlaß für eine Leserbriefkampagne. Der Pfarrer erschien, die Anwohner schimpften, Lokalpresse bald täglich, pausenlos war der Beschuß da. Sogar die Feuerwehr kam mehrmals, blinder Alarm, wir hatten ja nur Kerzen angezündet. Und der Kaminfeger, der in der CDU saß: Um zu beweisen, daß der Ofen keinen richtigen Druck hatte. Aber das war der untere Ofen, der ging.

Ich habe vieles damals nicht mitbekommen. Und ich habe auch lange nicht gewußt, daß Wolf sich das Zeug spritzt. Er hatte nur immer so glasige Augen, so kleine Pupillen, aber ich dachte, das kommt von dem Haschisch. Im übrigen habe ich Wolf sehr bewundert. Was der damals alles gelesen hat. Erst Hesse, dann Brecht. Bei Nietzsche, da bin ich nicht mitgekommen. Was der darüber alles gesagt hat. Aber das mußte an seinem Vater liegen, der ja so unglaublich katholisch war. Also, der Haß auf die Kirche. Auch ansonsten kam ich oft nicht draus, was er eigentlich meinte. Oder vielleicht bin ich auch nur geschockt gewesen, geschockt und ungeheuer beeindruckt.

Es ist Mitte Oktober gewesen. Jörg Pfänder, Astrid Klingmann, Heiko Fehrenbach und ich lagen im unteren Zimmer auf den Matratzen. Es war ja schon ziemlich kalt, und wir hatten den Ofen an. Es war sehr gemütlich, weil die Kerzen brannten und Jörg auf der Gitarre klimperte. Auch Jo und Biggi kamen, weil es ihnen oben, im Knutschzimmer, zu kalt war. Und noch ein paar andere, darunter Nele und Wolf. «Sie haben eine Boeing entführt», rief er. Und lachte.

Heiko hat mich immer wieder vor Wolf Niebel gewarnt. Ich fand das albern, überhaupt, dieser tapsige Kerl mit seinen feuchten Fingern. Aber Heiko wiederholte gerade die Abitursklasse, er war zwanzig und, trotz allem, ein Mann. Ein Weichling zwar, der sich von seiner Mutter die Haare schneiden ließ. Was er sagte, war jedoch ansonsten nicht dumm, und wenn er mich nicht so angehimmelt hätte, dann hätte ich ihn wohl nett finden können. So hatte ich nur immer mehr Mitleid mit ihm, Mitleid und Schuld. Warum ich mich derart schuldig fühlte, das kann ich heute nicht mehr sagen.

Ich habe mir eine Neil-Young-Platte gekauft. Und während ich es wieder höre, *Heart of Gold*, halte ich plötzlich wieder den alten, abgeschabten Kassettenrekorder in der Hand mit dem Aufpepper *Atomkraft? Nein danke*, den mir ein Zivildienstleistender bei den Stadtgärtnern geschenkt hat. Ich weiß nicht genau, was Atomkraft ist, aber immer, wenn ich an dem Transformatorenhäuschen am Waldrand vorbeigehe, dann halte ich die Luft an, weil ich glaube, daß mich das vor den radioaktiven Strahlen beschützt.

Das erste Wiederhören der scheppernden Gitarre Neil Youngs, der wehleidigen Mundharmonika, der belegten Stimme läßt mich noch einmal vierzehn sein. Und während ich dabei zusehe, wie dieses unbeschadete Gefühl in mir aufflammt und mich für ein paar Takte zum Beben bringt, da senkt sich mein Herzschlag schon wieder, die Flammen werden spärlich und verlöschen wie bei einem leeren Gasfeuerzeug noch vor dem Schlußakkord.

Dennoch muß in diesen Sekunden Unbeschreibliches mit mir vorgegangen sein, mit Teilen von mir, die ich beobachten kann. Ich sitze auf dem Balkon und blicke dem Verklingen einer Melancholie nach, die noch für Stunden nicht ganz abebbt. Noch am Abend (ich hatte am Nachmittag einiges zu erledigen) schließe ich die Augen und sehe die Farbtöpfe vor mir, gelb, orange haben wir die alten Truhen gestrichen, die wurmstichigen Bauernmöbel, die herumstanden. Braun und blau wurden die Wände, richtige Höhlen haben wir uns gebaut, mit Topfpflanzen am Fenster, und Matratzen, überall Matratzen.

Ich fühle, wie ich neben Wolf liege, wie er die Arme nach mir ausstreckt, meinen Kopf zu sich auf sein Bein zieht, und wie Heiko uns dabei zuschaut. Ich spüre das Kribbeln, wie es aus den Beinen den Rücken hinaufschleicht, und wie ich rot werde, knallrot. Später, beim dunklen Waldspaziergang, mein erster Kuß. Ich kenne ihn nicht mehr, er ist mir fremd geworden, aber ich weiß noch, daß er stattfand. An das, was Wolf vorher sagte, erinnere ich mich genau: Warum er Drogen nehmen müsse, erst nur Haschisch, jetzt auch Heroin: Um sich das Bewußtsein zu erweitern, um zu wahrer Erkenntnis zu kommen, aber er sei nicht süchtig. Er könne, wenn er wolle, sofort damit aufhören, und für mich, ja für mich, werde er das tun. Er hat das dann auch getan, drei Wochen lang. Er hat nicht einmal mehr geraucht.

13

Als es dunkel wurde, griff Udo zum Telefon. «Einmal die Vierzig, Vesuvio, bitte.» Eine Pizza würde ihm helfen. Er legte sich noch eine Viertelstunde aufs Bett, bleiern, dann schleppte er sich zur Claudiusstraße. Er ging wie unter einer Bleiglocke. Die Autoabgase schwebten in einer erdrückenden Schwüle knapp zwei Meter überm Asphalt, genau auf Udos Gesichtshöhe. Den ganzen Tag, fiel ihm ein, hatte er nichts gegessen. Sein hohler Magen kam hoch. Säuerlich. Er würgte.

Der Westen glich einem gigantischen Jahrmarkt. Tonnige Türkenfrauen schubsten einander den Gehweg entlang und stießen gegen eine Hochschwangere in Gesundheitsschuhen, die sich in einem Haufen Bretter zu schaffen machte. Dreckige Kleinkinder feilschten um eine beinamputierte Negerpuppe. Studentisch dreinblickende Jünglinge und Herren in korrekten Anzügen wühlten sich zwischen Stühlen hindurch. Ein fettleibiger Rechtsanwalt, den Udo kannte, und eine Arzthelferin im weißen Kittel zerrten an den zwei Enden eines abgetakelten Sechziger-

Jahre-Sofas im Sachlichkeitsstil, während eine Italo-Familie konspirative Blicke auf ein zerschlissenes Ikea-Bett warf, das sich eine Rentnerin just schnappte.

Sperrmüll, dachte Udo, ist ein Phänomen. Kleinbürger aller Länder vereinigen sich und greifen gierig nach eben jenem Müll, über den sie in Nachbars Keller seit Jahren still gelächelt haben. Es ist eine Raffsucht, als lebten wir in Nachkriegszeiten, dabei sind die längst abgeräumt. Auch Udo besaß Nachbars Nierentischchen mit den dazugehörigen Sitzen, aber das noch aus einer Zeit, da die Leute die wunderbarsten Designs naserümpfend auf die Straße schmissen. Das war lange vorbei. Heute landeten hier vor allem leere Kartons aus der Unterhaltungselektronik und Spanplatten. Udo schwenkte seine Naturfasertasche, auf der grellpink aufgedruckt war: *Ege – Türkische Import Öztürk*. Welch ungewohntes nächtliches Treiben überall! Wäre gestern Sperrmüll gewesen, Mucke würde noch leben.

Die kühlen Kacheln im *Super Pizza Service*, der Rennwagen auf dem verjährt dort hängenden Kalenderblatt, der betörende Duft nach Knusperteig und Oregano und ein Alkoholiker, der im Stehen ein Bier trank. Das alles lenkte Udo ab. Er sah dem spindeldürren Alkoholiker zu, dessen Adamsapfel sich beim Schlucken gleichmäßig hob und senkte. Das beruhigte Udo, obgleich er sich fragte, ob auch er eines Tages die Flasche mit dieser scheinsicheren Bewegung auf die Theke zurückstellen und lautlos das Pfand zurückordern würde. Die hellblonde Schwäbin brachte «einmal Nummer vierzig Vesuvio», Udo nahm einen Chianti dazu und steckte alles zusammen in Öztürks umweltschonende Tasche.

Locker, mit federnden Schritten ging er nach Hause, durch die spähenden, schlendernden, geifernden Massen hindurch, die ihm nichts mehr anhaben konnten. Im Hausflur nahm er die Stufen doppelt, da passierte es: Die Chiantiflasche stieß gegen eine Steinstufe und zerplatzte. Roter Saft lief aus dem Baumwollstoff, verteilte sich pfützenartig auf den Treppen, sickerte ein, zwei Stockwerke tiefer, tropfte mit heller werdenden und schließlich im Keller fast verebbenden Geräuschen auf. Scheiße, dachte

Udo, sah aber, daß der Karton mit der Pizza nicht beschädigt war. Schnell legte er alles auf dem Küchentisch ab und rannte mit dem Lappen nach drunten. Wohnungstüren öffneten sich einen Spalt weit und schlossen sich erst, als Udo mit dem Putzen am Ende war.

Zurück in der Küche nahm er vorsichtig zwischen den Scherben den Karton heraus, der aussah, als ob er blutete. Der Belag der Pizza war heruntergerutscht, klebte als zähe, pampige Masse wie ausgekotzt am unteren Rand des Kartons. Ich Idiot, dachte Udo. Wer die Pizza senkrecht hält... Er schob alles in die Tasche zurück, öffnete das Fenster und warf *Öztürks* Tascheninhalt samt und sonders hinunter auf die Straße.

Mit dem letzten ICE donnerte Claudi um 20.53 Uhr von Stuttgart nach Frankfurt zurück. Dazwischen hatte sie mehrmals versucht, Udo zu erreichen, es hatte aber keiner abgenommen. Um 22.18 Uhr war sie da. Mit dem Taxi ließ sie sich zum *Paulaner* fahren. Schon durch die offenen Fenster sah sie: Kein Jo, keine Biggi. Ob sie die Bedienung fragen sollte? Oder den geistreich dreinblickenden, verschmitzt lauschenden Herrn von gestern, der mit einer grazilen Dame am Tisch saß? Claudi rannte in eine Telefonzelle, die tatsächlich frei war. Sie merkte auch, warum: Die Münzen fielen durch. Sie irrte durch Straßen, die noch halb belebt waren, rempelte Flaneure an, umschlungene Pärchen, eine herumlungernde Katze rannte rettend ins Dickicht. Die zweite Zelle funktionierte. Claudi rief Biggi an. Es klingelte lange.

Claudi schlug gegen den Kasten und merkte, daß sie sich verlaufen hatte. Sie war in der Nähe eines Parks angelangt, den sie, da eh alles egal war, betrat. Auch nachts war es noch angenehm kühler hier, und in der spärlichen Beleuchtung bemerkte sie einen Brunnen ohne Wasser. Sie fiel auf eine Bank, die unter einem ausladenden Baum stand, und schnaufte. Wenn Jo nun das Flugzeug genommen hatte? Und, husch, weg war? Dann würde sie wahrscheinlich nie erfahren, mit wem er sich in der Nacht, in der Heiko ermordet wurde, so spät noch getroffen hat. Mit Heiko? Aber der Anruf, hatte Nele gesagt, kam erst gegen

Mitternacht. Da mußte Heiko schon tot sein. Oder doch nicht? Wenn er, überlegte Claudi, in seinem Haus auf der Schwäbischen Alb umgebracht wurde, dann konnte es von Reutlingen aus vielleicht noch reichen.

Claudi merkte, daß sie zur Wahrheitsfindung ein Druckmittel brauchte. Oder, wie im Fernsehen, eine Knarre. Langsam, wie ein altes Weib, stand sie auf und suchte sich durch bis in die Nordendstraße, zu Jean-Jacques.

Udo erwachte so taub und geschwächt, daß er zunächst kaum aufstehen konnte. Mit letzter Kraft warf er die Kaffeemaschine an, die Marthel dem jungen Glück gestiftet hatte, und holte frische Brötchen. Aus dem Kasten nahm er das *Tagblatt*, das schon im Titelkasten auf den Mord an Mucke hinwies und im Lokalen prompt protzig damit aufmachte. Für gestern hatte es ja nicht mehr gelangt, dafür war der Tote zu spät dran gewesen, und nun hatte Heckmann das Ruder herumgerissen und das Ding selber geschrieben. Der Chefredakteur persönlich! Also, wenn das mal kein Zeichen war, wenn da nicht der letzte merkte, daß die Kacke fein dampfte. Udo dachte an den *Neckarboten*, der das garantiert auszuschlachten wußte, er dachte an seine Nachbarn, denen das Blatt nun die Gewißheit gab: Er, Udo Winterhalter, im Artikel zwar namentlich nicht genannt, hatte persönlich einen Erschossenen beherbergt, und wo ein Erschossener ist, da ist der Schütze nicht weit.

Udo aß drei mehlige Brötchen mit dem Erdbeergsälz, das Marthel alljährlich selber machte, er trank zwei Tassen Kaffee, duschte, zog das einsame, halbgebügelte Hemd an, das er von Claudi noch auf dem Brett fand, und machte sich auf den Weg zu seiner Vorladung. Die Adamczyk ließ bitten. An der Tür kehrte er plötzlich um und rief das Lokale an. Frau Wenninger-Brand gewährte ihm sonor den Jahresurlaub, als sei sie als Sekretärin dazu einzig autorisiert.

Über die Stadtverwaltung, wo sie von Stube zu Stube gereicht wurde, Moment, ich verbinde, hatte Claudi schließlich heraus, wo Birgit Larsen arbeitete. In einer Schülertagesstätte nämlich, und die hatte freilich Ferien. Chiuso. Beim Flughafen erkundigte sie sich nach den Flügen nach Nairobi, aber da sie die Fluggesellschaft nicht wußte und nicht, ob Charterflug und mit oder ohne Umsteigen, gab es viele Flüge Richtung Nairobi–Mombasa–Zanzibartown.

Dazwischen Routineanruf bei Biggi: Niemand da. Bei Udo im *Tagblatt*: dasselbe. Claudi sagte Jean-Jacques, der ihr noch immer irritierten Glauben schenkte, sie checke jetzt mal die Kneipen ab, sie habe einen heißen Tip von einem Café, in dem sie vielleicht morgen gleich anfangen könne, und die hätten sogar ein Zimmer. Mit der S-Bahn ab Frankfurt-Hauptbahnhof fuhr sie zum Flughafen. Jesus Maria, dachte sie, als sie im Gewimmel dort ausstieg. Claudi war noch nie geflogen, und sie wußte auch nicht, wie das ging. Mit der Rolltreppe fuhr sie hinauf und hinunter, Schalter, Menschen, Reisegepäck. Ein Tohuwabohu.

Nichts wie weg hier. Sie flüchtete zurück zum Hauptbahnhof und fand dort in der Nähe ein herrlich klimatisiertes Reisebüro. «Ich möchte nach Zanzibar.»

Die Angestellte, die gut zehn Jahre jünger war und deren Jeans modisch bis knapp zu den Achseln gingen, während sie im Schritt tief und fest kneiften, drehte sich filmreif herum. Sie lächelte Zahnpasta. «Sehr gern. Und wann, bitte? Sind Sie Studentin?»

«Bald», erwiderte Claudi. «Sobald wie möglich.»

«Haben Sie Ihre Impfungen?»

Claudi stockte. Ein paar Irrtümer noch, Anfängerfehler, notierte sie sich im Geiste, und sie hatte die Schose heraus. Den günstigsten Flug hatten die Egypt Airlines, das Angebot kam wohl noch aus Golfkriegszeiten, und sie hatten vergessen, es rückgängig zu machen. Der Flug ging immer donnerstags. «Merci.» Claudi schritt von dannen. Zahnpasta stierte ihr nach.

Claudi fuhr zurück zum Flughafen und fand nach entnervendem Herumgesuche – hier lang, Fräulein, und dann die Rolltreppe hoch und dann zweimal links – und ordentlichen Rempeleien das Check-in der Egypt Airlines. Vom glänzenden Afrikaner, der breitmaulfroschartig hinterm Schalter hervorgrinste, trennte sie eine schier unendliche Schlange aus Negern, Koffern, Rucksäkken und Amis. Farbige Kinder mit strammen Zöpfchen rissen sich am Haarschopf und brüllten; es roch scharf nach Schweiß, Parfüm und Metall. Wenn es nicht gerade zog, war es stickig, Claudi war patschnaß und fror.

Endlich. «Bitte», sagte Claudi, «ich möchte einen Flug stornieren, Donnerstag nachmittag, die Maschine nach Nairobi.»

«Oh.» Breitmaulfrosch grinste. Er sprach, wohl aus ideologischen Gründen, ein quakendes Englisch. «Very late, Lady. Very late.» Zwischen seinen weit auseinanderstehenden Zähnen kaute er etwas von einem «office», in das «she had to go to» und das Claudi, als sie kilometerweit geirrt war, auch tatsächlich fand.

Claudi, die nun ahnte, daß das Stornieren bürokratischen Ärger machte, versuchte eine neue Tour. «Ich würde gern mit einem Freund den Flug tauschen», erklärte sie leichthin der alternden Araberin, die sicherlich mal ein Bild von einer Stewardeß gewesen war. «Ich habe Pan Am, er hat Egypt. Er will noch ein paar Tage bleiben...»

Die Alte machte Kulleraugen. «Aber Pan Am fliegt nicht mehr.» Sie musterte nachsichtig Claudi, der offenbar ihr bäurisches Süddeutsch zu Hilfe kam. «Sie meinen nicht zufällig Lufthansa?»

Claudi errötete vor Wut. Scheißdreck! «Ich komm nicht mehr draus», sie stöhnte, «ich bin so durcheinander. Ich war noch nie...»

«Schon gut. Wie heißt Ihr Freund? Haben Sie beide Tickets dabei?»

«Kulbe, Johannes. Nein.» Pause. «Ich wollte nur einmal fragen. Wir hatten die Idee, und er hat schon storniert...»

Die Alte spielte auf dem PC. «Hier», sagte sie und lächelte warm. «Kulbe, Johannes, Donnerstag, 25. Juli, fünf fünfzig p. m., Nairobi. Es ist nicht storniert.»

«Alles in Ordnung?» Claudi schnaufte. Tatsächlich!

«Kommen Sie später wieder.» Die Alte lächelte ihr Stewardeßlächeln, mütterlich und sichtlich froh, ein nervöses kleines Ding beruhigen zu dürfen. «Bringen Sie den Freund mit und beide Tickets.»

Zum erstenmal dachte Claudi, daß sie neben der Metallverarbeitung, dem brachliegenden Motorradfahren und dem Kaufmännischen noch eine weitere, ganz anders gelagerte Begabung hatte.

Am frühen Nachmittag kam Claudi in die Wohnung. Verbrauchte Luft schlug ihr entgegen, fremde Bücher lagen auf dem Boden herum, Wäsche, eine Matratze, deren Herkunft sie nicht kannte. Claudi lüftete.

Der Uno stand noch immer in Frankfurt. Noch mindestens bis Donnerstag. Jetzt, wo sie sicher wußte, wo sie Jo treffen würde, legte sie auf Zufälligkeiten keinen Wert mehr. Sie hatte Jean-Jacques gesagt, sie hätte die Stelle, aber erst ab ersten August, und dann ab nach Hause. Jetzt stand sie da und sammelte alles ein, was nach sechzig Grad aussah.

Die Wäsche war am Schleudern, sechs Hemden gebügelt, Klo geputzt und eingekauft, da griff Claudi nach dem Kaffee und der Zeitung. Als sie Heckmanns Aufmacher über Mucke sah, schluckte sie trocken.

Udo kam zurück in verstörtem Zustand. Er war in einer Verfassung, in der man ihn nicht ansprechen durfte. Über seinen Briefkasten waren zwei gelbe Zettel geklebt: «Wer auch immer den Rotwein verschüttet hat, der soll ihn auch aufputzen.» Am Arsch vorbei, dachte Udo. Nichts anderes habe ich getan. Er hielt den Kopf gesenkt und erblickte auf der Treppe nahe der Wand winzige, schwarze Tröpfchen.

Er schloß die Wohnungstür auf und stieß, mit dem Putzlumpen in der Hand, gegen Claudi. Wie immer, wenn sie sich zur Hausarbeit genötigt fühlte, war sie wütend und voll unangebrachter Heftigkeit. Schon krachte sie barfuß gegen den schwappenden Eimer, schrie auf, fluchte und betrachtete mit einem unheilschwangeren Blick aus Tragik und Explosion das schäumende Dreckwasser, das sich um sie herum knöcheltief verteilte.

Udo schwieg.

Claudi putzte. «Warst bei der Adamczyk?» Keine Antwort. «Hat sie dich auseinandergenommen?»

«Gehörig», sagte Udo.

Claudi dozierte, Udo folgte matt. Auf ihre Forderung, daß sie am Donnerstag nach Frankfurt führen, um am Check-in Jo Kulbe zu stellen, nickte er willenlos. «Wenn nun», schloß Claudi, «Jo den Heiko erdrosselt hat, und Mucke hat ihm nachher geholfen.»

Im Dämmer bemerkte Udo, daß Claudis logische Fähigkeit über Materialkostenauflistungen im väterlichen Betrieb weit hinausgingen. «Man hat dich weichgekocht», sagte Claudi. «Aber wart nur. Ich sag dir folgendes: Du rufst jetzt Kaffka privat an. Der wird», Blick auf die Uhr, halber sechse, «noch nicht zu Hause sein. Wenn du Glück hast, kriegst du Matylde. Schwätzt ein wenig über Mucke. Dann machst du was aus, mit ihr und von mir aus mit Kaffka. Für heute abend. Und, wenn's geht, brauche ich Details über die *Friedrichstraße*.»

Udo tat alles.

Späth klingelte. «Ich wollte mich bei Ihnen entschuldigen.» Schütter blickte er zu Udo auf, ein Mann Mitte Fünfzig, der zerknittert wirkte.

«Ich kaufe nichts.» Udo schlug die Tür zu. Erneutes Klingeln, Klopfen, Flehen. Udo riß auf. Herein torkelte, fiel Späth.

«Hören Sie», flüsterte Udo. «Victor Kübler hat von sich aus gesagt, er wolle die Wohnung verlassen. *Von sich aus*. Sonst hätt ich sie nie gekauft, die Bude.»

Späth blickte weinerlich.

«Nun muß ich von dieser Adamczyk erfahren, ich sei ein schwuler Spekulant», sagte Udo. «Schnüffler, drittklassiger!»

Claudi erschien und bot Kaffee an. Späth tastete sich an der Wand entlang in die Küche. Udo stellte fest, daß Claudi, je mehr sie sich von Mariabronn geistig entfernte, desto eher ihrer Mutter glich.

Späth setzte sich an den nackten Küchentisch in der ebenso nackten Küche. Irritiert starrte er die heruntergerissenen Tapeten an, die Bierkrüge und blaue Senffäßchen zeigten, neben aufgeplatzten Bockwürsten, verschimmelten Tomaten und Traubenstengeln. «Ja glauben Sie», rief Udo, «daß ich hier renoviere, wenn ich zwei Straßen weiter eine Wohnung gekauft hab, bloß weil ein alter Seckel plötzlich auf stur stellt?»

«Tun Sie etwas», raunte Späth, «sonst hält man Sie hier für Terroristen.»

Claudi schenkte Kaffee ein und holte sich den dritten Stuhl, der von Mucke noch immer auf dem Küchenbalkon stand. «Lassen Sie sich für Ihre Blamage wenigstens ordentlich zahlen.» Sie setzte sich. «So, und nun – bitte!»

«Nichts besonderes», sagte Späth. «Ich stand halt im Hausflur, in der Etage von Breuninger/Kluge und Gessl/Tomhakan, da trat dieser Klaus Muck auf die Straße und fiel dann tot um. Ich rannte nach unten und dann...» Späth stockte. «Und dann lief ich in eine Frau hinein.»

«Haben Sie das der Adamczyk gesagt?» Udo erwachte.

«Nein», erwiderte Späth. «Ich... Jetzt weiß ich's wieder. Sie ahnen ja gar nicht...»

«Stammheim», sagte Udo, «weiter.»

«Würden Sie die Frau wiedererkennen?» fragte Claudi.

«Nein. Vielleicht. Ich weiß nicht.»

«Pfeife», Udo stöhnte, «jetzt marschieren Sie da brav mal rüber und klingeln von oben bis unten.»

«Dieser Ton.» Späth erhob sich.

«Kein Wort der Adamczyk», rief Udo.

Eine halbe Stunde später war Späth zurück. Er wirkte noch dürftiger. In seinem fadenscheinigen Fetthaar schimmerten ölige Perlen. «Nichts», sagte er. «Eine füllige Frau, nicht mehr ganz jung, wohnt da nicht. Nicht mit roten Locken.» Er stand im Flur herum.

Claudi winkte ihn in die Küche. «Waren alle da?»

«Natürlich nicht», sagte Späth. «Aber die Partein in den zwei oberen Stockwerken schon. Wenigstens einer immer. Und die hatten am Sonntagabend auch keinen Besuch.»

«Vielleicht war's eine heimliche Liebhaberin?» Claudi grinste.

«Von einem fünfundzwanzigjährigen Studenten? Einer achtköpfigen Griechenfamilie?» Späth schüttelte den Kopf.

«Ein Kognäkle!» Claudi, süßlich, wie Marthel. Sie schenkte Späth ein, einen Doppelten. «Tun Sie mir einen Gefallen?»

Erschöpft nickte Späth und kippte.

«Ich möchte eine Verabredung», sagte Claudi. «Mit dem Regisseur der *Friedrichstraße*. Spätestens morgen.»

Späth guckte.

Udo wunderte sich. Er kam nicht mehr mit. Claudi hatte eine Auffassungsgabe, die seine bei weitem überstieg. Das war im Moment, wie er sich eingestand, auch kaum verwunderlich.

14

Frau Engert hielt das zweite Telegramm aus Stettin in der Hand. «Schwiegermutter heute nicht mehr erwacht STOP sehr ernst STOP bitte Verständnis für Bleiben innigen Dank STOP Schimanek.» Es war bereits Dienstag. Frau Engert zuckte die Achseln. Selbst wenn die Schwiegermutter sofort starb, was nicht anzunehmen war, würde es inklusive Beerdigung noch Tage dauern, bis sie die Verantwortung für Tanja los war. Frau Engert blickte in den Garten hinunter. Dort saß Tanja auf dem Steinplattenboden, das kurze Röckchen hochgezogen, und wiegte sich rhythmisch. Frau Engert ahnte, daß sie sich so selbstbefriedigte; aber, solange Tanja nicht gesehen wurde, hatte sie keine Lust einzuschreiten. Denn damit kam das Mädchen wenigstens für Minuten heraus aus seiner Anspannung. Tanja verfügte über keinerlei Abstraktionsvermögen, sie wußte nichts von Raum und von Zeit, sie taumelte gegen die Wände ihrer Beschränktheit und glaubte, ihre Eltern hätten sie auf immer verlassen. Man konnte ihr erklären, was man wollte, sie kapierte es nicht. Frau Engert hatte Tanja allerdings im Verdacht, daß sie nicht kapieren *wollte*; die Dummheit hatte ihr stets einen Vorteil verschafft, wieso sollte sie sie also nun aufgeben?

Dennoch gab es Zeichen und Wunder. Max hatte sich wider aller Erwartung mit Tanja plötzlich angefreundet, er schleppte sie ins Schwimmbad, vergnügte sich mit ihr am Zeichenbrett, so daß Frau Engert wenigstens ab und an etwas Ruhe hatte: Max, so schien es, war doch ein guter Kerl. Und Tanja, wenn sie grad nicht einen Weltschmerz- oder Tobsuchtsanfall hatte, auch ein liebes, tragisches Mädchen.

Auf dem Dachboden hatte Tanja eine Art Objekt gebaut. Glasscherben, Spiegelsplitter und kleine Gefäße hatte sie so auf den Boden und gegens schräg einfallende Licht gruppiert, daß sich gegen Abend, wenn die sanftesten, ermatteten Strahlen im direkten Winkel einfielen, hübsche Nuancen abzeichneten. Sobald die Sonne sank, schlich sich Tanja hinauf und blieb regungslos davor sitzen. Bis es dunkel wurde, besänftigt, still, besonnen. Frau Engert fragte sich, was in der Wahrnehmung dieser Behinderten, die, wie sie dachte, naturgemäß faul war, vor sich ging. Dieses stumme, fast religiöse Sitzen mit heraushängender Zunge, diese abstoßende Nachdenklichkeit, wenn Tanja mit nasser Patschhand Murmeln plazierte, bis das Licht sich in ihnen brach und gedoppelt in den Spiegel fiel – das hatte etwas Unheimliches.

Frau Engert fragte sich, ob sie zum Atelierfest am Freitag das mongoloide Kunstwerk abbauen sollte, aber sie fürchtete Tanjas Reaktion, ihr Weinen und Strampeln und Schreien, die Säuglingsriten einer Erwachsenen, die für immer ein abstoßendes, greisenhaftes, fettes Kind bleiben würde.

Frau Engert stieg nach oben und sah, daß Tanja inzwischen unter dem benachbarten Schrägfenster ein zweites Objekt gebaut hatte. Sie hatte eine alte Fensterscheibe so angeordnet, daß das Spinnennetz darinnen regenbogenfarbig schillerte. Nein, dachte Frau Engert, ich kann ihr diese Sachen nicht wegnehmen. Sie beschloß, am Freitag eine Art Zaun darum zu bauen, daß sich keiner an den Glasscherben verletzte.

Sie schritt auf und ab und betrachtete die leuchtenden, großformatigen Mischtechniken, die sie den Wänden entlang aufgestellt hatte. Einiges davon war wirklich sehr nett. Was mir fehlt, dachte Frau Engert, ist der eigene Stil. Ich hinke den gängigen Moden einfach nur zwei, drei Jahre hinterher. Handwerklich ganz beflissen, sauber, aber ohne innere Notwendigkeit. Als würde ich mich aus dem Malen heraushalten.

Der Schnitt am Handrücken war inzwischen fast schon verheilt. Die Narbe war noch leicht geschwollen und juckte. Die Tetanusspritze hatte sich Frau Engert tatsächlich geben lassen.

Immer wieder strich sie über die Narbe, hin und her, während sie überlegte, welche Arbeiten sie am Freitag präsentieren sollte und welche nicht. Ein paar Bekannte würden ihr sicherlich wieder dies und das abkaufen wollen, aus Gefälligkeit, und sie würde ihnen die Bilder, aus Scham, da für sie kein anständiger Preis zu machen war, wie üblich schenken.

Max schrie von unten: «Telefon.» Frau Engert zuckte zusammen und stolperte die Stiegen hinunter. Warum drückte sich Max hier herum? Warum fuhr er nicht wenigstens etwas Fahrrad?

Es war Andreas, der fern klang. Wie Meeresgrundrauschen. Er redete schnell, so, als habe er Angst, jede Sekunde könne die Leitung tot sein. Vor drei Wochen hatte es im Institut Unruhen gegeben. Die Studenten, die gegen die Einführung der neuen Studiengebühren protestierten, hatten zum Streik aufgerufen. Der

Zweig des Instituts, in dem Andreas arbeitete, war geschlossen worden. Das hatte ihn weiter verängstigt. Schon im Mai hatte er nämlich erklärt, in den Sommerferien könnten sie und Max unmöglich nach Kenia kommen. Denn da jährten sich die Massenproteste gegen die Einparteienherrschaft Daniel Arap Mois, und es würde in Nairobi wieder Tote geben. Womöglich sogar Bürgerkrieg. Nun klang Andreas gehetzt, obwohl sich die Stimmung, wie er sagte, beruhigt hatte.

15

Kaffka kratzte sich äffisch. Matylde, die ein kurzärmeliges Herrenhemd trug, besah sich ihre blassen Ärmchen. «Himmel», rief Udo, «sind wir auf meiner Beerdigung?» Er kaute auf den Taranteln seiner *Frutti di mare* und beschloß, das Gummigeschoß von Pizza in seiner nächsten leserfreundlichen Glosse gebührend zu würdigen. Diesen Hinterhof-Italiener, der offenbar die D-Mark mit den Lire-Preisen seiner Heimat verwechselte, den würde er auseinandernehmen. Da fiel ihm ein, was er eben gesagt hatte. Er war beerdigt.

Claudi setzte dem zierlichen Pärchen, das gegen Vierzig vor sich hin alterte und einen geradezu obszön einträchtigen Eindruck machte, zum drittenmal ihre Theorie auseinander.

«Ich kann das nicht glauben», sagte Matylde, die in der ersten Stunde nicht geraucht hatte und nun als einzige am Tisch eine hinter der anderen hinabzog. «Mucke war das nicht. Keiner von uns ist in die Sache verwickelt.» Dann erklärte sie Claudi en détail, weshalb Mucke so eine Wut auf Heiko gehabt hatte.

«Glaubst du ihm?» fragte Claudi, die gegen Matylde wie ein Hauklotz wirkte. «Hat Mucke den ganzen Käs geschrieben?»

«Möglich», erwiderte Matylde. «Und selbst wenn er nur die Hälfte fabriziert hat, wär das Grund genug. Trotzdem war er's nicht.»

«Wie sieht das denn mit den Verträgen sonst aus?»

«Beschissen.» Wie Matyldchen das aussprach, klang es wirklich unmanierlich. «Der *SWDR* ist ein übler Sauhaufen.» Sie nahm einen Schluck Migräne-Wein und verzog den Mund. «Ich bin ja nur ein kleines Licht, mich trifft das nicht so, aber die Uhlenhaas ist eine alte Funzel. Wenn du mich fragst, dann inszeniert die den ganzen Stunk zwischen der Werkstatt und Heiko, die und ihr Scheiß-*SWDR*.»

«Wer ist Uhlenhaas?» fragte Claudi. «Und was ist das für eine Werkstatt?»

Matylde steckte sich ihre sechste an. «Hab ich doch gesagt. Uhlenhaas ist der Chef. Die hat in der *Unterhaltung* das Sagen. Wir, also wir von der Drehbuch-Werkstatt, wir arbeiten aber nicht direkt mit ihr. Wir arbeiten für Heiko.» Sie besah sich müde die Glut. Ihre halbgeschlossenen Lider standen ihr. «Haben gearbeitet. Das heißt, Heiko hat mit uns die Verträge gemacht. Wir sechzig Prozent, er vierzig. Pro Buch. Bei Wiederholungen kam für uns nichts mehr.»

Udo pfiff durch die Zähne. In ihm zuckte der Gewerkschafter. «Hat er ordentlich was abgezockt.»

«Kannst du wohl sagen.» Matylde schnaubte ihm den Rauch ins Gesicht. Udo hustete. «Für null Arbeit, null! Sogar die Endkorrekturen mußten wir selber machen.»

«Wer ist wir?» Claudi, die sich unter einer Werkstatt immer einen großen Raum voller Maschinen vorgestellt hatte, begriff langsam.

«Na, zehn, fünfzehn freie Autoren. Junge meist. Wir schrieben für Heiko die Drehbücher, und der *SWDR* setzte Heikos Namen darunter. Nicht immer, aber meistens. Der wurde groß aufgebaut, und wir machten die Drecksarbeit. Nicht mal die VG-Wort-Beiträge haben wir kassiert.»

«Übertreib nicht», mahnte Kaffka.

«Ist doch wahr», schrie Matylde. «Ist mir doch selber so gegangen. Der Arsch schreibt doch keine Zeile. Der kann doch gar nicht schreiben. Und der Mafia beim *SWDR* kommt das grad recht.»

«Und den *Harten Kern*?» Claudi kam zur Sache.

«Von mir aus», erwiderte Matylde. «Ein Buch in zwei Jahren.

Ja, aber weißt du, was von dem in der *ARD* derzeit läuft? Vier Serien, Vorabendprogramm mal eingerechnet. Weißt du, was der verdient? Weißt du, was ein einziges Ding von dem Schrott für den einbringt?»

«Nichts mehr», flüsterte Kaffka, «reg dich ab.»

In der Nacht hatte es kaum abgekühlt. Udo erwachte in stinkendem Schweiß, der von ihm selbst kam oder von Claudi, in die er verknäult war. Er versuchte eben herauszufinden, wo sein Körper endete und ihrer anfing, als er bemerkte, es klingelte das Telefon. Er sprang auf und krachte mit dem zweitkleinsten Zeh gegen die barocke Schreibtischkante. Es tat sakrisch weh, Udo fluchte in den Hörer.

Es war Späth, der Frau Roth sprechen wollte. «Frau Roth!» schrie Udo und hinterher ein paar Verwünschungen. Claudi taumelte zum Apparat und meldete sich mit einer Stimme, die von den Toten kam.

«Der Regisseur», sagte Späth, «heißt Karlhans Gantner. Er ist heute ab halb elf beim *SWDR* zu erreichen, im Fernsehbau, Zimmer 834 im achten Stock.»

Beim Frühstück, das aus Kopfschmerzmittel mit Vitamin-C-Zusatz, schwarzem Kaffee und Zitronenwasser bestand, las Claudi ihre Liste der alten Banden-Mitglieder herunter. Bei siebzehn hatte sie die Grenze gezogen, von dreizehn wußte sie inzwischen mehr oder weniger vage, wohin es sie verschlagen hatte, mit wem sie verheiratet waren oder nicht, was sie arbeiteten. Von vieren wußte sie nichts. Von Mirko Thieringer, Vera Haigis, Elke Dierberger und Gregor Müller fehlte jede Spur, und keiner wußte bei Claudis Rundrufen irgend etwas über sie zu sagen.

Udo grinste, als er die ordentlich heruntergespulten Hausaufgaben hörte, Claudi schnaubte eher. «Fällt dir was Besseres ein?»

Udo fiel nichts Besseres ein. «Willst du die jetzt alle abklappern?»

«Morgen», sagte Claudi. «Frankfurt.»

Um halb zehn war es schon so heiß, daß Claudi der Lidschatten wie Brei um die Augen lief. Der BH juckte; sie beschloß dann, ihn wegzulassen. Nachdem sie sich wieder ausgezogen und abgeschminkt hatte, entschied sie, auf natürlich zu machen. Sie bügelte ihr hellblaues Kleid, das schon etwas ausgefranst war und üppig folkloristisch. Und das Udo gefiel, an Tagen, an denen es zum Himmel paßte. Dazu Riemchensandalen im Golgatha-Stil.

«Spinnst du?» rief Udo, der ihr von der Tür aus dabei zusah. Er litt wie ein Hund, weil er nicht in die Redaktion durfte.

Bevor sie anklopfte, ratterte Claudi noch mal durch, was Späth ihr eingepaukt hatte. «Frau Roth?» Die Sekretärin begleitete sie in Karlhans Gantners Zimmer. Claudi guckte. Ganz so kahl und rotfleckig hatte sie sich den Regisseur nicht vorgestellt. Mit ihrem Kleidchen, stellte sie mit Blick auf seinen Spätachtundsechzigerschick fest, hatte sie ins Schwarze getroffen.

Karlhans Gantner stand auf. Sein fester Händedruck sagte: Ja, ich will diesen Streifen bei der *Alemannia*. «Haben Sie gut hergefunden?» Er bot ihr einen tiefen Sessel an, er selbst rückte näher auf dem hochgeschraubten Schreibtischstuhl. «Ich dachte, Sie kommen bestimmt viel später.» Und fügte hinzu, als Claudi die Stirn runzelte, «na, wegen dem Stau.»

«Ach ja», sagte sie, «ich bin früh los in Baden-Baden. Ich hatte noch einiges zu erledigen», sie sah auf die Uhr, «und muß auch bald wieder weg.» Lächeln. «Sie wissen ja, die Sache ist noch nicht spruchreif, und mein Kollege hätte Sie nicht angerufen, wenn ich nicht eh schon in der Nähe gewesen wäre.»

Karlhans Gantner nickte.

«Aber wenn wir den Streifen drehen, dann hätten wir Sie gern als Regisseur.» Claudi riß sich fast die Augen heraus und hoffte, daß Gantner anbiß. «Oder gibt es da Probleme mit dem Haus?»

«Im Gegenteil.» Er strahlte. «Ins Kino kann ich schon fremdgehen.»

Wichser, dachte Claudi und glaubte kurz, sie hätte es tatsächlich gesagt. «Das Buch ist gut. Schöner Stoff, hübsch gearbeitet. Aber der Autor ist leider noch sehr unbekannt.»

Wieder nickte Gantner. «Herr Späth hat mir die Story erzählt. Sehr gut, muß ich sagen, nur der Schluß, ein wenig überkonstruiert.»

Claudi stockte. Sie hatte keine Ahnung, was Späth ihm erzählt hatte. «Doch», sagte Gantner, «die Schiene mit dem Bankraub gefällt mir besonders, aber ich würde von der Mitte etwas wegnehmen und vielleicht ein bißchen mehr Lokalkolorit reinbringen, Szenekneipen, ein paar Sightseeings.» Er lachte abschätzig, um zu zeigen, was ihm sein Publikum wert war.

Wenn ich gewußt hätte, was im Fernsehen für Arschlöcher sitzen, überlegte Claudi, dann hätt ich die Kloschüssel schon ausgewechselt. Wenn Borniertheit stinken würde, dann wäre dieser Kerl nichts als ein zwei Zentner schwerer Furz. Aber Späth mußte ein As sein.

«Welcher junge Mann hat das Buch denn geschrieben?» Gantner näselte so desinteressiert, als frage er nach der Klofrau hinter der Kantine. Claudi freute sich, daß sie kein junger Autor sein mußte, und verpaßte Karlhansi schmetternd: «Klaus Muck.»

Gantner zitterte wie ein stehengebliebener Video. Aber nur für einen Augenblick. Dann hatte er sich wieder und fragte freundlich: «Aber Sie wissen, daß Muck tot ist?»

«Oh», rief Claudi bestürzt, «ich habe vor vier Tagen noch mit ihm telefoniert.»

Karlhans Gantner erzählte nicht gern. Was er sagte, war lückenhaft und so verlogen, daß Claudi dachte, Folter war in Ausnahmen wie dieser doch nicht falsch. «Kommen Sie!» Claudi winkte ab. «Was vorangegangen ist, das weiß ich doch. Die ganze Streiterei.»

«Von Muck?»

Sie grinste. «Ja.» Grinste breiter. «Und von Frau Dr. Uhlenhaas.»

Karlhans Gantner wirkte käsig. Jede einzelne Sommersprosse stach von seinem Gesicht ab. Sein Skalp glänzte wie ein Feuerwehrhelm. «Wie das?»

«Nun, Xeni ist eine Freundin meiner Mutter. Sie kennen doch meine Mutter? Waltraud Roth, hat in *Hamlet* gespielt und in der *Geige*.» Claudi segnete Späth, der ihr selbst die Fachidiotismen eingepeitscht hatte.

Gantner ging sichtlich ein Licht auf. «Das hätte ich mir denken können, bei Ihrem schweizerdeutschen Akzent.»

Claudi stierte ihn an in Todesverachtung. Er konnte nicht mal ihr Schwarzwälderisch vom Berner unterscheiden. «Wissen Sie, daß Klaus Muck sämtliche fünfzig Folgen selber geschrieben hat?»

«Natürlich weiß ich das», erklärte Gantner hochnäsig. «Der Kerl kann schreiben wie eine Eins.» Er schüttelte den Kopf. «Aber daß die Uhlenhaas das erzählt hat. Die sitzt doch selber am meisten im Dreck.»

«Wegen den Verträgen?» Jetzt ein Glas Wasser.

Gantner nickte. «Die spart mit miesen und widerrechtlichen Verträgen Unsummen ein. Da ist Heiko richtig ein Waisenknabe dagegen.»

Claudi fiel auf, daß Gantner von Heiko und Mucke in der Gegenwartsform redete, als sprängen sie beide quicklebendig durch den Sender. «Heiko war eine Art Bindeglied zwischen dem *SWDR* und dem freien Drehbuch-Team. Er baute uns diese Werkstatt auf und machte damit selber gut Kohle.» Gantner pausierte. «Jetzt ist er auch tot.» Er schwitzte.

Aha, dachte Claudi, Karlhansi hat Angst, er ist im Bunde bald der dritte. «Keine Sorge», sagte sie, «ich sage Xeni schon nichts. Sie können mir alles erzählen.»

Schon im Treppenhaus hörte Claudi das Hacken am Küchentisch. Sie schloß auf, und mit ein paar Sätzen stand sie hinter Udo. «Huhu.» Sie bohrte ihm den Zeigefinger zwischen die Rippen. Udo machte im Sitzen einen Satz und knallte mit dem Magen gegen die Tischkante. «Herrgott!»

Wenn Udo so schreckhaft war, was mußte er da schreiben. Claudi blickte ihm über die Schulter. Es war die Kündigung. Sie riß das Blatt mitsamt dem Durchschlag aus der Maschine und zerknüllte es. «Nix da», sagte Claudi. Udo stöhnte. Zum erstenmal, seit Claudi ihn kannte, war er in einer Verfassung, die unrettbar war.

Kaffka rief an. Claudi winkte Udo wortlos. «Kennst du Burkhardt?» fragte Kaffka. «Mein Medienkollege in Berlin, bei der *Tagespost.* Toller Typ. Was der macht, weit über dem Normalleser. Hervorragend. Und eine Seele von Mensch.»

So hatte sich Udo das vorgestellt. Vom Lokalchef zum Vorabendkritiker viertklassiger Serienschinken. Seine Entlassung schien intern beschlossen, und Kaffka brachte es ihm schonend bei. Welch ein Kumpel. Dennoch hatte Udo nicht übel Lust, Fernsehkacke niederzumachen. Er war genau in der richtigen Stimmung. Er notierte sich die Nummer, drückte auf die Gabel und rief Herrn Burkhardt an. «Wunderbar», schrie der, «heute abend, zwanzig Uhr fünfzehn, ARD, vierzig Zeilen. Sie liefern morgen um zehn. Und bitte – mit Biß.»

«Jawoll», sagte Udo.

«Igitt», Frau Dr. Müller würgte. «Halbe Leberzirrhose. Und die Lunge.»

«Machen Sie's halblang.» Die Adamczyk sah traurig auf ihren welken Salatteller, der seit zwei Tagen zerfleddert auf ihrem Schreibtisch darauf wartete, daß ihn die türkische Putze endlich mitnahm.

«Sauberer Einschuß», referierte Müller. Sie ließ sich über die Marke der Knarre, über Munition im allgemeinen und besonderen aus, und die Adamczyk verstand «Schalldämpfer». Für die Feinheiten war Kommissar Berger zuständig. «Zweifellos ein Profi», sagte Müller und erging sich in Zielgenauigkeiten, Winkeln und Entfernungen. Der Schütze hatte vermutlich im dritten Stock des gegenüberliegenden Altbaus gestanden.

«Nichts Neues?» Die Adamczyk ordnete Beerdigung an und legte auf. Bergers Subteam würde sich die Kaschemme vornehmen.

«Wenn die jetzt tot sind», sagte Claudi, «dann fliegt das doch auf mit den Verträgen.»

«Wieso», erwiderte Udo, «Mucke hatte keine, und wo kein Vertrag ist, sind keine Erben. Und Heikos waren in Ordnung.»

Claudi bohrte den Zeh in Udos Schenkel. Sie lagen im *Inselbad* mitten in einer Gruppe pubertierender Jugoslawen, die Krieg spielten, und hechelten. «Heiko müßte schon beerdigt sein.»

Udo sprang auf. «Verdammt!» Er setzte sich wieder. «Aber wenn man ihn in Mariabronn beerdigt hätte, dann hätten wir das erfahren.» Er grinste. Marthel liebte Klatsch, stets unter dem Deckmäntelchen der Dorfkritik.

Claudi drückte mit dem Zeh gegen einen Leberfleck, der die Form von Gesamtdeutschland hatte. «Und der Mörder kommt auch nur in der Glotze zur Beerdigung.»

«Und zum Tatort», sagte Udo. Für Abstrakteres war es zu heiß.

Ein bildschöner Jugo schmiegte sich an Claudi, als wolle er sie eincremen. «Bist du Bullin?»

«Klar», erwiderte Claudi, «wo drückt der Schuh?»

Flugs hatten sich fünf Jugos um sie gruppiert, wie die Hündchen. «Wir sind von der Kripo», sagte Claudi. «Wir lösen grad einen Fall. Würdet ihr einen umbringen, und wenn ja, warum?»

«Krieg», sagte der Kleinste, ohne mit der Wimper zu zucken.

Ein Pickliger streckte schülerhaft. «Wenn Frau fremdgeht.»

Dem Bildschönen fiel «eine alte Rechnung» ein und dem Dunkelbraunen «ein Deal». Einer schwieg.

Claudi sagte: «Ihr seid fabelhaft.»

Karlhans Gantner warf seinen *SWDR*-Ausweis in die Höhe. Wenn der auf Bild fiel, blieb er am Leben. Wenn nicht, dann nicht. «Dann nicht», sagte Gantner und hob den Ausweis auf. Er dachte an die junge Produzentin von der *Alemannia*. Das Mädel hatte ihm gefallen. Und er verließ sich darauf, daß sie dichthielt. Viel hatte er ihr eh nicht sagen können. Nur, daß die Uhlenhaas Mucke aus Ostberlin geholt hatte, sie hatte einen Narren an ihm gefressen. Das mußte mit irgendeiner Vergangenheit zusammenhängen, Mucke hatte mal sowas fahrengelassen, als er dicht war, mehr wußte Gantner auch nicht. Und dann hatte sich Mucke ja auch prima bewährt.

Verflucht, dachte Karlhans Gantner, wir hätten in der *Friedrichstraße* die Details nicht verwerten sollen, wo es um die Überführung der Terroristen geht. Das ist zwar lustig in so einem Sit-Com-Streifen, geil, wenn man so überzeichnen kann, geil vor allem im nachhinein, wo sich die Freie Marktwirtschaft als bestes aller Systeme bewährt und durchgesetzt hat; aber wer weiß, wo Mucke den Stoff her hat. Wer weiß, was da an Wahrem dran ist. Wer weiß, wo schon die Hintermänner auf mich lauern, die RAFler, die Heiko und Mucke ex gemacht haben. Im *Tagblatt* steht doch jeden Tag, daß hier in Stuttgart wieder ein Nest ist. Und mich haben sie womöglich mit auf der Liste.

Gantner nahm einen sechs Wochen alten Zeitungsausschnitt auf und las: «In Stuttgart wird seit gestern wieder öffentlich nach Terroristen der Rote-Armee-Fraktion (RAF) gefahndet. Wie das baden-württembergische Innenministerium mitteilte, knüpfe das Landeskriminalamt damit an eine Fahndungsaktion im April an, die auf Grund mehrerer hundert Hinweise aus der Bevölkerung zu konkreten Erkenntnissen geführt habe. So habe sich der Verdacht erhärtet, daß die RAF in der Landeshauptstadt Zielpersonen aus Politik und Wirtschaft ausspähe, bestätigte ein Ministeriumssprecher auf Anfrage.»

Und aus Kultur, ergänzte im Kopf Karlhans Gantner. Zwei sind schon hops. Er ging hinunter ins Video-Zimmer. Er mußte sich die ersten Folgen, wo es um die Stasi-Affäre mit den aus der BRD überführten Terroristen ging, noch einmal alle durchsehen. Vielleicht kam er dann darauf, weshalb sich die RAFler so bitter rächten. Stoppen konnte er die Übernahme ins Abendprogramm, jetzt, wo sie angelaufen war, nicht mehr. Und – er mußte schweigen. Wie ein Grab.

Udo sah sich den Streifen an und jaulte vor Begeisterung. Das Krimi-Stückchen, das Burkhardt ihm verpaßt hatte, war sowas von bescheuert, daß Udo noch vor Halbzeit mit der Kritik am Ende war. Mehr davon, dachte er, und daß Journalismus in Extremfällen Spaß macht.

Er trank mit Claudi, die gekocht hatte, Chianti, hörte sich italienische Weisen an und sinnierte ein bißchen. Dann schlief er besser als erwartet, und Punkt neun donnerte er per Rückruf seine Kritik durch. «Huch», sagte die Dame an der telefonischen Aufnahme, die hörbar aus dem Tiefschlaf kam und derart beflissene Mitarbeiter verabscheute.

Claudi, die über die Maßen nervös war, zerrte ihn zum Bahnhof. Noch vor dreizehn Uhr waren sie am Frankfurter Flughafen. Das Check-in der Egypt Airlines hatte geschlossen. Ein uniformiertes Mädchen saß auf dem Schalter, wippte mit den Beinen und kaute an einem Hühnerschlegel.

«Ich komm mir idiotisch vor.» Udo schluckte.

«Mußt du immer klagen», sagte Claudi.

«Ohne Bullen geht gar nichts», erwiderte Udo und blickte sich um. «Oder willst du Jo Kulbe da hinten an einen Sitz fesseln.»

«Keine schlechte Idee.» Claudi war sichtlich nicht schlauer als er.

Langsam füllte sich der Laden. Aber abgefertigt wurde erst einmal eine Maschine, die ans Loch im Arsch der Welt fuhr. «Eskimos», sagte Udo und stierte auf eine Gruppe pelzgefütterter Japaner, die sich in Germany wohl für die Antarktis-Tour in three days gerüstet hatten. Claudi schwitzte. Sie war abgehetzt. Ihr schwarzes Drahthaar hatte sie zu einem Hexenknoten hochgesteckt. Er hielt von selber. Udo versuchte, die Leuchtaufschriften zu lesen, und gestand sich ein, daß er langsam seine Brille brauchte, die daheim ganz unten in einem unausgepackten Karton lag.

«Liebst du mich?» fragte Claudi.

«Schon», sagte Udo. Es schien ihr tatsächlich schlecht zu gehen.

Claudi nahm aus ihrer Tasche die Mineralwasserflasche. Der Sprudel zischte und war nahe am Kochen.

Menschen, überall Menschen. Wuselnde, wurstige Mengen, in bunte Tücher gepfercht, mit Turbanen, Strohhüten und Perükken. Quengelnde Kinder, die am Verdursten waren, in allen Sprachen der Welt nach Eis schrien, die schlafen, essen und baden wollten. Überforderte Mütter, geschäftige Väter, die in deutlicher Distanz Zigaretten rauchten, Männer mit Aktentaschen, mit Rucksäcken und eine Schwarzwälder Trachtengruppe in voller Montur. Dann leerten sich die beiden Schalter wieder, und das Mädchen in Uniform nahm ihr abgefressenes Hähnchen heraus. Zu ihr gesellte sich ein farbiger Junge, gemeinsam beinten sie die Skelette ab.

Im Hintergrund Durchsagen, dauernde Durchsagen. Dann eine schmalgesichtige Frau, die das Schild auswechselte: «Nairobi.» Na endlich. Claudi stöhnte. Udo war in seinem Sitz eingeschlafen. Sie überlegte. Claudi hatte in ihrer Tasche eine Gaspistole, die verdammt echt aussah. Die würde sie Jo Kulbe, unter einem Taschentuch versteckt, in den Rücken schieben. Dann würde sie ihm zuraunen, er solle mitkommen. Irgendwie würde es ihr gelingen, ihn in eines der Klos zu sperren, die es hier fast so zahlreich gab wie an den Gesundbrunnen Bognancos, wahrscheinlich, weil die Leute vor dem Fliegen alle Schisse hatten. Und dann würde sie ihn zu einem Geständnis zwingen. Da Claudi Kraft hatte, ging sie nicht davon aus, daß Jo sich wehren würde. Und je länger sie darüber nachdachte, desto klarer war ihr, daß Jo der geeignete Täter war. Der, den sie suchten. Er hatte Wolf damals nicht ausstehen können. Auch Heiko immer weniger. Jo und Heiko hatten über die Zukunft vom *Harten Kern* entgegengesetzte Meinungen gehabt. Jo hatte Heiko mehrmals hinausgeworfen. Wolf hatte er sogar zusammengeschlagen. Aber eben, Jo war einfach zu allem fähig gewesen. War's auch heute noch. Das sah man seiner brutalen Fresse an.

Läppisch, aber möglich. Claudi sah auf die Uhr. Vierzehn Uhr dreiunddreißig. Bis zum Abflug noch gut zwei Stunden Zeit. Die ersten Travellers kamen, überpünktlich, mit Rucksäcken, die sie schier nach hinten wegzogen. Ihr breites Amerikanisch schallte schamlos. Dann einige Geschäftsleute, denen die Abschlüsse wohl flötengegangen waren. Sie blickten so traurig drein, als würden sie im Flugzeug aufgehängt. Sie alle mußten brav eine Schlange bilden, denn die Hühneresser hatten sich mit den Gebeinen davongemacht, wahrscheinlich zum kühlen Bier und 'ner Cola.

Fünfzehn Uhr zwanzig. Die Schlange wuchs. Die zwei jungen Angestellten setzten sich lachend an ihre Schalter und fingen an, die Leute zügig abzufertigen. Schrankartige Boys standen hinter ihnen und wuchteten das Gepäck vom Fließband. Udo, der bis dahin abwechselnd gedämmert und gelesen hatte, *Frankfurter Rundschau*, was sonst, äugte weggetreten in die Kulisse. «Jo ist nicht dabei.»

«Das seh ich auch», fauchte Claudi, die nun aufstand und herumlief. Niemand beachtete sie, wie ihre Blicke über die Menge huschten, da und dort klebenblieben – Jo! Claudi rannte auf ihn zu. Als er sich herumdrehte, sah sie, daß es ein Kerl älteren Semesters war, der ein dürres Pokerface hatte und eine klapperige Figur. Über und über war er mit Kettchen behängt, und allein, daß ihn Claudi auch nur eine Sekunde mit Jo verwechselt hatte, das sprach für ihre Unzurechnungsfähigkeit.

Sechzehn Uhr. Die Schlange nahm kein Ende, aber es waren wenige, die dazustießen. Rucksackmädels standen an den Rändern herum, Standbein, Spielbein, und warteten darauf, daß sie doch noch stand-by mitgenommen wurden. Da, die erste wurde schon herangewinkt. Die Schlange wurde dünner und dünner und versiegte ganz, die Stand-by-Mädels verschwanden, Udo machte ein dummes Gesicht und Claudi schritt wütend zum Schalter.

«Jo hat den Flug», rief sie, als sie zurückkam, «er hat ihn und hat ihn verpaßt.»

Geduckt schleppte sich Udo zur S-Bahn. Claudi stapfte nebenher und fluchte. Am Hauptbahnhof stiegen sie um in die U 4, und an der Konstablerwache war Claudi so durcheinander, daß sie den Anschluß nicht fand. Da war ein Zeichen, Straßenbahn, und dann ging man die Treppen hinauf, und was man vorfand, war die nackte Weite. Sie irrte auf dem Platz umher und trat nach einer Taube, die den Sicherheitsabstand von fünf Metern nicht einhielt. Udo schlich eher. Schließlich standen sie vor der Linie 11, die freilich in die verkehrte Richtung fuhr. «Die Zwölef? Isch weeß aasch net rescht», sagte eine Alte und schwenkte ihren Krückstock. Sie erwischte Claudi an der Schulter.

Nachdem sie die Zwölf eingekreist hatten, fuhr sie ihnen vor der Nase davon. Die nächste wartete Stunden, bevor sie endlich klingelnd anruckelte. Udo schwitzte.

Der Uno stand friedlich bei der Rohrbachstraße. Er hatte noch nicht mal einen Strafzettel. «Von mir aus», sagte Udo und öffnete die Motorhaube. Es waren die ersten Worte seit Stunden. Claudi holte von drinnen das Werkzeug. «Kraftstoff-Filter», sagte sie, «Batterie sowieso, Zündkerzen auch. Alles paletti.» Sie stierte in die Rohrbachstraße, in der wie eine Mauer die Hitze stand, als erwartete sie vom Flirren über den Schienen Bekräftigung.

«Etz abbr», rief Udo und zeigte auf den Zündverteiler. Nun sah Claudi es auch. Jemand hatte die Anschlüsse vertauscht.

«Der Sauhund, der dreckig.» Claudi stockte. Welcher Sauhund. Dann schimpfte sie weiter. «So an Elendssiach, so an Schereschleifer, so an Soachdackel.»

16

Es war Heiko Fehrenbach, der Wolf damals fand. Heiko wiederholte ja die Abitursklasse, er hatte häufig früher aus als die andern. Direkt nach der vierten Stunde ging er ins Haus und ins obere Zimmer hinauf. Das tat er häufig. Oft paukte er im Haus Lateinvokabeln, und wenn die anderen kamen, saß er da mit hochrotem Kopf und sah aus wie das schwitzende Elend. Ich glaube, weniger das Latein brachte ihn so zum Kochen, sondern eher die Schuld, nicht bei Mutters Kochtopf zu sein. Heiko wollte nämlich abnehmen, was ihm nie gelang.

Wahrscheinlich hat er den spießigen Apothekershaushalt und seine ewig hätschelnde Mama einfach nicht mehr ausgehalten.

Ich wußte mittlerweile viel über Heiko. Ich hatte mich sogar etwas mit ihm angefreundet. Na, das ist vielleicht zuviel gesagt, aber jedenfalls machten wir lange Spaziergänge, die ganz anders waren als die mit Wolf Niebel. Heiko hatte etwas Tapsiges, er stotterte. Nicht immer, aber stets dann, wenn er etwas Wichtiges zu sagen hatte. Er brachte die Dinge einfach nicht heraus. Deshalb war ich auch erstaunt über seine klare Schilderung. Wie er ins Zimmer trat und der Qualm darinnen, und wie er ans Fenster stürzte und es aufgerissen hat. Heiko stand unter Schock, und der bewirkte, daß er sich plötzlich ausdrücken konnte.

Heiko hat mich bewundert! Angehimmelt, wäre das richtige Wort. Das hat mir geschmeichelt, damals, weil es mir das Gefühl gab, wenigstens über einem zu stehen. Aber es gab auch Momente, in denen ich ihn wirklich sehr mochte. Wenn er nur ein bißchen weniger trampelig gewesen wäre und ein bißchen selbstbewußter! Aber so war ich hin und her gerissen zwischen Verachtung und Mitleid. Heute weiß ich, daß ich selber kein Selbstbewußtsein hatte und deshalb jeden, der mich verehrte, für einen Trottel hielt. Heute weiß ich auch, daß ich zu Heiko nur nicht stehen konnte, daß ich heimlich sogar in ihn verliebt war. Aber ich glaubte, wenn die anderen merken, daß ich mich in so einen Tölpel verknalle, dann lachen sie sich tot über mich. Deshalb habe ich ihn immer schlechtgemacht, vor allen andern. Mir sind immer Witze eingefallen, die ich auf ihn umgedichtet habe, zum Beispiel der: Überholt ein Dreiradfahrer Heikos Herkules. Fragt der Heiko: An was denkst du? Sagt Heiko: Rückenwind. Oder: Welche drei Dinge hat Heiko gemein mit 'ner Zwiebel? Weiche Schale, kein Kern und zum Heulen. Als er einmal zufällig dazugestoßen ist, hat Heiko tatsächlich zu weinen angefangen.

Wolf starb ein paar Nächte, nachdem ich mit ihm im oberen Zimmer war. Das war an einem Samstag im November. Unten ist eine Fete gelaufen, es hat eine Live-Band gespielt, die *Mordsgrach* hieß. Sie machten Schwabo-Rock, sie dichteten Cat Stevens um, *de Morge isch komme, wia de erscht Morge*, und sie waren saumäßig laut. Das Fest verteilte sich aufs ganze Haus, und gegen halb elf kamen die Bullen, die Franz Weber, der in der Nachbarschaft ein Häusle gebaut hatte und damals mein Deutschlehrer war, alarmiert hatte. Weber war ein altes Arschloch, und die Bullen fuhren alle, die minderjährig waren, persönlich nach Hause. Sie klingelten und lieferten sie ihren Eltern aus. *Mordsgrach* mußte aufhören, sie haben, glaube ich, sogar eine Strafe bekommen, wegen Ordnungswidrigkeit oder Ruhestörung. Wir wußten ja nicht, weshalb da gleich vier Uniformierte anrückten, und als sie hereinstürmten und Wolf sie sah, hat er den Flattermann gekriegt und ist nach oben gestürmt und hat die Tür verbarrikadiert. Ich hab das gesehen und kapiert, was los ist, und bin hinterher. Gegen die Tür habe ich gehauen wie eine Wilde, er hat mich auch tatsächlich hineingelassen. Da saßen wir dann auf dem Boden bei den ausgeblasenen Kerzen und bibberten. Unten haben sie tatsächlich dichtgehalten, und die Gäste blickten sowieso nicht durch, alle haben behauptet, das Zimmer da oben sei zu und leer, und die Bullen sind wieder gegangen.

Wolf hatte wieder Tabletten geschluckt, aus Angst natürlich, lauter Beruhigungsmittel, auf die Aufputscher, und da hat er sich an mich geklammert. Ich wußte erst nicht, wie dicht er war oder ob er mich irgendwie auch geliebt hat, jedenfalls wurde die wilde Knutscherei daraus. Es war schön, und für mich das erste Mal. Die ganze Zeit konnte ich nicht vergessen, daß Wolf das alles womöglich nur tat, weil er high war, aber schön war es trotzdem. Die Zeit, in der Wolf nichts genommen hat, war schon lang vorbei, das hatte ich mir abgeschminkt, daß ich ihn vom Stoff herunterkriege, das war ein Schmerz, dem ich gar nicht gewachsen war. Aber nun dachte ich, vielleicht klappt es doch noch.

Wolf sagte allerlei wirres Zeug, er sprach von Nietzsche, ich dachte an Brecht: «Ich will mit dem gehen, den ich liebe. / Ich will nicht ausrechnen, was es kostet. / Ich will nicht nachdenken, ob es gut ist. / Ich will nicht wissen, ob er mich liebt. / Ich will mit ihm gehen, den ich liebe.» Ich war auf dem Aufopferungstrip, und ich fühlte mich schon fast als Sieger.

Und dann rastete Wolf aus. Ich weiß nicht, vielleicht hatte er auch wieder einen Trip geschmissen, das vertrug er nicht, das LSD, da hatte er immer tagelang Halluzinationen. Da glaubte er immer, daß ihn einer in einen Käfig sperrt und riesige Käfer kommen, von allen Seiten riesige, metallene Käfer. Die Käfer bohren ihm ihre Fühler ins Fleisch, das sagte er jedenfalls hinterher, er könne das spüren, sagte er, es sei höllisch. Wolf brüllte wie ein Tier und warf sich auf mich, mit einer Gewalt, daß ich nicht einmal mehr schreien konnte. Ich wehrte mich, so gut ich konnte, ich schlug und kratzte und biß, aber das machte alles nur noch schlimmer. Es tat im Schädel so weh, daß mir die Luft wegblieb, ein dumpfes Geräusch und ein Gefühl nach Saurem. Ich dachte, er bringt mich um, und gleichzeitig kam mir alles so unwirklich vor, daß ich glaubte, gleich aufzuwachen.

Plötzlich krachte die Tür ein und Heiko stand vor uns, mit einer Taschenlampe. Er strahlte Wolf direkt ins Gesicht. Wolf wich zurück. Seine Augen waren so geweitet, daß man rundherum das Weiße sehen konnte. Seine Hände krallten sich in die Wolldecke. Dann stürzte er sich mit einem Schrei auf Heiko, er umkrampfte Heikos Hals. Aber Heiko hatte Wolf schnell überwältigt. Er warf ihn zu Boden und hielt seine Arme fest.

«Nicht», schrie ich und krallte mich in Heikos Arm, «er ist auf dem Horror. Laß ihn los, Heiko, laß ihn los.» Heiko ließ nicht los, Wolf fing an zu kotzen, und erst jetzt bemerkte ich, daß ich blutete. Das Blut lief mir in Strömen die Stirn hinunter. Ich hatte mir irgendwo den Kopf aufgeschlagen, man sieht die Narbe, die genäht wurde, heute noch. Dann kamen auch Jo und ein paar andere, die sich um Wolf Niebel kümmerten, und Heiko hat mich mit dem Auto ins Schramberger Krankenhaus gefahren. Ich war total benommen, ich habe nur noch geheult.

Drei Tage später, glaube ich, war Wolf Niebel tot. Ich weiß nicht, ob er zum Zeitpunkt, als er starb, von seinen Käfer-Halluzinationen schon ganz wieder befreit war. Heiko sagte, er habe nicht gut ausgesehen, ganz verkrampft und zerkratzt sei er gewesen, und der Speichel sei ihm aus dem Mund gelaufen. Das sagte auch Udo, er schrieb es sogar, dieser elende Zeilenschinder, in seinem Artikel, der im *Schwarzwälder Merkur* kam: «Macht ihn mir wieder lebendig», war die Überschrift, das hatte Wolfs Vater gebrüllt, den Udo geholt hatte. Udo kam schon bald nach Heiko ins Haus, er gehörte nicht zu uns, aber er hatte sich in Claudia Roth verliebt, und deshalb hing er dauernd bei uns rum. Udo erwischte Heiko, der von oben bis unten zitterte.

Udo managte die Sache im Nu. Kaum war Wolf in einen grauen Blechsarg gesperrt und abtransportiert worden (überall Bullen und Gaffer, darunter, völlig verstört, ich), schon holte er selber die Sachverständigen. Die verfertigten ein Gutachten, wonach sicher war, daß Wolf nicht, wie wir angenommen hatten, an einer aktiven Kohlenmonoxidvergiftung erstickt ist. (Wobei das giftige Gas nicht einmal stinkt, und es hat arg gestunken.) Der Ofen, an dem Claudi und Udo noch bis spät gebastelt hatten, funktionierte laut Messungen tadellos. Im Rohr oben herrschte der ideale Unterdruck, im Brennraum entschieden Überdruck, und die schadhaften Stellen in Rohr und Abzug waren fast völlig abgedichtet. Nicht einmal Kohlendioxid konnte in nennenswertem Ausmaß aus dem Ofen austreten, das zwar nicht wie das Monoxid von den roten Blutkörperchen vor dem Sauerstoff aufgenommen wird, diesen aber verdrängt. Wolf Niebel hatte, obwohl das Reisig im Ofen gequalmt hat, zu jeder Zeit genug Luft bekommen.

Ich wußte zuerst nicht, daß auch Claudi und Udo noch am Ofen herumgemacht hatten, ich hatte Schädelweh und war früh nach Hause gegangen. Außerdem wußte ich nicht, wie ich Wolf und Heiko hinterher begegnen sollte, nachdem Wolf so ausgetickt war. Wolf schien es auch nicht gut zu gehen, er drückte sich nur herum und starrte auf den Boden. Heiko, der auch seltsam verlegen war, bastelte den ganzen Nachmittag ohne Erfolg allein am oberen Ofen herum, gab sich beschäftigt und redete mit keinem. Daß Claudi und Udo später weitergemacht hatten, das wußte ich immer noch nicht. Daß der Ofen plötzlich funktionierte, gleich gar nicht. Aber als neben den Bullen noch die Gutachter da waren und Udo bleich in der Ecke hockte, begriff ich trotzdem plötzlich: Er regelte die Sache mit dem Ofen vor allem deshalb so prompt und gründlich, weil er glaubte, am Tod Wolf Niebels selbst schuld zu sein. Und kaum war die Untersuchung vorbei, schon druckte er diesen blöden Artikel. Daraufhin, noch vor der Beerdigung, wurde das Kern-Haus geräumt und geschlossen. Das hätten sie sowieso getan, aber als Unschuldiger ging Udo noch unnötig über Leichen. Wenn's dem beruflichen Fortkommen dient...

Nach Wolfs Tod, an den zwei Tagen, die uns im Haus noch blieben, wuchs zwischen uns im Harten Kern eine stumme Zusammengehörigkeit, die wir vorher nicht gekannt hatten. Einige hatten «Haus-Verbot», jetzt erinnere ich mich wieder, es kamen auch Eltern, die von Astrid Klingmann vor allem, die machten ein Riesentheater. Aber Jo Kulbe hat sie schnell besänftigt, das konnte er gut. Alles in allem haben unsere Eltern überaus verständig reagiert, sie wußten, daß unser Haus keine Haschhöhle ist, daß wir mit Wolfs Heroin nichts zu tun hatten. Viele telefonierten miteinander, manche trafen sich, meine Eltern waren nicht dabei. Die waren damals mit ihrer Scheidung beschäftigt, es war ihnen völlig egal, was mit mir los war, ich hätte verrecken können, und sie hätten es nicht einmal gemerkt.

Aber insgesamt glaube ich, daß die Eltern von uns Zugezogenen allgemein nicht so beschränkt waren wie die Einheimischen vom Dorf. Die haben uns ja immer für Terroristen gehalten, die Deppen, idiotisch. Es war ja auch dieser Herbst, Mogadischu, Schleyer, aber das war damals für mich so weit weg, daß ich gar nicht begriff, um was es ging. Nur Wolf fand die Terroristen gut, er hat einen Nelkenstrauß mitgebracht, als in Stammheim dieser Selbstmord war, und dazugeschrieben: «Für Andreas».

Trotz des sprachlosen Aufeinanderhockens waren wir erleichtert, als es zu Ende war, als die Bagger anrückten. Wie verlogen, die Parolen, die wir noch in einer dumpfen Manie an die Außenwand schmierten. Wir wollten niemals wiederkommen. Keiner von uns.

17

Frau Engert legte den Füllfederhalter beiseite und besah sich ihre Beine, die gleichmäßig gebräunt und enthaart waren. Sie fürchtete den Tag, an dem sich an den Waden Äderchen abzeichnen würden, violette Äderchen, wie bei ihrer Mutter. Noch war kein Äderchen zu sehen, auch das Hühnerauge am zweitkleinsten Zeh war durch das Sandalen-Tragen merklich zurückgegangen. Frau Engert überlegte, daß sie sich für den Abend die Fußnägel neu lackieren mußte, passend zum schulterfreien Kleid. Sie warf einen knappen Blick auf Tanja, die drunten im Garten mit einer Schnecke spielte. Es hatte kaum geregnet, ein hastiges, vorbeieilendes Gewitter, und man konnte dem Trocknen des Gartenbodens fast zusehen. Nun war die Luft frisch und feucht, aber schon wieder so heiß, daß Frau Engert der Schweiß herunterrann. Noch das Wochenende würde sie mit Tanja verbringen müssen. Die Schwiegermutter sei einseitig gelähmt, aber wach, telegrafierte Frau Schimanek, sie könnten nicht mehr länger bleiben und kämen spätestens am Montag zurück. «Dankbar Grüße Tanja STOP.»

Tanja hatte inzwischen unter allen vier zum Westen hin ausgerichteten Schrägfenstern aus Scherben und Spiegeln kindliche Kunstwerke errichtet, die im Abendlicht schillerten und glänzten. Frau Engert hatte darum mit Metallpföstchen und weinroten Kordeln kleine Zäune errichtet; das Material dafür hatte sie extra gekauft. Im Ergebnis sah es nicht unhübsch aus, und wenn Frau Engert den Gästen rasch erklärte, wie das gedacht war, dann hatten sie dafür Verständnis.

Es war viel Arbeit gewesen, die ganzen Einladungen, der Hausputz, die Einkäufe. Tanja hatte ihr geholfen, fünf Salate zu richten. Hühnersalat, Krabbensalat, Griechischer Salat, Kartoffelsalat und Nudelsalat. Tanja durfte Gemüse waschen, aber sie war dabei so sehr mit dem Wasser beschäftigt, daß es lang dauerte, und das Zeug war immer noch nicht sauber. Frau Engert mußte schließlich alles noch einmal machen. Tanja hatte ihr auch geholfen, die Bilder oben im Atelier wirkungsvoll zu plazieren. Dabei hatte sie mehr Geschick bewiesen. Die kräftigen Farben schienen

Tanja sehr zu gefallen, sie schleppte die Rahmen herum und befühlte die dick aufgetragenen Farbschichten mit dem Finger.

Mit dem hellgelben Nagellackfläschchen, dem Entferner und etwas Watte stieg Frau Engert die Treppen hinauf. Sie wollte sich, während der neue Lack langsam eintrocknete, die Wände noch einmal genau besehen. Ihre Atelierfeste waren, nach zwei Jahren schon, in Stuttgart eine Institution geworden. Nicht wegen der Bilder, die nett waren und gefielen. Nicht wegen Frau Engert, die sich Mühe gab. Und sich ansonsten heraushielt: Nicht ein einziges Mal hatte sie sich von Andreas' Pressefreunden fotografieren lassen. Alle Publicity schob sie ihm zu. Er konnte sie brauchen, der Kampf um die Lehrstühle war hart. Er hatte trotzdem keinen bekommen, nicht in Deutschland, noch nicht. Frau Engert hielt sich auch deswegen zurück, weil das fein war. Eine Dame von Gesellschaft, hatte ihre Mutter stets gesagt, zeichnet sich dadurch aus, daß sie nur hinter vorgehaltener Hand von sich Reden macht.

Es war die Mischung der Leute, die sich sonst oder so nicht getroffen hätten. Wer einmal im Vierteljahr eine Einladung von Frau Engert bekam, der wußte, daß er im Kulturleben Stuttgarts etwas zählte. Das hing freilich vom Einfluß ab, den Andreas gehabt hatte. Aber auch ohne Andreas kamen sie nun sicherlich und aßen plaudernd die Häppchen, und zwei Tage später stand in der Klatschspalte des *Tagblatts*, wer wem im Hause Engert auf die Schulter geklopft hatte. Diesmal war Frau Engert zum erstenmal allein auf sich gestellt.

Max hatte versprochen, auf Tanja aufzupassen. Nun stand er an der Treppe und grinste, als Frau Engert wieder herunterkam; vorsichtig, weil der Lack noch nicht ganz fest war und der zweitkleinste rechte Zeh sich unter den kleinsten schob. Allein für dieses Grinsen hätte sie ihn bestrafen können, obwohl sie sich eingestehen mußte, daß Max diese öden Ferien mit einer rätselhaften Gelassenheit hinnahm.

Er ließ sie vorbeigehen, aber sein Blick auf ihre nackten Schultern war so unverschämt, daß Frau Engert sich beherrschen mußte. Wieder fragte sie sich, ob Max ihre Vergangenheit kannte, ob Andreas ihn, von Mann zu Mann, eingeweiht hatte. Das Verhältnis von Max und Andreas war nicht so, daß das auszuschließen gewesen wäre, und Tausende von Mädchen haben sich ihr Geld schon ähnlich verdient. Das war noch kein Grund, derartig frech zu glotzen. Aber Max hat es auch schwer, dachte Frau Engert, ich bin ja auch keine Mutter für ihn.

Im Schlafzimmer schlüpfte sie in ihr Kleid, das leicht war und sommerlich und kaum eine Spur zu elegant. Sie hatte es mit Tanja in der Calwer Passage erstanden, und die Verkäuferin hatte mitleidig geguckt. Frau Engert verzichtete fast aufs Makeup, das in der Hitze sowieso verlief. Die Bräune stand ihr besser.

Gegen sieben kamen die ersten Gäste. Es war die Clique von Andreas' jüngstem Bruder, allesamt Studenten von der Kunstakademie, die sich lautstark über den eiskalten Schampus hermachten. Frau Engert konnte sie nicht leiden, vor allem die schrillen Mädchen nicht, die ihre Unbedarftheit geradezu obszön zur Schau stellten. Sie küßten einen quietschend ab wie die Ferkel und schmierten einem fetten Lippenstift ins Gesicht. Sie stanken nach süßem Parfüm und nach dem Haarfärbemittel von H&M. Sie waren von oben bis unten mit Billigschmuck von C&A übersät; eine, die Zarah hieß und die Frau Engert noch nicht kannte, hatte sich ein Kettchen über Hintern und Bauchnabel gespannt, das sich bei jedem Schritt in den Spalt zog. Dabei waren nicht einmal die Beine rasiert; rechts und links der Tanga-Shorts wucherte Schwarzwald.

Es war klar, diese zehnköpfige Bande wollte sich nur vollfressen, und wenn sie besoffen genug waren, zogen sie über Frau Engerts Bilder her, kichernd und rülpsend und kreischend. Aber Roland war nun einmal Andreas' kleiner Bruder, und die Leute brachten das bohemienhafte Flair in den Raum, das die ernstzunehmenden Gäste haben wollten.

Die Meute verzog sich rufend und lachend nach oben, von dort erklangen die ersten Ohs und Ahs. Frau Engert lauschte einen Moment an der Treppe, dann stieg sie hinterher. Roland stand mit einer Gruppe von lackbeminirockten Mädchen und geblümelten, schwul zurechtgemachten Jungs vor Tanjas Objekt mit dem Spinnennetz. «Mega», hauchte eine.

Du taube Nuß, dachte Frau Engert und lächelte. «Finden Sie?»

Zarah streckte ihr die Hand hin, obwohl sie Frau Engert zum Empfang bereits anonym abgeknutscht hatte. «Zarah. Können wir uns nicht duzen, Vera?»

«Durchaus», erwiderte Frau Engert und zog ihre kalte Hand zurück. Sie lauschte auf das Klingeln von unten. Hoffentlich hatte das bald ein Ende hier.

Roland strahlte. Er sah aus wie eine verjüngte, durchgestylte Ausgabe von Andreas. «Schnafte», sagte er. «Real.» Er deutete auf das Spinnennetz. «Diese natürliche Entblätterung eines Sinnbilds!»

Frau Engert verzog den Mund. Sollten sie doch glauben, was sie wollten. Diesen Kunstaffen schenkte sie keinen reinen Wein ein. Und wenn sie Tanjas debile Machwerke für Kunst hielten, dann zeigte sich nur, wie abgetakelt ihr Verständnis war. «Es kommt auf das Licht an. Die Materialien sind nur Verstofflichung des Lichts.» Es fiel ihr leicht, Rolands albernen Duktus zu übernehmen.

Plötzlich stand Koneffke da. Wie immer, wenn es Mädels gab, war er ohne Gattin erschienen. Frau Engert hatte ihn nicht kommen gehört, und als sie ihn formal umarmte, spürte sie an den Leisten sein Fett. Pfui Teufel, dachte Frau Engert, gemixt mit der Masse von Behaarung ist dieser Kerl einfach widerlich. Koneffke stank unheimlich teuer. Seit es um seine Kulturzeitschrift *ARTemis* einen Riesenskandal gegeben hatte, verkaufte sich das Blatt noch besser. So gut, daß Koneffke seine kieferorthopädische Praxis der Gattin überlassen hatte und den *ARTemis-Verlag Stuttgart Paris Berlin* gründete. Der druckte nun drittklassige Stuttgarter Schreiber, und, vor allem, Koneffke selbst.

Roland schmiß sich sofort an ihn ran, was Frau Engert einem Schwulen kaum verzeihen konnte. Natürlich wollte Roland (er sprach sich *Rolo*, mit einem Hauch von offenem O) von Koneffkes Wünschelrutengängern in der *ARTemis* gepuscht werden, seine tönernen Pimmel verkauften sich selbst in der Szene nicht, aber um diesen Preis? Koneffke lobte Max, der artig den Leuten die Tür öffnete, schon wieder erschallte von drunten Gelächter. Roland zerrte an Koneffkes Ärmel. «Vera hat's gepackt.»

Koneffke schritt einmal um das umzäunte Ambiente herum. «Gratuliere.»

Zu Frau Engert zog sich eine Schleimspur, die sie im Mund schmecken konnte. «Aber...» Ach was, dachte sie, sollen diese Idioten doch denken, das sei Kunst.

Frau Engert fand Tanja an der Salatbar und schlug ihr derb auf die Finger. Tanja hatte sich im Huhn zu schaffen gemacht, sehr zum Vergnügen von ein paar kunstakademischen Flittchen, die ein bißchen kreatürliche Abartigkeit wohl zum Quieken fanden. Tanjas Arme waren bis zu den Ellbogen voller Olivenöl. Nun heulte sie schrill und drehte sich in einem Furor im Kreis, immer auf einem Bein, bis sie auf den Boden krachte und die Flittchen fast gar hinterherfielen. Max kam und hob, mit einem bösen Blick zu Frau Engert, Tanja auf.

Die beiden Stockwerke füllten sich nach und nach mit Publikum. Kurz nach halb acht gab es, außer der Kloschüssel, keinen Platz mehr, wo man nicht von halbseidenen Bewunderern umringt war. Denn hier, im bis etwa zehn Uhr andauernden offiziösen Teil, fand jeder jeden schnafte, bis die ersten Flüsterer in die Ekken krochen, sich den Schampus vom Knie wischten und atmosphärische Bösartigkeiten durch halbgeschlossene Türen drangen. Daß Sommerlochparties bereits am frühen Abend begannen und sich noch vor Mitternacht mit gemäßigten Besäufnissen zähflüssig gen Ende zogen, das war auch so eine Stuttgarter Besonderheit, wie man sie sich pietistischer für Korntal oder Unteroberdettenhausen nicht besser hätte ausdenken können.

Wieder einmal bemerkte Frau Engert zu spät, daß das Gros der Gäste unerträglich war. So lange sie die Leute nicht auf einem Haufen sah, fand sie jeden einzelnen von ihnen amüsant. Aber nun würde sie durchhalten müssen, und sie hielt sich über Wasser mit der Vorstellung, wie gut sie ihre Rolle beherrschte. Um sich zum eigenen Vergnügen verschärft herauszufordern, stellte sie sich eine Weile neben Koneffke, der mit dem Szene-Journalisten des überregionalen Boulevardblatts in eine zynische Fachsimpelei über Espressomaschinen verstrickt war. Als sie bemerkten, daß Frau Engert in ihrem Bund die dritte war, wechselten sie über zur Ästhetik des Virtuellen. Es ging um die unsägliche Überholtheit einer Sonderschau auf der Art Frankfurt, in deren Gefolge Koneffke in der *ARTemis* dreizehn Künstler schlachten ließ. Der Szene-Schreiber, der auf den Namen Jotté hörte (Kürzel für Franz-Josef Elsässer), ruckte dabei immer mit dem Kopf, als würde er vor seiner eigenen Plumpheit zurückscheuen. In der Art, wie Jotté seinen Espresso trank, mit abgespreiztem kleinen Finger und wieherndem Blick, hatte er die bescheuerte Sanftheit eines Ackergauls. Es ging das Gerücht, Jotté sei einmal Alkoholiker gewesen, und böse Zungen wollten ihn spät nachts im *Widmer* gesehen haben, wo er flaschenweise Grappa in sich hineinschüttete.

Zu Koneffke gesellte sich Otto M. Schobel, der Stuttgarts Galerie No. 1 innehatte. Während sich die beiden Herren blutsbrüderlich die Hand drückten, glitt Koneffkes Blick speckig hinüber zu Schobels Tochter Kiko, die sichtlich aus der Sauna kam. Vom Scheitel bis zur Sohle war sie in Jasminöl eingelegt, und Frau Engert sah nach, ob sie auf dem Marmor Fettspuren hinterließ. Kiko gehörte zu den Frauen, denen Jugend und Herkunft das Recht gaben, unmöglich herumzulaufen. Neonblaue Balken drückten ihr die Lider nach unten zu einem Schwimmbadblick, der, wenn man drinnen nachsah, vollkommen blank war. Ein zweiter Balken in welkem Geranienrot hatte ein Loch in der Mitte, in dem ein hellgrüner Glimmstengel steckte. Dazwischen blühten die Pickel.

Koneffke schwang altväterlich den Arm um Kiko, an dem Körperteil, wo bei anderen Frauen die Taille saß. Augenblicklich rutschte Kikos Rippenbereich um zehn Zentimeter nach oben, und in einem halben rechten Winkel hing sie an Koneffke. «Sollen wir nicht nach oben gehen?» Koneffke, dem Frau Engerts Blick in die Hose rutschte, befreite sich seitlich.

«Ich bin so gespannt, Vera.» Kiko flötete Debussy entgegen, der in stoßenden Klaviaturen aus dem Atelier herabperlte. *Pour les cinq doigts*, sie floß dem Klangteppich entgegen, mit synkopisch klicksenden Fußkettchen, die dem Stampfen in den Rillen der alten Platte zuwiderliefen.

Otto M. Schobel ließ Frau Engert galant den Vortritt. Er bedachte sie mit einem Blick, als wolle er sie auf das Leiden bezüglich seiner Tochter aufmerksam machen. Überhaupt spürte Frau Engert, daß der alte Schobel sie mochte. Er hatte die weißhaarige Robustheit eines von innen her eleganten alten Hausarzts auf dem Lande, und er hatte Frau Engert noch niemals geduzt.

Nun glitt er vorsichtig ins Atelier hinein, so, als wollte er die Aura der Bilder auf keinen Fall zertreten. Schobel blickte sich um, mit einem verbrämt routinierten Schwung, und es war selbstverständlich, daß er hernach auf eine jener Arbeiten zusteuerte, die nicht offen peinlich war. Im Abstand von fünf Metern blieb er stehen und schwieg. Koneffke und Jotté waren inzwischen damit beschäftigt, in Kikos Schaufelhände Gläser zu stecken; offenbar hatten sie sich vorgenommen, sie von rechts und links her besoffen zu machen.

Plötzlich quietschte Kiko auf und raste zur Glasscheibe mit dem Spinnennetz. Sie rannte fast die Umzäunung ein, und Frau Engert hätte es ihr gegönnt, wenn sie sich an den spitzen Spiegelscherben geschnitten hätte. Jetzt sahen es auch die andern: Die Strahlen der noch kaum ermatteten Sonne, die schräg auf das Objekt fielen, brachen sich hundertfach, tausendfach. Sie fielen durch Glasmurmeln, tanzten durch die Spiegel und verdunkelten schließlich das Loch in der Scheibe zu einem düsteren Flirren. Im Spinnennetz rieben sich mikroskopische Härchen. Es war ein Bild, das einen durch die Augen hindurch gleichzeitig besänftigte und belebte.

«Es kommt auf das Licht an», referierte Koneffke, «das Material verstofflicht das Licht.»

Brav, dachte Frau Engert. Otto M. Schobel näherte sich behutsam, mit dem Blick eines Diagnostikers. Er blieb auf Abstand und nickte langsam, während er grashalmfein lächelte. So stand er lange, bis er die vier Objekte abschritt, langsam, versunken. Dann drehte er sich mit Schwung auf dem Absatz. «Wir machen das», erklärte er Frau Engert, die rot geworden war wie ein Schulmädchen, was ihr gut stand und zur Situation paßte. «Sie kommen in meine Galerie, und wenn ich die Decke durchbrechen muß. Mit künstlichem Licht wäre diese Wirkung dahin. Aber ich lasse mir etwas einfallen. Und – Sie kommen im Frühjahr mit nach Frankfurt.»

Frau Engert traf der Blitz. Auf die Art Frankfurt. Unglaublich. Schobel schritt auf sie zu. Er stand so nah, daß sie seinen Atem roch. Pfefferminze und Weißwein. «Lassen Sie sich eine Theorie einfallen. Die Theorie ist alles.» Grashalmfeines Lächeln. «Und bitte – nicht diesen Namen. Als Engert gelten Sie im Ausland nie etwas.»

Wie durch einen Schleier sah Frau Engert die Gäste, die sich in gemessenem Abstand um sie gruppiert hatten und tuschelten. Otto M. Schobel blieb noch lange vor den Objekten stehen. Er verfolgte jede Nuancierung des sich kaum merklich übers Mattgelbe ins Nachtblau abstufenden Lichts, bis sich in den Spiegeln das Graue im Grauen brach.

Als Frau Engert nach unten kam, startete der Altlinke Peter Grohmann gerade seine Kabarett-Einlage, die man, da es gegen neun Uhr ging, fälschlich für die abendfüllende Provokation hielt. Er hatte sich ein halbes Hähnchen vom Imbiß geholt, das er nun aus dem Alu packte und malmend auffraß. Zwischen den Knochen spuckte er Sätze heraus, die sich keinen Reim auf die deutsche Einigung machten. «Vom Stasi zum Aldi!» rief er, schluckte und schrie: «Mir brauchet koi Kunscht, mir brauchet Krombiera!»

Was dem ortsüblichen Kunstkritiker Häffner vom *Tagblatt* entschieden über die Hutschnur ging: «Aufhören!» Ein Hamburger Schreiberling, der Schuppke hieß und auf Befehl winselte, klatschte ihm tonlos Beifall. Einige raunten Zustimmung, was Grohmann weiter in Fahrt brachte. Kiko, die für den Abend genug hatte, warf ihr Sektglas nach ihm, das ihn nur knapp verfehlte.

Frische Luft, dachte Frau Engert, nachdem sie mit Blicken die Gläser nachgeschenkt und jeden einzelnen als ganz besonderen Lieblingsgast gewürdigt hatte. Halb trat sie auf den Balkon hinaus, blieb dann aber stehen. Sie lauschte. «Sie mußten beide sterben, / Sie hatten sich viel zu lieb», zitierte einer. Heine.

«Nee», erwiderte ein anderer. «Die konnten sich nicht ausstehen.»

«Der Streifenkiller.» Jotté, unverkennbar. Seit Tagen schmierte er in seine *Szene* so einen Quatsch. Seiner Meinung nach gab es einen, der das Fernsehen auf dem Kieker hatte und der nach und nach den ganzen *SWDR* aufschlitzte. So nach dem Vorbild der Berberkiller in Frankfurt und der Nuttenschänder in Hamburg oder Berlin, nur daß sich Jotté einen einflußreichen Hintermann dabei vorstellte. Heiko Fehrenbach und Klaus Muck waren nach Ansicht seines Blatts nur die Vorboten einer rabiaten Schlachtung von Serientätern im Unterhaltungssektor. Eine unverkennbare Spezialität, die seit Teufels Kulturkürzungen als gigantische Metapher ins Ländle paßte. Den Theatern wurde von der Obrigkeit der Geldhahn zugedreht, beim Fernsehen radierte man direkt aus. Was Geld kostete, mußte weg.

Frau Engert seufzte. Da sah man, was Jottés Boulevardkarriere aus seiner K-Gruppen-Vergangenheit gemacht hatte; und er hatte noch nicht einmal die Entschuldigung, daß er besoffen war.

Frau Engert kauerte sich auf den Boden und senkte den Kopf, zum Zeichen, daß sie für einen Moment nicht gestört werden wollte. In ihr war ein Schwindel, sie spürte, daß sie zuviel getrunken hatte. Sie hätte etwas essen sollen, aber jetzt kamen die Bilder, von Wolf, wie er tot auf der Matratze lag, die Spritze im Arm. Wie die Spritze in seinem Ellbogen hing, sich leicht nach außen neigte, als könnte sie jeden Augenblick herausfallen, aber sie steckte doch tief, so tief. Der Arzt, der sie später herausnahm, hatte gesagt, Wolf hatte sie sich mit einer Irrsinnswucht in den Arm gesteckt, an eine Stelle, wo sie nicht hätte hingeraten dürfen. Das hatte Frau Engert dann von Udo erfahren, der mit dem Arzt gesprochen hatte, einem auswärtigen Spezialisten. Der Arzt habe den Kopf geschüttelt und gesagt, das sei eine Folge des Horrortrips, das hätte Wolf sonst nicht passieren können, Wolf habe die Einstichstellen genau gekannt, er sei mit der Spritze geübt umgegangen, er sei noch nicht in jenem Stadium der Abhängigkeit gewesen, in dem man das Interesse an den Folgen verliert. Auch habe sich Wolf eine Menge gespritzt, die ihm unverständlich gewesen sei, in einer ganz und gar unverträglichen Mischung. Wolf habe wohl an äußerst starken Halluzinationen gelitten, das sei, in so einem frühen Stadium von Sucht, untypisch.

Untypisch. Frau Engert steckte sich eine Zigarette an, ultralight, und ihr Schwindel verwandelte sich in eine versteckte Übelkeit. Daß der Arzt so ein Depp war, so ein argloser. Mein Gott, was war sie naiv gewesen. Und panisch. Das Kratzen im Hals versuchte sie hinunterzuschlucken, was ihre Angst steigerte und den Film wieder zum Laufen brachte, das Ende des Films. Wie Heiko da einen, den Frau Engert nicht kannte, der im Haus damals nicht dabeigewesen war – wie Heiko ihn also zum Mörder machte. Am Ende des Films: Der Unbekannte zwang Wolf mit dem Messer, eine Menge von Tabletten zu schlucken. Wolf schlief ein. Der Unbekannte machte den Ofen an. Der Unbekannte, der, unter der Maske, Heiko selber war, mußte gewußt haben, daß der Ofen funktionierte. Und er mußte gewußt haben, daß es Vera nicht wußte.

Frau Engert befühlte die Stelle am Oberarm mit der Gelbfieberimpfung, die sie sich und Max hatte neu machen lassen. Sie dachte an Andreas, an seine, wie sie glaubte, schwarze Geliebte. Sie dachte an Heiko, an Wolf. Sie dachte an die Jahre, die vergangen waren, an die pulsend wiederkehrende Angst. Sie dachte an Afrika, an das noch nicht notwendige Verschwinden. Mit halbem Ohr hörte sie die Leute reden. Sie sprachen von Heiko Fehrenbach, von Klaus Muck, dessen Tod sogar im *Tagblatt* groß herausgestellt worden war. Jemand hatte sich ihren Mord zunutze gemacht. Jemand hatte, zu einem geeigneten Zeitpunkt, den der Tod Heikos vorgab, einen kleinen Drehbuchschreiber getötet, aus Gründen, die unerfindlich waren. Frau Engert war das recht. Dieser Jemand gab ihr vorerst Deckung.

«Fehrenbachs Erfolg», hörte Frau Engert, als sie auf den Balkon hinaustrat, «kam daher, daß er immer irre nah am Stoff dran war. Der hat sich nicht gescheut, auch mal in ein Fettnäpfchen zu treten. Die Stories kamen direkt von der Straße, der hat ganz genau hingehört.»

Frau Engert dachte, daß das wohl dieser Regisseur war, der mit Heiko gearbeitet hatte. Ihre Freundin Dorit, ach, was heißt Freundin, hatte ihn mitbringen wollen, und Frau Engert hatte selbstverständlich eingewilligt.

«Realitätsfetischismus», meinte einer, der Psychologe sein mußte. «Auch eine narzißtische Befriedigung.»

«Der letzte Streifen war wirklich nicht übel.» Dorit sagte das. Sie saß in einem Winkel, der düster genug war, daß Frau Engert sie nicht bemerkt hatte. «So eine Provinzposse mit Rauschgift. Muß ihm einer von erzählt haben.» Dorit sah jetzt Frau Engert, die noch immer bei der Tür stand, und lachte. «Mensch, Vera. Komm raus, wenn der Balkon nicht langsam zusammenbricht.»

Frau Engert konnte nicht umhin, noch ein Glas Weißwein mitzutrinken. Von weither hörte sie Tanja brüllen, die Max ins Bett brachte. In sein eigenes! Dorit, die Gute, ging hinein und holte Frau Engert einen Teller mit Krabbensalat und dem Tsatsiki, den sie beigesteuert hatte. Beides zusammen schmeckte zum Brechen, aber Frau Engert dankte ihr überschwenglich und lobte den Tsatsiki, eher würgend.

Drinnen klang das Gelächter gereizter. Es kam der neuralgische Punkt. Die ersten lauten Stimmen. Jotté. Koneffke. Sie stritten sich mit Häffner über die Freiheit der Kunst, ein beliebtes Thema, wenn der Pegel kurz vorm Überfließen war. Dazwischen Kiko, die Schuppke übers schüttere Haar fuhr. Schuppke, der nicht wußte, wie ihm geschah, hielt sich an seinem Glas fest und blinzelte.

Frau Engert, die in ihrer Gastgeberrolle verunsichert war, machte einen Rundgang durch die Zimmer und lächelte. Was ihr plötzlich gefror. Auf dem Fernsehsofa lagen Max und Roland, der sein Patenonkel war, ineinander verschlungen. Max' Hand war auf eine verdickte Stelle an Rolands Jeans gerutscht und fummelte.

Wie im Traum hörte sie ein Klingeln. Mechanisch bewegte sie sich zur Tür. Draußen stand Johannes Kulbe und grinste. «Grüße von Onkel Reinhard.» Seine Faust öffnete sich. Darin lagen fünf zerknitterte Braune. «Letzte Überweisung. Geschenk des Hauses, irgendwie.»

«Hau ab», zischte Frau Engert. «Ich hab Gäste.»

Jo grinste breiter. «Ans Leder kannst du mir nicht mehr. Übrigens, falls du mal wieder Stoff brauchst...»

Frau Engert griff sich die großen Braunen und knickte sie fest, drückte sie dann rasch in die leere Zigarettenschachtel. «Ich hätte den Laden hochgehen lassen sollen, damals.»

«Aber wieso?» Jo wandte sich zum Gehen. «Du kannst jederzeit wieder im *Schwan* anfangen. Sind ein sozialer Betrieb. Zahlen Schulden, Entziehungskuren, Schmerzensgeld. Und stehen, wenn's brenzlig wird, immer bereit. Hat sich doch gelohnt für dich, irgendwie.» Letztes Grinsen über die Schulter. «Wir sind quitt. Mach dich nicht unglücklich. Und grüße irgendwie Andreas!»

18

Am Samstagmorgen kam die Kündigung. Udo kaute an einem trockenen Vollkornbrot, dessen Körner hart waren wie Amalgamplomben, und spülte sie mit Kaffee hinunter, der rußig schmeckte. Nebenher blätterte er mißlaunig im *Tagblatt*, als Claudi hereinstapfte und ihm den Brief auf den Teller warf. Udo legte ihn, zehn Zentimeter parallel zur Tischkante, vor sich hin und rückte ihn eine Weile zurecht, bis er wirklich gut saß. Dann nahm er das Brotmesser und köpfte ihn. Claudi folgte dem in gebührendem Abstand. «Versetzung ins Feuilleton», sagte Udo.

Claudi glotzte. Es entfuhr ihr ein «Ha no!» Dann griff sie zu Putzeimer und Bürste. «Ich muß den Briefkasten saubermachen. Frau Mauser. Der Aufkleber gegen die Werbung muß runter, und mein Name mit unters Schild.»

«Der Briefkasten bleibt so.» Udo las: «Sehr geehrter Herr Winterhalter! Im Zuge unserer redaktionellen Umgestaltung sind wir mit der Geschäftsleitung übereingekommen, Ihnen gemäß Ihren Interessen und Fähigkeiten künftig einen Platz ohne besonderen Aufgabenbereich im Feuilleton anzubieten. Bitte sehen Sie dies als Zeichen unserer Wertschätzung Ihrer Arbeit für unsere Zeitung. Sollten Sie zur Stunde in Urlaub weilen, erbitten wir eine schriftliche Antwort sofort nach Ihrer Rückkehr. Es begrüßt Sie mit freundlicher Hochachtung, Ihr Dr. Nikolaus J. Heckmann, Chefredakteur.»

«Herzlich», sagte Claudi.

«I han so gnuag», erwiderte Udo.

Da rief Burkhardt an. «Heute abend, zweiundzwanzig Uhr zwanzig, ARD, vierzig Zeilen.»

«Das Wort zum Sonntag?» fragte Udo.

Burkhardt lachte. «Sozusagen. Ein neuer Sit-Com-Streifen, *Friedrichstraße*, ist zwar schon angelaufen, aber...»

«Oha.» Udo schluckte. Mucke.

«Wenn es Ihnen zu blöd ist», Burkhardt stockte.

«Gar nicht», sagte Udo. «Aber ab jetzt unter Pseudonym, bitte.»

«Wunderbar», rief Burkhardt. «Nehmen Sie was Nettes.»

Im Feuilleton. Udo war es, als würde man ihn zersägen. Heckmann wollte wirklich sein Skalp, mit Hautfetzen und möglichst schön blutend. Wenn Udo an die «Völletonnen» dachte, wurde ihm flau. Zuvorderst Häffner, dieser formlose, faule Klotz. Und vor der Nase Schmitz-Scharfnagl, der für sich persönlich die Acht-Stunden-Woche eingeführt hatte. Und dann noch Mitarbeiter wie dieser Schuppke, die nicht in der Lage sind, ein Theater von einem Zoo zu unterscheiden. Der einzige, der im Feuilleton noch ganz bei Trost war und darüber hinaus auch noch arbeitete, war sowieso Kaffka. Aber der war mit seinem Medienquark weg vom Schuß. Wahrscheinlich brauchten sie einen Doofen am «Tisch», einer, der jeden Tag brav die Seiten zusammenstoppelte.

Heckmann, dachte Udo, hat einen Vertrag mit dem Arbeitsamt. Er gönnt mir das Arbeitslosengeld nicht. Er pocht auf meine Kündigung. Er will erzwingen, daß ich von selber gehe. Oder aber, er fürchtet einen Skandal. Da überschätzt er meine Fähigkeiten ziemlich. Wenn er mich rauswirft, kümmert das nirgends ein Schwein. Beim *Spiegel* heben die wegen mir nicht einmal das Telefon ab. Aber Heckmann glaubt wohl, daß ich irgendwas in petto habe.

«Sinnierst du?» Claudi umarmte Udo von hinten. Er zuckte leicht. «Ich will heim», sagte Claudi.

Udo fuhr nicht mit. Mit dem dünnen Argument, im Uno könne er nicht aufrecht sitzen. Er konnte sich nämlich das Leid des roten Karle nicht mit ansehen. Seit der Kommunismus verdämmert und das Fabrikle fest in den Händen der Söhne war, hatte Claudis Vater jeden Glauben in sein Lebenswerk verloren. Am Dasein nahm er nur noch vor dem Fernseher teil. Wo er sich vorwiegend Wissenschaftliches anschaute. Seine Spezialthemen waren außerdem Kriege, Hunger und Umwelt. Im Prognostizieren des Weltuntergangs war Karle inzwischen Weltmeister.

Während Claudi sich mit einem lauten «Ade» an ihn hängte, überlegte er sich, wie ihn diese Frau in so einer Situation allein lassen konnte. Sie mußte doch merken, daß er zu allem fähig war. Im übrigen brauchte er, jetzt, tatsächlich Urlaub. Aber wo die Adria verseucht war. Und der Golf von Genua eine Kloake. Vor dem Süden warnte der rote Karle überhaupt. Er hatte eine Sendung gesehen, in der berichtet wurde, wie in Málaga, Sevilla und an der Algarve massenhaft Hunde und Katzen vernichtet wurden. Sie wurden eingefangen und in Gaskammern geschleppt. Das rechnete Karle auf Südeuropa hoch und sprach von einem riesigen Haustier-KZ. Trotzdem hatte es bei den Rothen wie auch früher bei den Winterhalters Tradition, daß man im Sommer unbedingt ans Meer fuhr. Oder, bei den Rothen zumindest, in den Ostblock. Aber das war ja nun nichts mehr, und das Meer war auch nichts mehr, und der rote Karle war (zum Ärger Marthels, die daheim bleiben mußte) auch nie selber gefahren, er ordnete Urlaub nur an.

«Ich muß hier weg», sagte Udo.

Claudi blitzte. «Zanzibar.»

Herrgott! Udo gestand sich ein, daß er Claudis Zähigkeit unterschätzt hatte. Sie wollte Jo Kulbe, und sie würde ihn um die halbe Weltkugel verfolgen.

Udo ließ sich von Claudi in die Stadt mitnehmen, weil er zusehen wollte, wie die Reisebüros schlossen. Es ging gegen Mittag, und die Chance, noch vor dem Wochenende zu einem Flug zu kommen, war gleich null. Aber wenn Claudi sich etwas in den Kopf gesetzt hatte.

Von Biggi hatte Claudi telefonisch erfahren, Jo sei bereits am Dienstag geflogen. Mit irgend so einer Touristenmaschine, direkt über Mombasa. Mit einem seiner schwarzen Schifferjungs habe es Ärger gegeben, Jo sei sehr aufgeregt gewesen. «Bei so Afrikanern weißt du ja nie. Wenn du denen nicht dauernd auf die Finger klopfst...»

«Ha no», sagte Claudi. Wie hatte Jo in Frankfurt von dem Ärger erfahren? Ging das über ein Telegramm? Das wußte Biggi, die im Begriff war, nach Griechenland zu fliegen und den Kopf geistig schon im Salzwasser hatte, leider überhaupt nicht.

Ein sehr studentisch anmutendes Reisebüro im Bohnenviertel, an dem Udo auf dem Weg zum *Odyssia* schon oft vorbeigekommen war, hatte tatsächlich noch offen. «Nach Zanzibar», sagte Udo.

Der Mann am PC verzog keine Miene. Er trug einen fetten

Siegelring und hackte in die Tasten. «Wann willst du fliegen und wie lang?» Er klang ehemalig nach Ostblock.

«Mitte nächster Woche», erwiderte Udo wie aus der Pistole geschossen. «Zwei Wochen.» Das müßte langen.

«Donnerstag», sagte der Mann. «Mit Egypt. Ist am günstigsten. Hast du Studentenausweis? Mußt du über Nairobi fliegen, zweimal umsteigen Nairobi, Mombasa. Gibt Touristenflüge direkt, aber ausgebucht.»

«Kein Studentenausweis», sagte Udo. «Zwei Tickets.»

Der Siegelring lächelte. «Zwei Wochen sind kurz. Mußt du gleich am Montag Gesundheitsamt, viel Impfungen, sehr knapp.»

Nachdem Udo die Anzahlung hingeblättert hatte, vier Blaue, setzte er sich im *König X* in den Wintergarten. Die Sonne knallte durchs offene Glasdach, Udo bestellte ein Spezi und hechelte. Das Spezi, als es endlich kam, klebte. Udo leerte das Glas in einem Zug und bestellte ein Bier, auch wenn Claudi stets behauptete, vor dem Sonnenuntergang söffen nur Alkoholiker. Plötzlich sehnte er sich nach ihrem systematischen Denken, das so gar nicht zu ihrer ruckhaften Erscheinung paßte. Claudi ließ sich durch nichts drausbringen. Wenn Udo daran dachte, daß er am 19. August im Feuilleton anfangen sollte, wurde ihm schon schlecht. Wenn er erst daran dachte, daß er bis dahin gern noch zwei Morde aufgeklärt hätte, seine Wohnung anständig renoviert und eingerichtet, Victor Kübler zusammengeschissen und ein paar derbe Kritiken für Burkhardt geschrieben – dann wurde ihm noch schlechter. Wenn er sich allerdings ausmalen sollte, daß er jetzt auch noch nach Zanzibar zu fliegen hatte, an den Arsch der Welt, weil Claudi dort die heiße Spur witterte, dann bekam er Dünnschiß.

Warum gerade ich? dachte Udo und verfiel in ein dumpfes Grübeln.

Als Claudi daheim die Auffahrt hinunterging, hatte sie schon wieder genug von Mariabronn. Die Häuser glänzten in der Hitze wie kleine, polierte Spielzeuge. Nett. Doch von jedem blankgeputzten Fenster stürzten zentnerweise Geranien herab. Der Wohlstand hatte etwas Schweres, und selbst das Surren der Rasenmäher, das in der Luft hing, wirkte zwanghaft. Die Menschen, die es hier aushielten, hatten nichts im Kopf als ihre freudlosen Konventionen. Claudi verstand plötzlich, was sie dreißig Jahre lang als Hochmut abgelehnt hatte: Daß jeder, der von draußen in diese geschlossene Anstalt kam, auf der Stelle verrückt werden mußte.

Die Mutter lag hinter dem Haus im Schatten, hustete und rauchte. Sie las in einem dicken Wälzer von Stefan Heym, Claudi traute ihren Augen nicht. Jetzt, wo Marthel endlich nicht mehr schaffen mußte, nahm sie den Kampf gegen die Verblödung wieder auf. «Mußt du immer rauchen», sagte Claudi.

Marthel schrak zusammen und versteckte instinktiv die Zigarette. Was sie fünfzig Jahre lang getan hatte, und deshalb hatte sie jetzt diesen schlimmen Husten. «I rauch nimme», sagte Marthel.

«Ich, im Gegenteil zu dir, auch nicht», erwiderte Claudi.

«Isch' s schee gsi z' Italie?» Marthel stand auf und küßte Claudi rechts und links.

«Schaurig schee.» Claudi grinste. Etwas stupste sie in die Kniekehle. Etwas Nasses, Kaltes. Claudi zuckte. Sie fuhr herum. Hinter ihr wedelte ein schielendes Wollknäuel mit riesigen Pfoten.

«Stell dir vor», schrie Marthel, «mir hen widdr an Hund!»

Unverkennbar. Claudi stellte sich das Kalb in ausgewachsenem Zustand vor und schluckte.

Karle schlief. Und Stalin (wie Karle ihn nannte) oder Purzel (wie Marthel ihn getauft hatte, was Karle, mit Rücksicht auf die späteren Ausmaße, zu unterbinden versuchte), nun, Purzel-Stalin brauchte Auslauf. Die Hitze hatte ihn schon so jalou gemacht, daß er, wenn man nicht sofort mit ihm auf die Wiese ging, an einem Kreislaufkollaps verendete. So sprang er nun um Claudi herum, die dachte, daß dieser Hund einen Vogel hatte. Wenn er so weitermachte, wurde er wenigstens nicht alt.

Als sie zurückkam, saß Karle am Küchentisch. Neben ihm lag

die Pfeife, und er starrte in die Leere wie in ein großes Publikum. «Man hat den Fehrenbach Heiko umgebracht», sagte er.

«Das weiß ich schon lang.» Claudi wunderte sich, daß er erst jetzt damit anfing.

«Mir leset doch koan *Schwarzwälder* meh.» Karle klopfte die Pfeife aus. «Aber auch ohne *Merkur* weiß ich, was geboten ist.»

«Ach», sagte Claudi, die Purzel-Stalin einen Wassernapf hinknallte. Der Hund steckte die Schnauze hinein und pustete. Nach allen Seiten spritzte Wasser.

«Er ist halt noch jung, unser Stalin.» Karle lachte dröhnend, schlug auf den Tisch und wurde prompt wieder ernst. Claudi dachte, daß der Vater auf einmal ein alter Mann war, solche Witze hätte er früher nicht gemacht.

«Das ist so», sagte Karle und kratzte sich. «Der Fehrenbach Heiko hat sellamol sellen Niebel in den Tod trieben. Und jetzt hat er die Rechnung gekriegt.»

«Was?» schrie Claudi.

«Ha, sell ist doch klar. Sell wissen doch alle, die's wissen wollen. Weißt du sell nicht?»

Claudi hörte nicht recht.

«Das ist so», sage Karle wieder, stockte und rief: «Komm, mach mer an Kaffee.» Diesen Ton kannte Claudi zu gut, sie war erleichtert und gehorchte sofort. Karle stopfte die Pfeife. Er tat es so interessiert, als würde er eine Maschine einrichten.

«Wellaweag.» Karle sah auf. «Das haben doch damals alle gesagt. Daß der Fehrenbach Heiko dem Niebel Wolf Tabletten gegeben hat, weil der Niebel Wolf so eine verkrachte Existenz war und dem Fehrenbach Heiko 's Haigissen ihre Vera ausgespannt hat.»

So einfach ist die Welt.

«Weil die Fehrenbachs, die haben doch die Apothek.» Karle pausierte. «Freilich hat man nichts gewußt. Aber das war doch klar, Menschenskind.»

«Jetzt beteiligst du dich also am Dorfklatsch», rief Claudi, der die Geschichte spanisch vorkam. «Und wieso hat man den

Wolf damals nicht untersucht als Leich, wenn da so ein Verdacht war?»

«Weil sein Vater, der bigotte Seckel, das nicht wollen hat. Der hat doch geglaubt, Wolfs arme Seele geht kaputt, wenn man ihm hintennach den Brustkorb aufschlitzt.» Karle lachte gallig. «Außerdem hat der Doktor, wenn du mich fragst, einen falschen Totenschein ausgestellt. Ob er das absichtlich gemacht hat, weiß ich nicht, vielleicht ist er auch ein Dackel gewesen. Jedenfalls ist's der Bruder der Fehrenbache.»

«Ha so.» Claudi sah dem Kaffee zu, der durch den Filter rieselte. Der alte Karle steigerte sich da in Sachen hinein!

«Du glaubst wohl, ich weiß es nicht mehr so.» Karle brüllte. «Du hältst mich für einen Depp, du liadrigs Menschle.» Wieder stockte er und flüsterte: «Der Fall ist doch klar. Da hat der Fehrenbach Heiko diesen Film gedreht, diesen, diesen *Harten Kern*, hä, und da ist es doch beschrieben, daß einer dem Niebel Wolf Tabletten gegeben hat, und das war der Fehrenbach Heiko selbst, und dann hat ihn einer umgebracht.» Der rote Karle sprach, als habe er eben das Rad erfunden.

«Glaubst du neuerdings alles, was im Fernseher kommt?» rief Claudi. Es war klar, daß Karle sich die Vergangenheit zurechtrückte, wie's ihm grad paßte. Er erinnerte sich an Dinge, die es nie gegeben hatte, und es wurde immer schlimmer damit. Der haarsträubende Verdacht auf Heiko war neu, und Karle hatte ihn prompt aus dem Fernseher. Jetzt glaubte er plötzlich, diesen Verdacht habe es immer gegeben, und Claudi war nicht klar, ob er das wirklich ernsthaft annahm oder ob er im Hinterkopf noch wußte, daß er log. «Und wieso? Wieso grad jetzt? Wär doch viel logischer, wenn's der, der's damals war, auch jetzt ist.»

«Weißt du noch, wie grausig zugerichtet der Niebel Wolf ausgesehen hat, hä?» Karle fuchtelte aufgeregt mit der Pfeife. «Weißt du noch, was dein Udo damals geschwätzt hat? Am Heroin ist der nicht gestorben. An einer Luftembolie gleich gar nicht. Weißt du, wie man da aussieht? Hä? Ganz normal, wie im Schlaf. Und der Niebel? Hä? Weißt du's noch?»

Claudi schwieg. Karles Erkenntnisse waren halbgar, seitdem

er nicht mehr über den Kommunismus sprach, war ihm nicht mehr zu trauen.

Schlagartig fiel der rote Karle in sich zurück. Er zog an seiner Pfeife, als sei er weit und breit der einzige Mensch auf der Welt. Claudi sinnierte. In ihrem Kopf kreuzten sich Fäden und verloren sich wieder. Sie stand auf und goß Kaffee in riesige Tassen aus Ton. Auf einer stand «Vater», auf der andern «Guten Morgen». Die stellte Claudi nun vor sich hin.

«Sowieso», sagte Karle und langte nach der Milch. «Kannst du zwei und zwei zusammenzählen. Wenn der Fehrenbach Heiko den Niebel Wolf auf dem Gewissen hat», er guckte, «jetzt glotz doch nicht so deppert, du taubes Mensch, logisch, verstehst, logisch, wer hat den Fehrenbach Heiko dann umgebracht?»

Claudi stand auf und nahm sich unter dem Stapel Taschentücher im Küchenschrank eine der Zigaretten, die Marthel dort versteckt hielt. Karle gab ihr abwesend Feuer.

«Mensch», rief Karle, «einer, der den Fehrenbach immer gedeckt hat. Ohne daß er's wußte. Und jetzt ist ihm beim Film der Groschen gefallen.»

Die Art, wie Karle redete, die gab es nur hier draußen im Schwarzwald. Je ungeheuerlicher die Tatsachen, desto stumpfer wurde drüber spintisiert. Keinem Menschen wäre eingefallen, irgend etwas zu unternehmen.

«Die Haigissen Vera», sagte Karle. «Was macht denn dein Scheiß-Udole? Hä?»

In einem Anfall riß Udo die Küchentapete vollends herunter. Zum Lösen reichte eine Seifenlauge. Kaffka half ihm. Er hatte Pinsel und Farbe mitgebracht. Mit alten *Tagblättern* deckte Kaffka den Boden ab und klebte Kreppband über die Leisten.

«Igitt», sagte Udo, als er den ersten Farbeimer aufriß und ihm krabbenrosa Cocktailsoße entgegensah.

Kaffka grinste. «Hat Matylde selber gemixt. Fürs Schlafzimmer.» Er grinste breiter.

Udo kapierte. Was hier verwurstet wurde, waren die Reste eines Ehekrachs.

«Ich hab die Maler geholt», sagte Kaffka. «Reinweiß, alles reinweiß.»

Udo tauchte die Rolle ein und streifte sie am Gitter ab. «Küche und Bad», sagte er. «Den Rest kannst du behalten.»

Mit der Dämmerung waren sie fertig. Trocken sah die Farbe nicht übel aus. Sie glänzte matt und teuer. Kaffka stieg unter die Dusche.

Udo holte Schältomaten aus der Speisekammer und setzte Wasser auf. Aus dem Rekorder drangen Italo-Super-Hits (unübertroffen: *Ave Maria No No* der Gruppe I Santo California aus dem Jahr 1976), Udo rann vor lauter Glück eine Gänsehaut den Rücken hinunter. Aus Rührung fing er an, Zwiebeln zu schneiden. Welch eine Männerfreundschaft! Seit Ossi im Osten war, hatte Udo keinen Freund mehr.

Kaffka entpuppte sich auf den zweiten Blick als weitaus weniger wirr, als es den Anschein hatte. In handwerklichen Dingen schien er sogar praktisch, was Udo von sich nicht sagen konnte. Außerdem konnte er singen. Gegen Italien setzte Kaffka Kaskaden, die an Arnold Schönberg gemahnten. Nun ging er nackt umher und griff sich vom Bügelbrett eines von Claudis T-Shirts, das ihm tadellos paßte.

Während sie Spaghetti mit Tomatensoße verschlangen und Chianti in sich hineinstürzten, redeten Udo und Kaffka unablässig vom *Tagblatt*. Es war, als habe einer den Stöpsel herausgezogen. Beide redeten nur von Schrecken, von Entsetzen, von Dummheit und Korruption. Dabei hatten sie einen Unterton, der vor Zärtlichkeit vibrierte. Es war klar: Erst kam der Redakteur und dann der Mensch. Sie bekräftigten sich durch die beispiellose Faulheit Rosa Schönebergs, die im Lokalteil von einem nach Berlin abgewanderten Kollegen das *Forum* übernommen und zuschanden geritten hatte, die Ecke für die lokale Kultur – niemand in der Stadt kannte sie, das *Forum* war unter ihrer Ägide ein langweiliges Sammelsurium drittklassiger Schreiber geworden; weil sie die guten nicht verstand und instinktiv merkte, daß Chefredakteur Heckmann genau dieses Biedere wollte. Wenn man nicht auffiel, hatte man beim *Tagblatt* die besten Karten, und Rosa Schöneberg fiel überhaupt nicht auf.

Mit kanonigen Sätzchen verteilten sie große gelbe Karten ans ehemals linksalternative *Theaterhaus*, das ja nun auch nichts mehr anderes sei als ein protziger Kommerzbunker. Über ein paar Journalisten, die dort bei einer Diskussion mit dem Sozialisten Walter Janka greulich danebengehauen hatten, kehrten sie zurück zur Dämlichkeit ihres Blattes. Sie geißelten den Konservativismus Schmitz-Scharfnagls, sie bespuckten die Technokratie Heckmanns.

Denn selbst Kaffka, der immer etwas flirrend in die Gegend äugte, litt schon nach kurzem wie ein Hund darunter, wie Heckmann das Durchschnittliche, das Angepaßte förderte. Wenn etwa ein spießiger Jungredakteur eine Reportage über den *Playboy* fingierte und das zu einem schwächlichen Werbetext für dieses Magazin wurde, der an verklemmte Altherrenlust appellierte – dann klatschte Heckmann laut Beifall, und die Lakaien in ihren gemütlichen Ressortleitersesseln konnten das für «freizügig» halten. Und dann Knauer, dieser ergraute, griesgrämige Politikredakteur, der immer überlegen zynisch sein wollte, aber in den Blattbesprechungen doch bloß dumm herummäkelte. Jetzt war er ja ein bißchen ruhiggestellt, weil er sich endlich eine blasse, provinziell karrieristische Jungredakteurin des Lokalen geangelt hatte und nicht mehr so auf dem Schlauch stand, aber er war und blieb Heckmanns rechte Hand. Der eben förderte, darin waren sich Udo und Kaffka einig, nur das Billige, er füllte den Platz zwischen den Anzeigen zusehends effizienter. Das war jene Selbstprovinzialisierung, von der Udo überzeugt war: Ein modernes Blatt äußert sich nie kritisch, oder nur so lange, wie es dem Blatte dient. Und sie würdigten voll Wehmut die außerordentlichen Verdienste des ehemals von Udo zu Tode gehaßten alten Chefredakteurs Käsbacher, den Kaffka kaum kannte.

Beide führten sich auf, als sei das *Tagblatt* ein einziger Fußballplatz. Kaffka kickte links außen, Udo stürmte in der Mitte. Alles zweite Liga, und Toooor! dachte Udo, als Kaffka rief: «Auf Erden ist gar nichts schwierig zu tun, / ist nur der Wille da, hochzukommen.»

«So isch», flüsterte Udo.

«Mao Tse-tung», sagte Kaffka.

«Madonna.» Udo rannte zum Fernseher. Das Bild flammte auf, in riesigen Lettern: «Buch: Heiko Fehrenbach.»

«Der Club der toten Dichter», spottete Kaffka und setzte sich mit angezogenen Beinen auf den Boden.

Mucke, dachte Udo und drehte den Ton auf. Das Rundfunkorchester des *SWDR* sägte die Titelmusik der *Friedrichstraße*, die einem schon mittags aus dem Radio entgegenplärrte. Die Sit-Com wurde spürbar ein Riesenerfolg. «Regie: Karlhans Gantner.»

Kaffka äugte leicht irr. «Daß die das nicht absetzen, nach dem, was passiert ist.»

«Die Schranken der Profitmaximierung», erwiderte Udo, «sind da, wo nichts mehr zu holen ist.» Und, als Kaffka schwieg: «Ich soll das für Burkhardt besprechen.»

Kaffka trank.

Anfang der achtziger Jahre. Am Grenzübergang Friedrichstraße ist die Welt noch in Ordnung. Schüttere Rentner rollen ihre Einkaufstaschen herüber, Schülerpulks kichern gehemmt Richtung Sozialismus. Star der Serie ist kein menschlicher Held, sondern ein unmenschlicher Zustand: Es ist die Komik des Makabren, und die geht bekanntlich am tiefsten.

Schnitt. Café, trostlos, von außen. Café, trostlos, von innen. Zwei Frauen, Agentin West, Agentin Ost, sitzen am Resopaltisch. Ein Herr mit Straßenanzug und Kassenbrille, Typ Stasi, lugt am Nebentisch übern Rand des *Neuen Deutschlands*.

«Soll ich dir sagen, wie's weitergeht?» Kaffka schwenkte sein Glas.

«Die machen jetzt 'ne Weinhandlung auf.»

«Genau. Die Stasi-Weinbestände, die sie damals eingelagert haben, sind bis heute nicht erschöpft. Prost!» Kaffka kippte.

Udo grinste. Im Film wurde, völlig Sit-Com-untypisch, kaum gesprochen. Daß die Situation trotzdem schmerzlich zum Lachen war, kam von winzigen Details in den Einstellungen. Mucke war es zusammen mit dem Regisseur gelungen, die spießige Beklemmung dieses Mauer-Cafés so gallig auf den Punkt zu bringen, daß es einen fror.

Dann, blitzartig, in messerscharfen Spots, die Story: Eine Frau, der das Alternative wie eine Duftwolke hinterherhängt, wird am Grenzübergang von Agentin West und Agentin Ost abgefangen. Dabei handelt es sich freilich um die gefürchtete Terroristin Gertrud Z., nach der in jedem BRD-Postamt gefahndet wird. Typ Stasi hat bereits alles für sie organisiert: Falsche Papiere, eine Wohnung, eine Arbeit, ein neues Gesicht. Gertrud Z. läßt alles mit sich machen, sie gibt sich keinesfalls überrascht. Nach zwanzig Minuten stellt sich heraus: Sie ist eine frustrierte Ost-Bürgerin, die rübergemacht hat und nun vom Westen noch frustrierter ist. Jetzt ist sie happy, daß sie aufgrund einer Verwechslung wieder ins gelobte Stasi-Land zurückkann, haha.

Udo fühlte plötzlich, daß ihm der Bauch wehtat. Kaffka lachte Tränen. Zwei Profigucker am Rand des humoristischen Abgrunds! Mit der plumpen Story erklärte sich das nicht. Aber sie war tatsächlich verdammt gut gemacht, die Überzeichnungen wirkten fein wie Pfeffer.

«Auf Mucke», sagte angeschlagen Kaffka, der zerzaust wirkte. Er hob sein leeres Glas.

«Etwas an der Sache gefällt mir nicht.» Udo verfiel prompt in ein abgekühltes Grübeln. «Heiko Fehrenbach hatte den Boulevard-Tick. Alles mußte irgendwie aus den Schlagzeilen sein.»

«Aber diesmal haut's doch hin», erwiderte Kaffka.

«Leichenfledderei», sagte Udo. «Ich kann die Kritik nicht schreiben.» Er ging zum Telefon und wählte wieder und wieder Ossis Nummer in Dresden.

19

Die Gelbfieber-Impfstelle im Gesundheitsamt Hohe Straße hatte bei diesen Temperaturen etwas zuschnürend Entwicklungshilfemäßiges. Die Resopaltische im Wartezimmer sahen aus, als seien sie, made in GDR, nach Mombasa exportiert. Ein Kerl, der gelb war wie eine Zitrone, kritzelte entnervt in den Kuhlen herum. Neben ihm saß eine nußbraune Dame mit Schüttelfrost. Sie kam merklich aus den Tropen zurück.

Der zuständige Arzt machte den Eindruck, als habe er seit Wochen nicht geschlafen. Seine Augenringe gingen fast bis zum Kinn. Er musterte Udo und Claudi zerfahren. Und meinte, eigentlich könne er das nicht verantworten. Dann griff er zu einer Tabelle und machte einen Impfplan, der sie, wie er betonte, in den ersten Tagen vor Typhus nicht schützen könne. Auch vor Hepatitis nicht. Sie sollten sich das Serum vor Ort spritzen lassen. Was wiederum die Malaria-Prophylaxe verkompliziere. Ob sie wirklich am Donnerstag schon fliegen müßten?

«Ich bin Journalist», sagte Udo.

Dafür zeigte der Arzt Verständnis. Er spritzte den Gelbfieberstoff widerstandslos und zog zwei gelbe Impfpässe heraus. «Haben Sie von dem Massaker gehört? In Kenia hat eine Horde Internatsjungen einen Mädchenschlafsaal überfallen. Bald dreihundert wurden vergewaltigt, über siebzig davon schwer verletzt und ungefähr zwanzig getötet.»

Claudi schluckte.

Sie warteten draußen. Mit spitzen Fingern schlug Udo das Boulevardblatt auf, das verlassen auf einem der Tische lag. Er blätterte zur *Szene Stuttgart*. Entgegen flog ihm das Porträt einer schulterfreien Blonden, die herausfordernd lachte. Mit Bleibalken hatte Jotté daruntergeschmiert: «Die Luxistin von Stuttgart – Wie Vera Haigis (28) zum Star der deutschen Kunstszene wird.»

«Jesses», schrie Claudi. Die Dame mit dem Schüttelfrost fuhr herum. Die Sprechstundenhilfe brachte die ausgestellten Impfpässe.

Der linke Arm war steinhart und tat weh. Höllisch. Die Impfstelle war geschwollen. Fiebernd blätterte Claudi im Telefonbuch. Aber es gab keine Haigis, Vera. Überhaupt gab es nur dreizehn Haigis in Stuttgart. Das war unverständlich, wo in Mariabronn jeder zweite Bauer Haigis hieß. Claudi erinnerte sich: Veras Mutter war eine Fremde gewesen, eine Flüchtlingin, der Vater kam aus der Gegend oder war jedenfalls in die Heimat zurückgekehrt. Die Haigissen hatten sich immer für etwas Besseres gehalten als alle anderen Haigissen an sich. Sie hatten sogar Norddeutsch gesprochen.

Claudi telefonierte mit dem Einwohnermeldeamt, aber da verweigerte man ihr – Datenschutz – jede Auskunft. Der für Kunst zuständige Kollege Häffner war im Urlaub, also rief Udo Jotté an. Der konnte ihn nicht ausstehen und blockte. Ja, Haigis sei ein Künstlername, aber grad deshalb könne er den wirklichen Namen nicht preisgeben. Nur soviel: Die Künstlerin sei verheiratet und habe einen Allerweltsnamen wie Maier und Schmidt. «Ha so», sagte Udo. Er versuchte es in der Galerie Schobel, aber da hatte man den Anrufbeantworter geschaltet.

Der Himmel war halb bedeckt, es war so schwül, daß sich die Feuchtigkeit wie ein Film auf die Haut legte. Claudi kam sich vor, als würde sie üben. Für Zanzibar, eine Vorfreude war es nicht. Sie zog das kleine Schwarze an, und Udo runzelte die Stirn. «S isch a Leich un koa Hochzig», sagte er im knorzigsten Alemannisch. Er erinnerte sich, daß sein toter Vater diesen Satz oft zu seiner toten Mutter gesagt hatte.

Udo freute sich, daß Mucke wenigstens auf dem Waldfriedhof begraben wurde, wo auch Andreas Baader, Gudrun Ensslin und Jan-Carl Raspe lagen. Hätte Mucke das vorher gewußt, bestimmt hätte er darüber grinsen müssen. Sie nahmen den Uno, der stotterte. Offenbar kam er mit der Luftfeuchtigkeit nicht zurecht. Und natürlich kamen sie zu spät.

Der *SWDR* war anständig genug gewesen, daß er wenigstens ordentlich mobilisiert hatte. Claudi und Udo flüsterten sich gegenseitig zu, wen sie wiedererkannten. Viele waren es nicht, aber da diese Leute inmitten von Gruppen bis dicht vor das Grab standen, war es klar, daß das *Fernsehen* gut vertreten war.

Der Sarg war schon in die Grube gesenkt, oder war es nur eine Urne, Claudi und Udo waren so weit weg vom Schuß, daß sie vom wesentlichen nichts mitbekamen. Unklar auch, ob es überhaupt einen Pfarrer gab. Nun traten Leute nach vorn, die nacheinander ein Grußwort an den Toten hielten, oder eine Laudatio. Die Worte drangen gegen den aufkommenden Wind kaum durch. Udo suchte in der Menge nach der Adamczyk und traf auf die Augen von Berger. Er hatte ein Funkgerät unter einer Zeitung versteckt, was seine Unbeholfenheit noch weiter ins Lächerliche zog.

«Jetzt spricht die Uhlenhaas», wisperte Claudi. Udo verstand Fetzen wie «tiefe Betroffenheit», «unergründliches Schicksal» und «furchtbarer Schlag». Die Rede brach ab.

Plötzlich kam heftig Unruhe auf. Sie begann als ein Raunen, als ein Recken der Hälse, dann jedoch schienen drei Dutzend Leute zugleich einen Satz nach hinten zu machen. Rufe wurden laut. Udo, der die Masse eh überragte, stellte sich noch dazu auf die Zehenspitzen. Er zuckte die Schultern. Dann wich die Menge zur Seite, in den Lücken sichtbar wurde ein Urnengrab; durch die Mitte entwich, mit hochrotem Kopf, die Uhlenhaas. Aufrecht stöckelte sie an Claudi vorbei, und die sah, daß sich die Unterhaltungschefin passend zum Anlaß eine neue Frisur zugelegt hatte: kurz und rabenschwarz.

Das Resultat war eine große Verlegenheit. Menschen, die sich noch nie gesehen hatten, suchten mit ihren Blicken neugierig Schutz beieinander. Claudi kam fast um vor Wunderfitz. Sie zeigte mit dem Finger auf Matylde, die stracks auf sie zukam. Sie trug einen frackähnlichen Kittel, in dem sie fast verschwand, und grinste sommersprossig. «Muckes Mutter hat der Uhlenhaas eine geschmiert», rief sie, ohne sich um die sensationsgeile Betretenheit der Umstehenden zu kümmern, «aber voll in die Fresse, mein Herzblatt.»

Udo und Claudi hielten Ausschau nach der Frau, die Muckes Mutter war, aber um sie herum hingen die Tröster und Gaffer in Trauben.

Burkhardt sah alles ein. Natürlich mußte ein Toter totgeschwiegen werden, und zwei Tote gleich zweimal. «Haben Sie ein Pseudonym?»

«Claudia Roth», sagte Udo und dachte bei sich, daß Claudi sowieso schreiben lernen mußte.

«Heute abend», sagte Burkhardt, «dreiundzwanzig Uhr, ARD, die Reportage.»

«Urlaub», sagte Udo, «Donnerstag.»

Auch Otto M. Schobel war nicht bereit, Vera Haigis' wirklichen Namen zu verraten. «Frau Haigis findet Herrn Elsässers Schnellschuß, wie sie sagt, peinlich verfehlt. Sie hat immer viel auf Diskretion gehalten und möchte auch jetzt auf keinen Fall Presse.»

«Aber ich bin ein Jugendfreund», rief Udo.

«Hören Sie.» Schobel stockte. «Frau, äh, Haigis besteht darauf, ihre Identität aus dem Spiel zu lassen. Das genügt wohl. Sie hat noch nie Wert auf Bekanntmachung gelegt.»

«Und das Foto?»

«Eine Panne. Sensationslust. Journalisten.»

«Also gibt es Frau Haigis im Geschäft schon länger?»

«Es tut mir leid», sagte Schobel, grüßte und legte auf.

Udo sah durch die trüben Scheiben und bemerkte erleichtert in den gegenüberliegenden Fenstern, daß es endlich regnete. Pralle Tropfen fielen vereinzelt und zögernd.

«War Späth eigentlich auf der Beerdigung?»

«Ich glaube nicht», sagte Claudi, die bügelte. Schweigen.

Udo rief den Kerl an und schiß ihn zusammen. «Gut», sagte Späth. «Dreihundert Mark am Tag plus die Spesen.»

«Werden Sie nicht frech», erwiderte Udo.

Filmvorführer Späth, ehemals auch Privatdetektiv, flanierte am Rathaus vorbei und schwor sich, daß dies sein letzter Fall war. Wo man hinsah, nichts als Ärger. Er hätte sich einen schöneren Montagabend vorstellen können, als nach einer Frau zu suchen, die früher einmal und jetzt wieder Vera Haigis hieß. Wie lange war das nun her, seit alles angefangen hatte? Der Fehrenbach-Mord? Zwei Wochen? Schier unmöglich. Ich bin um Jahre gealtert, dachte Späth.

Es hatte abgekühlt und nieselte. Er sah das Kaufhaus Breuninger hinauf, den Achtziger-Jahre-Prunkbau Schwabenzentrum. Alles die gleiche Architektur. Alles eine speckige Parodie auf Stammheim. Stammheim sitzt uns im Nacken, es läßt uns nicht los, es ist das gigantische Überbewußte, das auf dieser Stadt sitzt wie eine Glocke. Diese haarschmalen Öffnungen, im graubraunen Hochhaus-Beton diese Gitter: Späth wußte auf einmal, daß man in einer Stadt, die an sich ein riesiges Gefängnis war, einfach nicht leben konnte. Wo man auch hinging, man war und man blieb in Stammheim.

Späth ging die Treppe hinab und hinein in einen Zwischenhof, in dem sich, zwischen Konsumtempel und Straßenbahn, ein offenes Café befand. Zeitgleich mit seinem Umherblicken schnurrten sämtliche Jalousien automatisch nach oben. Späth schrak zusammen. Er war nervlich am Ende. Und setzte sich mit zitternden Knien unter einen Schirm bei *Ali*. Die meisten Gäste hatte der Regen vertrieben, die restlichen waren jung und schick. *Die Schönen der Stadt*, wie das führende Leute-Magazin zum August aufmachte. Sie sahen teuer aus, sie dufteten nach raffiniertem Parfüm. Das mit Kreditkarten erkauft war, wie die Kettchen, die Klunker, der Nasenschmuck. Und auf der Bank türmten sich die Schuldenberge, mit vierundzwanzig war so eine kleine Versicherungsangestellte mitsamt ihrem Freund, dem Bürokaufmann, restlos ruiniert.

Späth fuhr durch sein schütteres Haar und strich sich die schäbige Hose glatt.

Er quälte sich durch die Reste des ersten Sommerschlußverkaufs, der am Morgen mit brachialer Gewalt hereingebrochen war. Überall in der Fußgängerzone lagen Preisschildchen herum und Tüten mit den Aufdrucken der großen Kaufhäuser. Späth betrachtete ein Paar blutrote Lackschuhe, die jemand unter einem Papierkorb stehengelassen hatte. Sie waren kaum getragen und befanden sich in einem Winkel zueinander, als seien sie das Zeugnis einer Flucht.

Mitten auf der Königstraße stand gespreizt eine verbrauchte Sopransängerin, die von einem Stehgeiger, einem Cellospieler und drei Gitarristen begleitet wurde. Sie alle waren Zigeuner, und ihre Weisen hatten etwas tradiert Wildes. Ihr Bemühen, sich trotz fortgeschrittener Verwahrlosung den Anstrich des wohlanständig Konzertanten zu geben, erinnerte Späth zumal auf so stechende Weise an die Konzentrationslager, daß er den Zwang hatte, laut um «Aufhören» zu flehen. Das tat er natürlich nicht, er blieb stehen und betrachtete die Plastiktütenfamilien, die abgekämpft einige Augenblicke zuhörten, bis sie ihre Einkäufe erschöpft, aber entschlossen wieder aufnahmen und im Feierabendgewühl verschwanden.

Auch Späth warf kein Geld in den beinah leeren Geigenkasten, in dem die violette Seide zerlumpt und löchrig war. Er traute sich nicht. Es war ein sich steigerndes Schamgefühl, dieses Anglotzen der sechs Übriggebliebenen, deren schrille Wehmut aufrüttelnder war als zwanzig gutgemeinte Dokumentarfilme.

Späth streifte noch eine Weile planlos durch die noch kaum erkennbare Dämmerung, durch ein zögerliches Ermüden des Lichts, das ihm gefiel. Am Schloßplatz setzte er sich zu ein paar jugendlichen Pennern auf die Wiese, weil er erproben wollte, wie weit das Gefühl der Zugehörigkeit zu ihnen ging. Späth saß nur wenige Meter entfernt, und er folgte ihrer versperrt aggressiven Unterhaltung, die nichts zum Gegenstand hatte als diese Aggression selbst. Keiner von ihnen war über fünfundzwanzig, aber sie husteten wie die Alten. Ihre Stimmen waren scheinsicher und rauh, eine selbstgefällige Überlegenheit kam nur in sie hinein, wenn sie in einem betont robusten Befehlston nach ihren beiden

Hunden riefen. Obwohl die Hitze nach dem Regenguß schon wieder ermattet in der Luft hing, hatten sich drei der Männer halb in ihre Schlafsäcke verkrochen. Sie schienen den Wechsel der Temperaturen nicht mehr wahrzunehmen.

Keiner bezog Späth in die schwelende Aggression mit ein. Vielleicht war es auch gar keine echte Aggression, vielleicht war es nur ein Gruppenverhalten, mit dem sie einander zeigen wollten, daß jeder von ihnen auf diese Weise dazugehörte.

Späth stand auf. Seine Unlust, eine Vera Haigis zu finden, war durch dieses dumpfe Herumsinnieren noch gesteigert worden. Winterhalter hatte ihm Anhaltspunkte genannt, vor allem einen Franz-Josef Elsässer, der ein entsetzlicher Schmierfink sein mußte.

Vor seiner Karriere als Filmvorführer hatte Späth lange in der Provinz gejobbt. Als Rausschmeißer in abgelegenen Nachtclubs nämlich, und eine gewisse Sorte von Handkantenschlägen kam ihm nun wieder in den Sinn. Gewiß, er war nicht mehr der Jüngste, aber mit zwei Schnäpsen und einer gehörigen Portion Haß würde es ihm wieder gelingen. Es sei nicht schwer, hatte Winterhalter gemeint, Elsässer nach neune im Bohnenviertel oder in der angrenzenden Altstadt aufzutreiben. Er hatte ihm alle in Frage kommenden Lokale genannt.

Udo riß die Fenster auf. Herein zog in Schwaden der Gestank einer Brauerei. Wenn der Biersmog vom Süden bis gen Westen zog, dann war das ein alarmierendes Zeichen. Im Kessel staute sich nicht nur der Verkehr, hier stauten sich auch die dazugehörigen Werte. Was für ein Scheißdreck, dachte Udo, und die Haltestelle drunten heißt *Vogelsang*.

Es klingelte. Claudi hob ab. Sie reichte Udo am Fenster den Hörer. «Was?» schrie der. «Ossi? Ich versteh nichts.»

«Dann sperr die Ohren auf», rief Ossi, «ich probier seit zwei Stunden durchzukommen.»

Claudi, die Gute, schlug das Fenster zu. Der Pegel des Verkehrslärms wurde entscheidend gedrosselt. Die Leitung knackte und knallte. «Nur wegen dir», brüllte Ossi, «bin ich heut morgen von Dresden in die Hauptstadt gefahren, nur...» Der Rest ging unter.

«Was?» Udo kreischte.

«Bitte», sagte Ossi, «ich bin nicht schwerhörig.»

«Ich versteh dich nicht.»

«Hör zu», schrie Ossi, «wegen dir...» Knacken, Rauschen, Knallen. «...gibt es keine Akten mehr...», dito, «...und von dem Wendearsch – der petzt nicht, der Herr Minister, der steckt selber knüppeldick drin in der Scheiße – von dem hab ich dann erfahren, daß eine Siglinde Muck geborene Schaible zwischen Januar 1980 und August 1984 mehrere mutmaßliche Terroristen aus der RAF-Szene nach Ost-Berlin und von dort aus weiter nach Mecklenburg und Niederlausitz überführt haben soll.»

Peng.

«Weißt du, was das Arbeit war?» rief Ossi.

«Weiter», schrie Udo. Ossis unkonventionelle Methoden zur Ermittlung hanebüchener Tatsachen waren bekannt.

«Zu diesem Zweck wurde sie Anfang achtzig zusammen mit ihrem Sohn Klaus Muck nach Ost-Berlin übergesiedelt. Sie fungierte sozusagen als Kontaktwäscherin zwischen Stasi und Aussteigern. Geholfen hat ihr von bundesrepublikanischer Seite aus eine Frau, die sich Ida Freudenreich nannte und die identisch sein soll mit einer ehemals linken Journalistin namens Alexandra Uhlenhaas.»

Späth hatte einen Ouzo, zwei Metaxa, ein Bier und einen Grappa getrunken und war in versöhnlicher Stimmung. Das *Widmer* war die vierte Kneipe, in der er Franz-Josef Elsässer abpaßte. Der schien heute seinen freien Tag zu haben, oder er hatte sich schnell Urlaub genommen, was auch Späth sofort tun würde, wenn er von Winterhalter die zuzüglichen zwei Blauen kassiert hatte.

An der Garderobe griff Späth zu jenem Boulevardblatt, von dem Winterhalter gesprochen hatte. Er hatte es nicht über sich gebracht, es sich an irgendeinem Kiosk von den Spesen selbst zu kaufen. Rasch kehrte er an den Tresen zurück, schlug die *Szene*

Stuttgart auf und schluckte. Veras Scheinwerferblick kam ihm verdammt bekannt vor.

Udo hatte sich kaum erholt, da kam Nachricht Nummer zwo: Vera alias Veronique sei eine Striptänzerin in einem Nachtlokal *Zum singenden Schwan*, in der Nähe von Bad Dürrheim.

«Do guck na», knurrte Udo.

«Jedenfalls gewesen», sagte Späth.

«Tun Sie, bitte, Ihre Arbeit.» Udo legte auf.

20 Ich habe Heiko Fehrenbach umgebracht.

Frau Engert packte das Buch und riß die Seite heraus. Zwischen den dicken, glänzenden Seiten wirkte der zerknitterte, zerfetzte Papierrest neben der Fadenbindung wie eine Wunde. Frau Engert ärgerte sich, daß ihr schönes Buch, in das sie neuerdings öfter etwas hineinschrieb, nun einen so tiefen Makel hatte. Sie trennte den Satz aus der herausgerissenen Seite und zerschnipselte ihn mit der Nagelschere in winzige Streifen, die sie im Papierkorb verbrannte.

Eigentlich war es nur Totschlag. Sie hatte es schließlich im Affekt getan, aber dafür hatte die Justiz ja kein Verständnis. Die scheren sich nicht darum, welche Gründe einer hat, dachte Frau Engert, und meine Gründe sind triftig. Es war ein gerechter Mord, so wie es gerechte Kriege gibt. Gerechte Kriege sind berechtigt. Jeder sieht es ein hierzulande, wenn die US-Macht wieder irgendwo einmarschiert. Dann knallen sie Tausende von Menschen ab, Frauen und Kinder, Unschuldige, aber Hauptsache, man hat den Islam zurückgedrängt.

Für Politik, so wie Andreas, hatte sich Frau Engert nie interessiert. Kriege wird es immer geben, im Irak und in Jugoslawien, und ihr waren sie egal, solange es sie nicht selbst betraf. Man konnte daran nichts ändern. Das Kriegsthema fiel ihr nur ein, weil es zeigte, wie verrückt die Leute sind. Frau Engert kaute am Füllfederhalter. Soldaten werfen Bomben ab, die treffen ganze Städte, aber wehe, wenn sich ein einzelner sein Recht nimmt. Und ich habe mir nur mein Recht genommen. Mehr nicht. Und ich habe nicht vor, mich dafür einsperren zu lassen.

Überall lagen Kleider herum, frisch gewaschen und gebügelt. Einige Blusen mußte Frau Engert gleich noch aus der Reinigung holen. Sie würde das Land so schnell und so unauffällig wie möglich verlassen, zusammen mit Max, der sich auf die restlichen Ferienwochen im Ausland gelassen freute. Die Schimaneks waren zurückgekehrt; sie sahen braungebrannt und erholt aus, und Frau Schimanek hatte ein paar Pfunde verloren, was beileibe kein Fehler war. Das mit der Schwiegermutter schien doch nicht alles zu sein, weshalb sie Tanja für einige Tage loswerden mußten, und Frau Engert beschwichtigte ihre Nachbarin, die, wohl aus schlechtem Gewissen, sich etwas gegönnt zu haben, beständig vom Leid der Alten sprach.

Wenn ich nur nicht soviel getrunken hätte. Dann wäre das Unglück mit meinem alten Namen nicht passiert, und ich wäre noch eine Weile sicher gewesen. Dachte Frau Engert. Sie hatte sich hinreißen lassen, es war ein alter Fehler von ihr, immer ließ sie sich zu irgend etwas hinreißen. Dabei hatte sie ja alle Kontakte längst abgebrochen. Alle. Keiner der früheren Freunde wußte, wie sie heute hieß, wo sie lebte und wie. Nicht einmal ihre Mutter wußte etwas. Keiner. Außer Johannes Kulbe, der ihr noch sehr viel Geld schuldete. Geschuldet hatte. Er hätte hier nicht mehr auftauchen dürfen. Ich werde Maßnahmen ergreifen müssen. Frau Engert fing wieder an zu schreiben. Sie tat es stokkend, unzufrieden und ohne innere Besänftigung.

Es war alles in allem ein beschissenes Leben. Mir kommt das heute restlos unwirklich vor. Für erlittene Schuld gibt es niemals eine Erleichterung, man kann nicht einfach aufatmen und lachen und sagen, ach so.

Natürlich habe ich es manchmal vergessen. Wochenlang habe ich nicht mehr daran gedacht. Und dann hatte ich wieder den alten Angsttraum: Wolf Niebel schießt mir eine Nadel in den Arm. Und schreit, das hast du mir angetan, jetzt mach ich dich süchtig, bis du am Heroin krepierst. Ich träumte das alle paar Wochen, ich fuhr aus dem Bett, ich glaubte, ich hätte mir Heroin gespritzt. Dann wurde es wieder ganz schlimm. Dann, wenn Wolf Niebel wieder jede Nacht kam. Das kam alle paar Monate vor, mit den Jahren wurde es eher noch schlimmer. Ich bin deshalb sogar beim Therapeuten gewesen, ich konnte ja kaum noch unterrichten, ich habe gezittert wie eine Alkoholikerin. Natürlich hat die Therapie nichts genützt. Ich konnte ja auch schlecht die Wahrheit sagen, über das, was mit Vierzehn passiert ist. Der Therapeut fragte mich aus über meine erste Liebe, ich erzählte ihm von Heiko, mit dem ich schlief, als Wolf schon tot war. Da war ich nahe daran, die Beherrschung zu verlieren, und ich brach das ganze ab. Seit Heiko tot ist, träume ich nicht mehr.

Es wäre ein anderes Leben gewesen. Ich hätte viele Fehler nicht gemacht. Aus mir wäre ein selbständiger Mensch geworden, eine Frau, die selbst für sich aufkommen kann. Aber so bin ich immer auf andere angewiesen. Erst auf meine Mutter, jetzt auf Andreas. Dazwischen hat sich gezeigt, was aus mir wird, wenn keiner auf mich aufpaßt. Mir fehlt es einfach an Selbständigkeit. Ich habe keine eigene Persönlichkeit, ich habe sie nicht ausbilden können.

Frau Engert seufzte. Es war wie mit ihren Bildern, die sie alle würde zurücklassen müssen. Es war nicht schade darum, sie hatten alle nichts Eigenes. Aber es wäre schön gewesen, einmal in einer Galerie zu hängen, einmal das Gefühl zu haben, etwas vorzeigen zu können, das Stil hat und von innen kommt. Sie überlegte sich, ob sie ihr Buch verbrennen sollte. Dann beschloß Frau Engert, es vorerst mitzunehmen. Es stand ja nichts darin, was irgendwie belastend war.

Max latschte herein. Er warf ihr das Beroglubin, das ihr der Hausarzt gegen Gelbsucht spritzen mußte, stumm auf die leeren Seiten.

21

Der Speichel triefte von der fettigen Haarsträhne, an der die Adamczyk schon den gesamten Dienstag kaute. Ihr fiel nichts mehr ein. Seit acht Uhr morgens hatten die Psychos Siglinde Muck durch die Mangel gedreht, das Ergebnis der Tests war dürftig. Unzurechnungsfähig war die Frau auf keinen Fall, aber äußerst zerfahren, neurotisch und, was den IQ betraf, unauffällig.

Nun saß ihr die Schwäbin aus Neckartailfingen, die, wie sie sagte, vor über zehn Jahren aus politischer Überzeugung nach Ost-Berlin übergesiedelt war, am Tisch gegenüber. Siglinde Muck geborene Schaible war eine mausgraue, nicht unrobuste Frau um die Sechzig, der man das bäuerliche Erbe und die Lebensenttäuschung ansah. Sie trug ein schwarzes, formloses Kostüm, das hoffnungslos aus der Mode und für die Jahreszeit viel zu warm war und das wahrscheinlich vom Tod ihres geschiedenen Mannes herrührte.

«Können Sie das beweisen?» fragte, zum zwanzigstenmal, die Adamczyk.

Siglinde Muck schüttelte entkräftet den Kopf. Sie nannte, ebenfalls zum zwanzigstenmal, den Namen eines führenden CDU-Politikers aus Sachsen-Anhalt, der damals dabeigewesen sei, als Kontaktmann der Stasi. Schon am Morgen hatte die Adamczyk den Trupp losgeschickt, der dieser Sache zusammen mit den Berliner Kollegen auf den Grund gehen sollte, aber das Manöver sah riskant aus. Der Mann, so hieß es, sei, was seine DDR-Vergangenheit angeht, unbelastet, er sei schon seit 1956 Mitglied der CDU gewesen und niemals besonders hervorgetreten. «Wir hatten», Frau Muck schniefte, «doch nur zu tun mit den kleinen Fischen. Wir waren Wasserträger. Was hinter den Kulissen lief, bekamen wir doch gar nicht mit.»

Die Adamczyk schob sich die schleimige Strähne zurück in den Mund und knabberte.

«Verstehen Sie doch», rief Siglinde Muck, die bebte, «mein Sohn hat die Xeni unter Druck gesetzt.» Sie stockte und sprach leis mehr zu sich: «Was hätte er auch tun sollen, der arme Junge. Niemand hat ihn doch haben wollen. Dabei ist er so gelehrt gewesen, er hat sich wirklich ausgekannt, aber nee, haben die gesagt an der Humboldt, nee, iss nix mit Lehrstuhl, von wegen ideologisch belastet. Rechtswidrig ist das! Sagt sogar das Oberverwaltungsgericht! Da gucken Se, wa? Aber da machen Se mal was, dagegen müssen Sie erst mal was machen.» Sie putzte sich die Nase, mit einem rührend bestickten Baumwolltuch. «Der Junge hat doch 'n Job gebraucht. Der hat doch was tun wollen. Der ist doch immer so fleißig gewesen.» Sie fing wieder an zu heulen. «Ich hab ihm gleich gesagt, Klausi, laß die Finger davon, das ist meine Geschichte.»

Die Adamczyk fraß weiter und wartete.

«Da hat er geschrieben, Grüße von Muttchen, 'ne Karte, mit der Berliner Mauer drauf, ich weiß nicht, was sonst noch, und da hat ihn die Xeni kommen lassen. Mensch, das war doch klar, wenn das mit damals auffliegt, dann ist sie abserviert, dann kann sie beim *Fernsehn* die Platte putzen.» Frau Muck schniefte. «Die ist doch damals lang so links gewesen. Und dann hat sie plötzlich so 'nen Aufstieg gemacht, hat doch keiner mehr mit gerechnet, plötzlich inner Chefredaktion.»

«Ihr Sohn hat Frau Uhlenhaas also erpreßt? Na gut. Aber das ist noch lang kein Grund für Ihre Anschuldigungen.»

Siglinde Muck schaute auf einmal alarmierend resolut drein. «Der Junge hat's nicht lassen können, der wollte immer mehr Geld, und da hat sie ihn erschossen.»

Die Adamczyk seufzte. Man hatte mit der Uhlenhaas, was beim Stand der Dinge jeder juristischen Grundlage entbehrte, den halben Tag Schießübungen gemacht, und die hatten ergeben, daß die gute Frau nicht mal wußte, was bei der Knarre vorn und hinten ist. Die psychologischen Gutachter waren sich einig, daß Xeni Uhlenhaas in ihrem ganzen Leben noch keine harmlose Pistole in der Hand gehabt hatte, von einer Schnellfeuerwaffe ganz zu schweigen.

«Bin ich nun verhaftet?» Siglinde Muck flüsterte.

Die Adamczyk stöhnte. Sie hatte in ihrer nun doch schon bald zwanzigjährigen Karriere bei der Kriminalpolizei allerhand verrückte Mütter erlebt; Mütter, die in der Panik jede Art von Mord auf sich nahmen, die wild erfundene Schweinereien gestanden und am liebsten noch die Vergewaltigungen ihrer Söhne selbst verantwortet hätten. Eine Mutter, die sich selbst bezichtigte, Terroristen überführt zu haben, ohne daß es dafür bislang den geringsten Anhaltspunkt gab, das war ihr noch nie vorgekommen. Zumal zwei der Besagten (beide waren reuige Mitläufer und lebten wegen Verjährung ihrer RAF-Zugehörigkeit mit bereits der dritten Identität wieder in bundesrepublikanischer Freiheit) –, zumal zwei also, in ihren kleinbürgerlichen Wohnungen aus dem Tiefschlaf gerissen, verschreckt und glaubhaft gestammelt hatten, weder mit den beiden Damen auf den Fotos noch mit dem Herrn je in ihrem bewegten Leben Kontakt gehabt zu haben.

Auch hatte Siglinde Muck die Uhlenhaas auf alten Gruppenfotos und Paßbildern nicht erkannt, was die Sache noch komplizierter machte.

Xeni Uhlenhaas blickte kühl drein. Sie fuhr sich mit der linken Hand wieder und wieder durch das stoppelige Schwarzhaar, die Zunge glitt zum Test über die korrekt geschminkten Lippen. Obwohl sie in Siglinde Mucks Alter war, hatte sie ihren fraulichen Typ weitaus besser konserviert.

Fand jedenfalls die Adamczyk, deren Schlampigkeit ökologische Ursachen hatte. Ihr gegenüber war es kein Kunststück, gepflegt zu erscheinen. Die Adamczyk kaute an der rissigen Oberlippe. «Bitte verstehen Sie mich nicht falsch», sie blinzelte bittend, «aber es handelt sich um einen Mord, und wir müssen jeder noch so abseitigen Spur nachgehen.»

«Keineswegs». Die Uhlenhaas lächelte frostig. «Sonst hätten Sie ja nicht diese hohe Aufklärungsrate.»

«Was? Ja. Eben. Also. Darf ich Sie fragen, womit Sie den fraglichen Sonntagabend verbracht haben?»

«Ich war in Basel bei meinem Vater. Er ist schon weit über die Achtzig, und seit die Mutter tot ist, kommt er nicht mehr gut zurecht. Meine Schwägerin, die sich sonst um ihn kümmert, ist mit ihrer Familie in Urlaub. Ich verbrachte dort das ganze Wochenende und fuhr erst am Montagmorgen zurück.»

Nichts Neues. Die Uhlenhaas hatte dieselbe Aussage schon am Morgen vor Berger gemacht. Sie war längst überprüft worden, und der alte Vater, ein würdiger, kaum seniler Großbürger namens Urs Oehrli, wiederholte sie in fast übereinstimmenden Worten.

Die Adamczyk griff nach der bewährten Haarsträhne. «Wann genau?» Fangfrage aus dem ersten Ausbildungsjahr. Hier lag eine Angabe des Vaters vor, keine jedoch von der Uhlenhaas.

«O Gott. Fragen Sie mich etwas Leichteres.» Die Uhlenhaas fixierte das winzige Aufnahmegerät, das den Bleistift der Stenotypistin seit Unzeiten abgelöst hatte und selbst das geheimste Schwanken der Stimme verzeichnete. «Mit dem Frühzug, einem Intercity, ab Basel Bad. Sieben Uhr zwanzig, glaube ich. Oder zweiundzwanzig. Ich mußte in Karlsruhe umsteigen und war kurz vor zehn in Stuttgart.»

Exakt.

Die Uhlenhaas schüttelte leise den Kopf. «Ich verstehe das nicht. Ich habe Frau Muck nie in meinem Leben gesehen. Klaus Muck kam zu uns über eine übliche, formlose Bewerbung.» Sie lächelte. «Wir sind ja immer bemüht, junge Talente aus dem Osten zu finden, und selbst wenn Muck bislang kein dramatisches Talent hatte, Einfall und Witz hatte er.»

«Sie können gehen», sagte die Adamczyk.

Jotté hatte freilich Wind bekommen. In der *Szene Stuttgart* prangte wild: «Mutter prügelt am Grab von Klaus Muck – Was kann Fernsehchefin Xeni Uhlenhaas (57) für Mord?» Das wußte Jotté dann freilich auch nicht. Um das zu kaschieren, trat er blind in die Scheiße.

Udo gähnte. Stulle, der sich offenbar gefangen hatte und wieder emsig zu Werke war, hatte aus dem Skandälchen eine Konfektionsmeldung à zehn Zeilen geschneidert, in der nicht einmal ein Komma fehlte. Man könnte etwas daraus machen, dachte Udo. Lokaljournalismus als Hexenjagd. Ihm mangelte allerdings jeder Eifer, Ossis dubios erworbene Erkenntnisse im *Tagblatt* zu verbraten. Im übrigen war er als Lokalchef abgesägt.

Was wartete, war die nächste Spielzeit Feuilleton, und im übrigen war Sendepause.

Udo saß auf dem Boden, blätterte Zeitungen durch und sah verschlafen zu, wie Claudi bügelte. Sie tat es mit den gleichen gespitzten Lippen wie Marthel. Alles, was sie nach Afrika mitnehmen wollte, stapelte sie auf einen Haufen, ihre und Udos Sachen durcheinander. Ihm war alles recht.

«Du mußt zur Adamczyk», sagte sie plötzlich.

Udo schwieg noch zwei Minuten weiter. Dann stand er auf.

Der hatte gerade noch gefehlt. Die Adamczyk stöhnte. Sie hielt Udo Winterhalter für einen Aufschneider und eine Null. Das war der einzige Punkt, worin sie sich mit Udo schlafwandlerisch traf. Er dachte genau das gleiche von ihr.

Nun hockte er sich aufrecht vor sie hin und sah herablassend auf sie herunter. Ohne Umschweife zog er dieselbe Story heraus, die sie von Mama Muck schon bis zum Erbrechen gehört hatte. Wahrscheinlich hatten sie sich abgesprochen, oder er hatte die Schose von Klaus Muck selig.

Udo sah's ihr an. «Mein Informant ist aus dem Osten und will auf keinen Fall genannt werden.» Gott, dachte er, wenn die wüßte, daß ihr Ex-Vorgesetzter mein Lieferant ist. Ossi hatte angeordnet, er sei unbedingt aus der Sache herauszuhalten; seine Gründe dafür würde er schon haben. Udo, der Ossi nie hinterging (eine, was Ossis alte Verfassungsschutz-Zeit betraf, hinreißend einseitige Leistung), also Udo würde man, wenn es darauf ankam, foltern können.

«Wenn das so ist», schnaubte die Adamczyk.

«Ehrenwort unter Kollegen», erwiderte Udo.

«Ein Journalist?»

Udo schluckte. «Vergessen Sie's.»

«Das werd ich tun», sagte die Adamczyk. «Ich möchte Sie allerdings bitten, in absehbarer Zeit Stuttgart nicht zu verlassen.»

Ihm blieb das Gesicht stehen. «Das dünkt mich nichts.»

«Sie sind ein wichtiger Zeuge.» Die Adamczyk streckte ihm lächelnd die Hand hin. Sie hatte den Charme einer Giftspritze.

«Übermorgen fahr ich in Urlaub», sagte Udo. «Ob diese Uhlenhaas den Mucke nun selbst erschossen hat oder nur sauber erschießen ließ, das finden Sie bitte selbst heraus.»

Späth strahlte. Er lobte die zwei Knoblauchzehen, die er allabendlich in pulverisierter Form zu sich nahm. Sein Gedächtnis war nach wie vor beispiellos. Nach einer meditativen Nacht und einem geschlagenen Vormittag wußte er auch ohne Handkantenschläge und Jotté wieder alles, als sei es erst gestern gewesen: Veronique hatte von Sommer 1983 ab etwa zweieinhalb Jahre lang im *Singenden Schwan* gejobbt, in jenem Schwarzwälder Sexschuppen, wo auch Späth länger sein Zubrot verdiente. Sie war die einzige gewesen mit Abitur, die einzige, die ein einwandfreies Hochdeutsch sprach, die einzige, mit der sich die Psychologen der benachbarten Kurklinik virtuos über das Kotzverhalten magersüchtiger Patientinnen verständigen konnten. Außerdem war sie blond gewesen, später jedenfalls, und ihre Maße – top.

Unter den Kolleginnen war Veronique nicht gerade beliebt gewesen, weil sie grundsätzlich die Drecksarbeit anderen überließ. Selber saß sie am liebsten an der Bar, süffelte stilles Wasser aus den naheliegenden Quellen und hörte irgendeinem alternden Akademiker zu. Einer von ihnen, ein vergleichsweise unbetagter Hochschullehrer, der aus eher finanziellen Gründen zur Kur war, hatte sie dann tatsächlich geheiratet. Mit Vornamen hieß er Andi, sein Nachname hatte zwei Silben und begann mit einem E.

Späth schnappte sich das Stuttgarter Telefonbuch und ging sämtliche Namen durch von «ECU Gesellschaft für Urlaubsimmobilien mbH» bis «Ezgin Hamza», ihm fiel nichts auf, was ihn elektrisierte. Aber natürlich konnte Vera Haigis, zeitweilige Veronique, auch in einem der Vororte wohnen, irgendwo in der stillen Umgebung, und das würde dann schon Arbeit machen.

Nun tastete Späth sich von hinten nach vorn. Eyben, Eupper, Essig (nicht zu fassen, wie viele Leute in dieser Stadt Essig hießen!), Eschen, Ermisch, Erhardt, Epple, Enzler, Engert.

Claudi hatte Rucksäcke gekauft, die gereicht hätten für die Besteigung des Mount Everest. Bei ihrem Anblick wurde Udo melancholisch. Er sehnte sich nach den kompakten Motorradtaschen, nach der Schwere der Maschine im Stand. Nach dem Anfahren, dem Beschleunigen, der herben Unzugänglichkeit Rumäniens. Nach schlechten Straßen, Rollsplitt und dem Prickeln des sandigen Fahrtwinds; wenn man, nach Strecken, die endlos schienen, an der Ewigkeit, die das Meer war, pausierte. Sulina, Mamaia, Konstanza. Welch eine Armut, welch ein Gestank, welche Weite. Afrika?

Es ging gegen Abend. Claudi packte eine Reiseapotheke zusammen, die für einen Halbjahrestörn mit der Kiste gereicht hätte. Binden, Salben, Tabletten. Einwegspritzen. Impfstoff. Wässerchen gegen Sonne und Heimweh. Udo ließ sie machen. Claudi hatte noch immer gewußt, was bei Reisen das Richtige war, und das sauschwere Werkzeug, das sie für den Ostblock damals eingepackt hatte, gegen Udos klärende Meinung, das hatte sie mehr als einmal gerettet.

Schien ja gefährlich zu sein, dieses Afrika. Udo blätterte in einem linksalternativen Reiseführer und legte ihn weg. Er dachte an Mucke.

«Habari gani?» fragte Claudi.

Udo sah auf. «Hä?»

«Habari yako?»

«Spinnst du?»

«Herrgott», rief Claudi, «du kannst nicht nach Kenia und schon gar nicht nach Tanzania, wenn du nicht mal drei Wörter Swahili sprichst.»

«Was muß ich sagen?» Udo war ermattet.

Claudi kam herüber und küßte ihn. «Sag: Salama, nzuri.»

«Njema», erwiderte Udo.

«Von mir aus.»

Das Telefon klingelte. «Tafadhali unisaidie!»

«Brav.» Claudi strahlte und hob ab.

Späth überschlug sich. «Sie reist ab. Winterhalter...»

Udo riß Claudi den Hörer aus der Hand.

«Sie packt ihre Koffer», schrie Späth, «ich observiere sie seit drei Stunden und neunundvierzig Minuten.»

«Verdammt», Udo flüsterte. «Sie sollen hier nicht observieren, Sie sollen...»

Späth schien außer Atem. «Ich muß sie aufhalten.»

«Wie heißt sie?» Udo verlor die Geduld.

«Soll ich sie verfolgen?»

Udo schrie: «Wie heißt sie?»

«Engert. Soll ich...»

«Verflucht, jaaa!»

Max wuchtete die schweren Gepäckstücke in den Kofferraum des Daimlers. Der türkische Taxifahrer sah ihm wohlwollend dabei zu. So ein folgsam geratener Sohn, und so eine junge Mutter. Als sie geheiratet hatte, mußte sie sehr jung gewesen sein, sechzehn, wie jetzt seine Frau.

Frau Engert packte das Kosmetikköfferchen auf den Rücksitz. Frau Schimanek und Tanja standen um sie herum. «Tu schön winken», sagte Frau Schimanek zu Tanja, und die klammerte sich mit einem Satz an Frau Engert und fing prompt an, lautstark zu heulen.

«Sie hat sich so an Sie gweehnt», bemerkte eifersüchtig Frau Schimanek.

«Sie hat sich vor allem an mein Atelier gewöhnt.» Frau Engert lachte und gab Frau Schimanek die Schlüssel. «Der ist für die Wohnung, der fürs Atelier. Das der Briefkasten. Und lassen Sie Tanja ruhig oben malen und spielen. Sie macht mir schon nichts kaputt.»

«Sie send so nett», erwiderte Frau Schimanek gerührt. «So a nette Frau Nochber. Und griaßed Se Ihren Moh. Se fahred doch zu Ihrem Moh?»

«Komm, Max», bellte Frau Engert und stieg in das Taxi.

Udo flog die Treppen hinunter. Späth hatte ihm die Adresse genannt, in Stuttgart Heslach, Rebenreute, Ecke Taubenstaffel, die Villa gleich links.

Vor dem Eingang flog Udo der Hausverwalterin direkt in die Arme. «Ha was», kreischte Frau Troll, «der Herr Winterhalter!»

Udo zappelte. «Bitte.»

«Ond würdet Sie», anklagend zeigte Frau Troll auf den Briefkasten, «au des Schildle vollends entferne?»

Flirrend blickte Udo zum Kasten, wo jemand, wahrscheinlich Troll selbst, Claudis Namen, der nicht ordentlich in Normschrift unter der Folie hing, bereits beflissen heruntergekratzt hatte. Der freundliche Aufkleber «Werbung und Wurfsendungen werden strafrechtlich verfolgt», den Udo als einziger im Haus befestigt hatte, war gewaltsam beschädigt worden.

«Die Kender», erklärte buhlend Frau Troll.

«Isch ebbes?» Udo imitierte zornig ihr broites Stuttgarterisch. «Isch gwieß nex?» Da sah er, daß im Kasten ein Brief lag. Er holte ihn heraus und las, während er sich an Frau Troll vorbei und auf die Straße zwängte: «Sehr geehrter Nachbar, die Hausordnung sieht vor, daß die gesamte Treppe und die Fenstersimse naß aufgewischt sowie das Geländer abgestaubt wird. Erst *danach* kann die Tafel weitergegeben werden. Ich bitte dies für Ihre zurückliegende Woche noch zu berücksichtigen. Trotz dieser leider notwendigen Zeilen hoffe ich weiterhin auf gute Nachbarschaft. Ihren Schlüssel erhalten Sie bei dieser Gelegenheit anbei zurück. Mit freundlichen Grüßen, Gerda Mauser.»

Die Linie 9 fuhr Udo vor der Nase davon.

Udo sah Späth schon von weitem. Er stand oben am Hang, Standbein, Spielbein, malerisch zwischen den Büschen, und sah käsbleich aus. Udo keuchte die Stäffele hinauf, immer mehrere auf einmal.

«Was hätt ich denn tun sollen?» rief Späth. «Ohne Auto?»

«Idiot», Udo schnaufte. «Die Frau hat womöglich Fehrenbach... Und womöglich vor Jahren noch einen...»

Späth fiel vollends in sich zusammen. «Der Ehrgeiz. Ein Ergebnis.»

Udo hätte ihm eine langen können.

«Ich konnte doch nicht wissen...»

Frau Schimanek, die im Garten Wäsche aufhängte und Späth schon länger mißtrauisch beäugt hatte, lehnte sich übers Gartenhag. «Suchet Sie ebber?»

«Wir möchten zu Frau Engert», erwiderte Udo. «Wohnt die bei Ihnen?»

An Frau Schimanek schmiegte sich Tanja. «Die isch net doh», sagte Frau Schimanek.

«Wo ist sie denn?»

«Die isch em Urlaub.»

Udo riß die Geduld. «Wo?»

Frau Schimanek glotzte. Aus ihrer Schürze mit dem Urwaldmuster holte sie aufreizend langsam eine signalrote Wäscheklammer.

«Wissen Sie das nicht?» Er hätte sie packen mögen.

Frau Schimanek steckte sich die Klammer wie einen Bleistift hinters Ohr. «Des woiß i scho», verkündete sie resolut. «Aber Ihne sag i des net.»

«Polizei.» Späth fingerte seine Lizenz aus dem Anzug.

Frau Schimanek nahm sie an sich und prüfte sie mit der Obacht eines Gasablesers. «Isch des Ihr Ernschd?» Sie grinste. «Des beoidruckt mi fei net.»

Tanja stieß sich an Frau Schimaneks Busen ab und hüpfte auf einem Bein wie Rumpelstilzchen himself. «Frau Enner iss in Affika, Frau Enner iss in Affika!»

Da im Moment eh nichts mehr zu holen war, lud Udo auf Spesenbasis zu einem Bier ein. Sie setzten sich unter den Kirschbaum hinter dem nahegelegenen *Casino* in der Mörikestraße, auf dem soeben die letzten Früchte verfaulten, was dem allmählich hereinfallenden Dunkel eine schmerzliche Geruchsfärbung gab. Späth schien es in dem verfallenen Fabrikgarten, in dem vorwitzige Mäuschen zwischen den Tischen huschten, prompt sehr gut zu gefallen. Zufrieden musterte er die Kulisse: Angepunkte Menschen in jedem Stadium ihrer modischen Verwahrlosung. Späth war weit und breit der einzige, der garantiert jenseits der Lebensmitte stand und dessen Vernachlässigung authentisch war. Manche der Punks und Provos und Pseudos nahmen das, nach ihren Blicken zu schließen, angeekelt zur Kenntnis.

Von drinnen hämmerte *The Clash* heraus, für die Kids war das wohl schon nostalgisch, wie die herumliefen, mit Papas Schnabelkrägen im rot-weiß karierten Wanderhemd von 1977. Die Mädels hatten sich die Haare stoppelkurz abgemäht, ihre Schädel sahen aus wie englische Rasenflächen, nur an den Rändern wucherten sträucherweis Büschel. Sie waren ungeschminkt, sprachen kaum, und Udo fiel auf, daß es wohl gerade sexy war, so fett wie irgend möglich zu sein.

«Die Frau», sagte Udo, als der neurotisch gestylte Hobbykellner das Bier über den Tisch schwappen ließ, «die Frau, über die Sie im Hausflur gestolpert sind – das könnte sie sein.»

«Prost», erwiderte Späth und kippte.

«Muckes Mörderin und – die Uhlenhaas.»

Späth wischte sich von der rotgeäderten Nase den Schaum. «Was Sie nicht sagen.»

«Gehen Sie zur Polizei.» Udo seufzte. Er gönnte der Adamczyk den Triumph nicht, aber als Redakteur und Staatsbürger mußte er dieses jetzt sagen. «Verlangen Sie eine Gegenüberstellung.»

«Längst passiert.» Späth rubbelte auf seinem Nasenrücken, was das Blaurot in der Dämmerung zum Funzeln brachte. «Glauben Sie, ich will meine Lizenz verlieren?»

«Und?»

«Was, und? Nichts. Irgendein Früchtchen nahm meine Aussage auf, vielen Dank auch, und zeigte mir die Tür.» Späth grinste gequält. «Ich könnte denen einen Drogenring liefern, mit Petersilie betupft und in Essig und Öl geschleudert! Das würde die nicht im mindesten beeindrucken.» Er senkte die Stimme und sah Udo von unten her an. «Die halten mich dort für einen Stümper.»

«Jo geh», sagte Udo.

Nun verlangte Späth, unter Aufhebung aller Honoraransprüche, ausführlich in die Schose eingeweiht zu werden.

«Ich dachte, Sie wollen ins Kino zurück?»

«Mei.» Späth winkte ab und lauschte.

«Der Geheimdienst», sagte Späth. «Wenn das ein Film wäre...»

«Die Unterwelt», erwiderte Udo.

Späth nickte. In seinem vierten Bierglas sank der Schaum, der von den Lichtergirlanden ungesund verfärbt wurde. «Kulbe», sprach er, «Kulbe.» Er dachte an die Knoblauchpillen und schlug sich an die Stirn. «Der Bruder der Chefin hieß Kulbe.»

«Welcher Chefin?»

«Vom *Singenden Schwan*. Reinhard Kulbe.»

Udo war stocknüchtern. «Hatte er einen Bruder? Einen Sohn?»

«Weder noch. Er hatte bloß diese Schwester.»

«Sind Sie sicher?»

«Nein», knurrte Späth, «aber das krieg ich raus.»

«An einen Jo oder Johannes Kulbe erinnern Sie sich nicht?»

Späth rülpste. «Abwarten. Reinhard Kulbe jedenfalls war finanziell ruiniert. Ein Spieler. Außerdem hat er schwer gesoffen. Dann verschwand er für eine Weile, und Jahre später sah ich ihn zufällig wieder.» Späth genoß sichtlich die Wirkung. «In der Uniform vom *SWDR*-Betriebsschutz.»

«Muttergottes», schrie Udo.

Späth winkte ab. «War nur ein Gastspiel. Ist schon wieder Jahre her. Drei, vier bestimmt.»

Udo stierte ins Bierglas. «Kriegen Sie bis morgen raus, wo Vera Haigis hin ist.»

«Wieso immer ich?»

Udo gab Späth die Telefonnummer von Kaffka. Privat und auch dienstlich. Für alle Fälle.

Die Ost-Bürgerin, die Klaus Muck in der *Friedrichstraße* Gertrud Z. genannt hatte und die seit 1982 als Deckname für eine

Terroristin, die sie nie gewesen war, Papiere auf Gertrud Hohoff besaß, stieg am Ostberliner Brecht-Haus aus der Straßenbahn. Es war Mittwoch, den 31. Juli, dreizehn Uhr zwanzig.

Nachdem sie sich ein paar Fotos von Brecht und der Weigel angesehen hatte, was sie immer tat, wenn sie hier vorbeikam, und dem ehemals Brechtschen Innenhof einen Besuch abgestattet hatte, ging sie hinüber zum Hugenottenfriedhof. Am großflächigen und dabei kargen Grab von Brecht/Weigel blieb sie stehen. Und bewunderte die Steine, die unbehauen etwas Naturwüchsiges hatten, wobei der Stein von Brecht freilich höher war. Gegenüber lag Hanns Eisler, unter einem Quader, neben dem ein vertrockneter Rosenstrauß stand. Neben Brecht/Weigel ruhten Heinrich Mann und Johannes R. Becher, etwas weiter Wieland Herzfelde und John Heartfield.

Gertrud Hohoff schlenderte hinab zu Fichte und Hegel. Es war eine seltsam aus der Zeit geratene Ruhe auf dem Friedhof, man hörte zur Untermalung leis die Autos rauschen, und es war, als brächten sie sich damit gerade selber in Vergessenheit. Neben den uralten Gräbern, die zum Teil wie Gärten angelegt und umzäunt waren (einmal sogar mit einem verrosteten Bänkchen darinnen), gab es auch viele neuere Urnengräber, mit unauffälligen Steinen und wenig Grünschmuck.

An denen ging Gertrud Hohoff jetzt vorbei. Sie hatte diese Schlichtheit gern, und sie liebte auf den Grabsteinen die Aufschriften: «Ruhestätte der Eheleute Limp – Leben ist Kampf.» War das nicht wunderbar? Hätte man ein Erdendasein prägnanter noch fassen können? Auf einem anderen Stein stand «Ruhestätte Schwintzer». Sonst nichts. Kein Datum, kein Hinweis, was es mit Schwintzers sonst auf sich hatte. Wie rührend familiär dagegen Inschriften wie «Hier ruhen unsere Eltern Herbert und Johanna Michael»! Und wie würdig, im Angesicht Fichtes und Hegels, jenes «Hier ruht in Gott Konditormeister Eugen Mraschny – 12.7.02–20.12.44»!

Nun war Gertrud Hohoff im letzten Winkel des Friedhofs angelangt. Viele der winzigen Urnengräber, die ganze Familien beherbergten, waren restlos vernachlässigt. Auch jene, um die sich augenscheinlich noch einer kümmerte, machten keinen liebevollen Eindruck. Stiefmütterchen hingen verdorrt herum, dürftige Sträucher gehörten geschnitten. Wer hier in die Zeitlosigkeit mündete, der reihte sich ein ins große Vergessen, ob er nun Fichte hieß oder Schulze, Weigel oder Schmitt.

Gertrud Hohoff betrachtete das Licht, das durch die Büsche schräg einfiel. Die Sonne stand noch sehr hoch, aber sie hatte schon etwas Getrübtes, Ermattetes, und Gertrud Hohoff dachte fasziniert, daß dies die erste Zurücknahme war, die erste Verwaschenheit, mit der dieser Sommer abebbte und verpulste. Als habe sie soeben das Kippen des Hochsommers gesehen, den Moment, wo das Schrille des Grüns sich erstmals trübt und verdunkelt.

Es gab ihr ein starkes Augenblicksgefühl, es war wie ein Verströmen. Gertrud Hohoff fühlte sich so eins mit ihrer Entdekkung, mit dem Einfärben und Hinübergleiten, daß sie überdeutlich und scharf wie in einem Traum da las, auf einem grauen, an den Rändern unbehauenen Grabstein: «Hoppe/Spiekenheuer», und darunter: «Unvergessen». Das war alles, davor stand eine Vase brauner, verwitterter Frühlingsblumen. Sie kannte Hoppe/Spiekenheuer nicht, sie wußte nicht einmal, wann sie gelebt hatten, aber das Wort «Unvergessen» erinnerte sie an die Verpflichtung, daß sie nun eine Weile an sie denken mußte.

Das tat sie dann, sie dachte länger und fester an Hoppe/Spiekenheuer, als sie an Hegel gedacht hatte. Und als sie plötzlich in die Mündung einer Waffe sah, ging alles so schnell, daß ihr keine Zeit mehr blieb für eine Verwunderung oder für einen Schrecken.

22

«NICHT MIT DEM AUSPUFF ZUR WAND PARKEN!» Claudi deutete auf das weiße Schild, das an der steinernen Hausmauer angebracht war, und kicherte. Darunter hing ein Briefkasten, auf den jemand mit schwarzem Filzstift gekritzelt hatte: «Postler, tut euren Dienst.»

Der Stuttgarter Westen gab sich so behäbig und träge wie das letzte Provinznest. Claudi hätte gern noch etwas eingekauft, eine Flasche Sprudel, Äpfel und Brötchen, aber das war zwischen eins und drei nicht möglich gewesen. Und hinterher auch nicht, weil Mittwoch war und jedes zweite Geschäft wegen Urlaub sowieso die Läden dicht hatte. «AUSLENDER RAUSS», stand auf dem Schaufenster des Italieners.

Udo stieg seufzend in den Uno. Wenigstens fuhr er selbst. Er schraubte den Sitz zurück, soweit es halt ging. Unbedingt mußte Claudi vor Afrika noch zu den Eltern. Unbedingt mußte Udo mit. Da er sich vor dieser Expedition auf keinen Fall mit ihr verkrachen wollte, tat er alles.

Karlhans Gantner haßte das *SWDR*-Gebäude, und es kam ihm daher zupaß, daß Späth sich mit dem Satz vorstellte, der neuere Komplex sei der detailgenaue Nachbau von Stammheim. Nach Gantners Meinung trieben sich hier nur Nullen herum, wenn es irgend ging, war er abwesend. Er mied das *Fernsehen*, wo er nur konnte.

Späth stellte sich als «einfacher Redakteur» vor, er sei ein kleines Licht bei der *Alemannia*, er halte sich mehr im Hintergrund. Gantner nickte. Natürlich hätte er lieber mit Dr. Bäuerle, mit dem er per Du war, persönlich über das Projekt gesprochen; aber manchmal war es sogar weit geschickter, wenn zuerst die Kofferträger kamen. Denn die verkämpften sich dann hinterher wie wild für die Sache, die sie einmal eingefädelt hatten, aus Angst vor jeder neuen Entscheidung.

«Dr. Bäuerle ist in Urlaub», sagte Späth, «er wird über eine mögliche Kooperation zwischen *Alemannia* und *SWDR* so bald wie möglich verhandeln.»

«Das läuft dann über Uhlenhaas», erwiderte Gantner, auf dessen geröteter Glatze sich der Schweiß perlte. «Das wäre auch jetzt schon der korrekte Weg gewesen. Wieso kommen Sie zuerst zu mir?»

«Mich interessiert Ihr Ansatz.» Späth lächelte. «Filmtheoretisch.»

Gantner war geschmeichelt. Das hieß, die *Alemannia* klopfte ihn eher privat ab. Sie wollten die Gesinnungsprüfung, und das Ganze lief bewußt über die unteren Chargen hautnah am *SWDR* vorbei. Dieser Anstalt, die ihn minder bezahlte, der wollte er schon lange mal eins auswischen. «Ist das eine gezielte Abwerbung?»

Späth lächelte fein. «Ich bitte Sie. Ich habe keinerlei Befugnisse.»

«Weißt du», sagte Gantner, wobei es sich um kein Du handelte, sondern um ein mechanistisch angeworfenes Hierarchiemaschinchen. «Ich arbeite nur an Sachen, die ganz dicht dran sind. Also haarscharf. Direkt von der Straße. Was anderes interessiert mich nicht.»

Späth guckte.

«Literatur?» Karlhans Gantner verzog die Mundwinkel. «Ist große Scheiße. Sind doch alle kopflastig, die deutschen Filmer, deshalb kommt da bei denen auch nichts raus.» Pause. «Mich interessiert nur die Wirklichkeit. Und dabei mein Gefühl. Ich nehme mir aus der Wirklichkeit, was ich wiedererkenne. Was mich anspricht. Was mich nicht anspricht, juckt mich nicht. Das laß ich links liegen.» Er kam in Fahrt. «Der ganze Umweg über die Literatur, verstehste, der ist total verfehlt. Man muß sich das schnappen, was auf der Straße liegt, und dann rigoros seine Interessen durchsetzen. Verwirklichen.» Pause. «Verwirklichen kann ich mich eh nicht, weißt du, das geht nicht. Mir ist es meistens egal, was ich mache, Hauptsache, die Kohle stimmt, da achte ich schon sehr darauf.»

Späth war fasziniert. Karlhans Gantner war der Urtyp des zynischen Filmschnösels, genauso plump hatte er sich den ästhetischen Gegner vorgestellt. Es gab ihn tatsächlich! Da Gantner ihn offenbar für einen Lackel hielt, tischte er ihm gnadenlos die widersprüchlichste Egozentrik auf. Weil Späth sichtlich keine Macht hatte, war Gantners Aufmerksamkeit fast gar schon beim Notwendigsten erlahmt, was für ihn offenbar die Relation von Zeit und Geld war. Er quatschte und quatschte. Und war nicht aufzuhalten, weil er, wie jeder Fernsehmensch, unter dem Verfolgungsdruck litt, nie und nimmer was Authentisches zustande zu bringen. Da er eben verhindert war, seiner Subjektivität öffentlich zum Ausdruck zu verhelfen, weil ihm das Medium das nicht gestattete, beschäftigte er sich aus Rache nur noch mit sich selbst. Wurst also, worüber ein Filmchen handelt, letztlich, überlegte Späth, ist es immer ein Beitrag über die verhinderte Seele des Machers.

Gantner plusterte sich auf mit der *Friedrichstraße* und wurde von Späth frenetisch bekräftigt.

«Die Zuschauerzahlen», vermerkte Gantner.

«Provo», erwiderte Späth.

«Weißt du», Gantner beugte sich zu ihm hinüber und rutschte dabei fast auf den Schreibtisch, «was wir dabei an Abfindungen zahlen mußten?» Gantner strahlte vor lauter konspirativer Selbstdarstellung. Er hielt Späth für einen Idioten, der so weit unter ihm war, daß er ihm eh nicht ans Leder konnte. «An ehemalige Stasi-Leute, die sich und ihre lieben Kollegen wiedererkannten? Und noch vorher, damit wir an den Stoff kamen, damit wir überall drehen durften?»

Späth blieb das Gesicht stehen.

«Über Geld geht alles», sagte Gantner. «Wenn du einem zwanzig Mark gibst, dann hält er die Fresse.» Er grinste. Eine Schweißperle lief ihm die Backe hinunter. «Die Geldwäsche lief über die Mitarbeiter. Man hat ihnen zuerst hohe Spesen bezahlt und dann die Summe vom Honorar wieder abgezogen.» Er grinste fetter. «Kleine Klausel in den Verträgen: Solidaritätsverzicht nach Tagessätzen.»

«Unglaublich.» Späth gab sich beeindruckt. «Hatten Sie auch Kontakte zu Ex-Terroristen?»

«Klaro.» Gantners Stimme schwankte. «Das meiste besorgte Klaus Muck.»

«Jo Udo», schrie der rote Karle, der vor dem Haus stand und zusah, wie Purzel-Stalin ins Rosenbeet kackte. «Jo kunnsch du au mo widdr.» Das war keine Frage, das war ein Bescheid. Karle strahlte.

Karle und Claudis Bruder Heiner, der zwischen dem Fritz und

ihr kam, hatten auf Marthels Veranlassung hin die gesamte Wohnzimmereinrichtung in den Garten geschleppt. Heiner, der zur Abwechslung eigentlich mal wieder ausgezogen war, in Schrambergs allerletzte Wohngemeinschaft, hing auf dem Sofa und las im *Handelsblatt*. Udo begrüßte er mit einem Grunzen, das Küßchen seiner Schwester lehnte er ab.

Marthel brachte den Kaffee, der wie immer zufällig gerade fertig war, und dazu frische Hefeschnecken, die noch dampften. Claudi verlor kein Wort von Afrika. Es war deutlich, daß sie sich nicht traute. «Die Kolonialisierung durch den Tourismus», begann Karle, der sich mit seiner Pfeife in einen zerschlissenen Sessel setzte. Marthel stierte anklagend auf die Lehne, die Purzel-Stalin sorgfältig abgebeint hatte.

«Das ganze Zahnfleisch war voller Spreißel.» Mitfühlend streichelte sie den Welpen, der vor Faulheit und Schwere kaum noch laufen konnte und mit dem verschissenen Schwanzhaar matt wedelte. In wenigen Tagen war er beträchtlich gewachsen; er sah aus, als würde er aufgepumpt. Nun hechelte und jaulte er gegen die stechende Sonne. Marthel stellte extra für ihn den Schirm auf, was Karle aufbrachte, weil er der Meinung war, der Hund könne sich auch untern Tisch legen.

Purzel-Stalin fing an, Udo die nackten Füße zu lecken. Er schien die Spreißel noch in der Zunge zu haben. Als er nach einer Weile die Lust verlor, kühlte die Nässe angenehm ab.

Der rote Karle sagte kein Wort mehr über den Fehrenbach Heiko und 's Haigissen ihre Vera. Auch Marthel sagte keinen Ton. Das war für die Rothen typisch. Wegen jedem Furz, dachte Claudi, wird bei uns ein Riesengeschiß gemacht, man schreit herum und weiß alles tausendmal besser, und dann taucht's wieder folgenlos in die Versenkung hinab. So lebte man dahin, und es vergingen die Jahre, keiner kriegte den Arsch hoch, und eine Entscheidung wurde fast nie gefällt. Und wenn dann doch mal eine gefallen war, so wie jetzt mit dem Fabrikle, dann redete bald kein Mensch mehr darüber. Man nahm das Leben hin, als sei es ein Gottesurteil, darin übertraf man den Kleinbürger an sich.

«A wa», sagte Marthel, «mir fahret idd in Urlaub. Wa wemmer au do.» Das sagte sie voll Neid in jedem Sommer, seit der Zweite Weltkrieg aus war.

«Friedliche Koexistenz», rief Karle, «ist doch Idiotenkacke.» Und hypnotisierte Claudi. «Du glaubst doch wohl selber nicht, daß der Imperialismus aufgibt?»

«Stalin hat halt einen Fehler gemacht», erwiderte die dann nach Drehbuch, was den Vater stets auf hundertachtzig brachte.

Marthel sah automatisch nach gleichnamigem Hund, der sich die Zähnchen eben am Tischbein wetzte. Sie wischte ihm erst eins über die Schnauze und schob dann reuig eine Saitenwurst hinterher.

«So ist», rief da Karle, «Mao...»

Herrgott! Wenn er demnächst mit Trotzki kam. Denn Karle, der nach der konterrevolutionären Zwangsvereinigung schlimme Zeiten durchgemacht hatte, war zäh. Er stand wieder auf. «China», sagte er, und dabei blieb es für heute. Was folgte, war eine populärwissenschaftliche Abhandlung über Geburtenkontrolle und Reisanbau.

«Den Kommunismus», rief Karle, «den gibt es nicht. Nicht bei uns. Menschenskind, was war das denn drüben, ein Nazireich war das, das gleiche wie bei uns, und Nazis sind sie immer geblieben. Preußen und Nazis.»

Wenn das ihm einer gesagt hätte, vor zwei, drei Jahren, über Honny und seine SEDler, Karle hätte ihn aus dem Fenster geschmissen.

Heiner legte das *Handelsblatt* weg. «Es ist alles eine Frage der Umverteilung von Arbeit. Wenn die Menschheit weniger schaffen würde, dann wären alle Probleme auf einmal gelöst.»

«Recht hast», bekräftigte Marthel, die den Menschheitsgedanken auf Heiner persönlich bezog. «Schaff du nu weniger.»

«Das ist doch so.» Der rote Karle stierte wieder auf Claudi, die seine Reden, seit sie nicht mehr alle Tage daheim war, direkt mit Engelsgeduld aufnahm. «Jetzt kommen die Medien und unterwerfen noch alles. Radikal. Alles wird jetzt eingekauft, was noch halbwegs Hand und Fuß hat, der ganze Osten gigantisch vermarktet, ni wohr, und die Ostler werden verarscht und freuen sich noch.»

«Die Manipulation der Massen», half Udo.

«Die sind so blöd», sagte Marthel, und zu Udo: «Weißt du sell schon, dort in Schramme, wo dem Kimmichen Hermann sein Hof gestanden ist, da haben sie jetzt Blöcke gebaut, für die Rumänen, und Russen sind auch dort, und nur die Weide haben sie stehenlassen, die früher auf der Miste stand. Alles ist jetzt zugebaut mit Beton, und hinter so Wintergärten, die haben schöne Wintergärten, da steht noch die Weide, und das Ganze heißen sie Weidenweg.»

«Grausig», antwortete Udo.

«Vom Faschismus zum Fernseher», schrie Karle und fuchtelte mit der Pfeife. Sie fiel ihm auf den Boden, Marthel bückte sich, Claudi war schneller. «Das ist die Entwicklung. So geht das, heutzutage. Fernsehen ist die Fortsetzung des Faschismus mit anderen Mitteln. Wo ist da Sozialismus. Da ist doch kein Sozialismus gewesen. Kommunismus? Daß ich nicht lache. Erst hat man das Volk in die Naziuniform gesteckt, und als die Produktivkräfte soweit waren, daß man das nicht mehr gebraucht hat, da hat man sie laufenlassen und ihnen die Glotze hingestellt.» Der rote Karle pausierte. «Wer hat den Volksempfänger publik gemacht? Häh? Den hat man gebraucht für den Krieg. Damit hat man die Propaganda gemacht. Der Faschismus ist die Wurzel der Medienkultur. Er hat sie auf die Welt gebracht. Und dann, als die Propaganda alles im Griff hatte, als die totale Kontrolle den totalen Krieg abgelöst hatte, da brauchte man den Faschismus nicht mehr.»

«Du meinst also», sagte Claudi, «ohne Fernseher wäre ein Sozialismus möglich gewesen?»

Der rote Karle stockte. «Sowieso», schrie er. «Die Massenmedien sind die stärksten Waffen des Imperialismus. Fernsehen ist Krieg.»

Stuttgart, dachte Späth, ist kein Dorf, es ist eine Ansammlung von Dörfern. Und in seiner kleingeistig-schwäbischen Geschwätzigkeit ist es derart pietistisch verstockt, daß... Wieder dachte er an seine Handkantenschläge.

Zwischen Sindelfingen, Goldberg und Plattenhardt, zwischen Neckarhalde, Botnang und Pflugfelden hatte er keinen Menschen gefunden, der ihm erklären konnte oder wollte, wo Vera Engert ihren Urlaub verbrachte. Er hatte alle möglichen Tricks versucht, erst in der Kunstszene, dann bei den Nachbarn und den Lehrerkollegen, bei den beiden anwesenden Exemplaren, auf die er gestoßen war. Aber «noi. Noi, i woiß net».

Späth setzte sich an den Tümpel im Oberen Schloßgarten und glotzte auf die Enten. Diese Sucherei kam ihm absurd vor. Ihm schien es logischer, daß zweimal dasselbe Täterumfeld in Frage kam, bei Fehrenbach und Klaus Muck. Wie Udo auf diese Veronique kam, das hatte er zwar verstandesmäßig begriffen, aber irgendwo fehlte ein Bindeglied, es fehlte das, was man in Amateurkreisen *hinreichendes Motiv* nannte. Was er wußte, reichte nicht hin.

Wenn das Ganze allerdings ein Kinofilm wäre, überlegte Späth und zupfte an einem Faden herum, bis er ihn schließlich abriß. Die Innennaht seiner Anzughose war nun etwa zwei Zentimeter lang schadhaft. Ein Kinofilm und abendfüllend – dann hätte er drei Stränge: A und B sind bekannt, und C wäre vermutlich der Terrorismus.

Späth bemerkte, wie ästhetisch unprofessionell seine Überlegung war, und ärgerte sich. Die Krücke mit dem Kino eignete sich hervorragend, untreue Ehemänner einzufangen, weil die meisten Menschen nach überkommenen Mustern lebten, das Heldendasein von Miami nachäfften, Bogart kopierten und Alexander Kluge in den Dreck zogen; ein doppelter Mordfall löste sich so nicht. Späth verlor sich in einem inneren Diskurs über die Komplexität des Seins – was nun komplexer war, das Leben oder die Kunst.

Zwei Afrikaner zogen vorbei. Sie waren jung, gut gebaut und sehr gut gekleidet. Ihre weißen Hemden blitzten knitterfrei in der Sonne. Beide hatten eine Bierdose in der linken und einen Aktenkoffer in der rechten Hand. Über der Bierdose hing sorgsam gefaltet jeweils ein beiger Sommermantel. Sie gingen im Gleichschritt und redeten und scherzten lebhaft miteinander. Beide strahlten übers ganze Gesicht.

Späth erinnerte sich an den Veitstanz des mongoloiden Mädchens. *Frau Enner iss in Affika.* Wieso *Frau* Enner? Wieso nicht auch Herr? War Herr Enner vielleicht dauernd dort, und *Frau* ging ihn nun besuchen? Winterhalter hatte schon recht, der Aufbruch sah etwas überstürzt aus. Das spürte man in den vorhandenen Reaktionen bei aller Zugeschnürtheit deutlich.

Späth seufzte und stand auf. Die rechte Hälfte des Hinterns war eingeschlafen. Etwas steif betrat er das erste Reisebüro.

Späth klingelte. Es war Mittwoch, den 31. Juli, kurz nach halb sieben, bei Winterhalter/Roth war keiner zu Hause. Späth fluchte. Auf die Rückseite einer computerbedruckten Kinokarte schrieb er: «V. Engert mit Sohn von Andreas Engert Direktflug Dienstag nach Nairobi. Vermute, A. Engert (Prof.) lebt dort. J. Kulbe auf Zanzibar – Zufall? V. kein Ticket bish. nach Z. Bleibe am Ball. Viel Glück, Späth.» Darunter kritzelte er seine Kontonummer.

23

Der Spitzenagent des CIA sieht gelassen dabei zu, wie direkt neben ihm ein KGB-Mann mit der Maschinenpistole durchsiebt wird. Der KGB-Mann fällt in eine Pfütze, die sich rot färbt. Gerade noch rechtzeitig rettet sich der Spitzenagent hinter einen parkenden italienischen Rennwagen, der sofort danach in Flammen aufgeht. Trotzdem holt sich der Spitzenagent nicht mal eine Schramme. Geduckt flüchtet er sich in einen römischen Hauseingang, in dem ihn eine glutäugige Sizilianerin, von der man ahnen soll, daß sie eine Vielfachagentin monströsen Kalibers ist, feurig an sich drückt.

Udo schloß erschöpft die Augen. Er mochte vom Musikvideo, der sich, da Udo keinen Kopfhörer geordert hatte, stumm auf drei Monitoren vor ihm abspulte, nicht länger gequält werden. Claudi schlief. Udo stülpte sich den Walkman über die Ohren und drückte Play. *Swahili für die Reise.* «Entschuldigung», forderte der Sprachlehrer. «Samahani», erwiderte brav Udo.

Claudi blinzelte. «Macht nichts.»

Als sie am frühen Morgen in Nairobi landeten, hatte Udo schlechte Laune. Auch Claudi war grätig. In Kairo waren sie, was Udo irgendwie übersehen hatte, urplötzlich aus dem Tiefschlaf gerissen worden. Sie hatten zwischenlanden und umsteigen müssen, und die Anschlußmaschine war klapprig und überfüllt. Vielleicht kam es einem aber auch nur so vor, weil die College-Schüler in der unmittelbaren Nachbarschaft ihrer Sitzreihe sich die ganze Nacht Bonbons, Colabüchsen und Lärm zuwarfen.

Für sie freilich war es ein prima Flug gewesen, real great, sie klatschten dem Piloten wie wahnsinnig Beifall, als die Maschine sanft auf dem Rollfeld landete. Udo wollte sie schütteln.

Da standen sie nun im Gedränge. Die Schüler hatten gigantische Massen von Handgepäck, es schien in Mode zu sein, unzählige Köfferchen, Rucksäcke, Taschen, Jacken und Plüschtiere auf diesem Kontinent herumzuschleifen. Claudi hatte darauf bestanden, erst einmal in Nairobi zu bleiben und dort nach Vera Haigis zu suchen, was in einer Eineinhalb-Millionen-Stadt natürlich überhaupt kein Problem war. «Wieso», hatte Claudi bockig eingewendet, «wir müssen nur alle Unis absuchen, die UNO-Büros und die Entwicklungshilfeagenturen. Irgendwo wird Andreas Engert schon hocken.»

«Hakuna matata», sagte Udo, kein Problem, die entscheidende Wendung in Afrika.

«Welcome», sagte der Uniformierte und prüfte die Pässe. Unwillig schüttelte er den Kopf. Er deutete auf einen Stapel Formulare.

«Müssen wir erst ausfüllen», erklärte Claudi.

«Was du nicht sagst.» Udo nahm ein Blatt und stellte sich am Ende der Schlange wieder an.

Als sie endlich durch die Sperre durften, hatte sich dieses Schauspiel mehrfach wiederholt, und hinterher kam das Gepäck nicht. Vielleicht war es schon so oft übers Band gelaufen, daß irgendeiner es heruntergenommen hatte. Jedenfalls waren sie, als sie endlich als allerletzte Zollerklärung und Rucksack hatten, nervlich am Rand.

Nun kam zum dicken Ende der Gipfel: Die Umbuchung des Weiterflugs nach Zanzibar. Die Afrikanerin am Schalter von Egypt schickte sie in ein Hotel inmitten der Innenstadt, wo das Flugbüro sei.

Claudi hockte sich auf ihren prallen lila Rucksack und fing prompt an zu heulen.

«Welcome», flüsterte Udo.

Wie sie genau zu ihrer Devisenerklärung, dem Pflichtumtausch und den Kenya Shillings gekommen waren, bekam Claudi bewußtseinsmäßig nicht mehr mit. Jedenfalls steckten sie nun im Beutel in ihrer Hose, und Claudi war überzeugt, daß sie noch auf dem Flughafen ausgeraubt wurde.

Sie stand da, inmitten von Menschen, die hier naturgemäß schwarz waren, und fühlte sich völlig verlassen. Udo war umringt von schmutzigen Kerlen, die fuchtelnd «Taxi, Taxi» schrien, und wenn er sie nicht um zwei Köpfe überragt hätte, er wäre nicht mehr davongekommen.

Udo kam und bugsierte sie zum Ausgang. Sie folgten einem zerlumpten Kerl, der ihr Gepäck in den Kofferraum eines ehemals weißen Straßenkreuzers lud, der in Stuttgart nicht einmal auf einem Schrottplatz denkbar gewesen wäre. Über die milchige Scheibe zogen sich spinnenförmige Risse. Vor den Augen des Fahrers war ein winziges Loch zum Durchgucken. «Bring us to a hotel», sagte Claudi.

«No, no», rief Udo. «Westlands, please.»

Der Mann fuhr säuisch.

Udo zog den einzigen Joker, den er hatte. Eigentlich hatte er sich die Adresse für den alleräußersten Notfall aufsparen wollen, aber der war nun sogleich eingetreten. Die Reiseführer nannten das warnend Kulturschock. Claudi öffnete erst wieder die Augen, als Udo befahl: «Raus hier!»

Sie hielten direkt vor einem zwei Meter hohen Eisengitter, hinter dem ein Watchman stand, der einen dunkelblauen Trainingsanzug trug mit dem Aufnäher «Bundeswehr». Er lutschte an einer Mango. Udo gab großzügig Trinkgeld.

Lisa Borst strahlte. «Nein, so eine Überraschung!» Sie küßte Udo auf beide Backen und gab Claudi dann die Hand. Udo betrachtete seine ehemalige freie Mitarbeiterin für Mode und Mädchenkram eigentümlich befremdet. Das mausige Püppchen war ausgeschlüpft. Das knappe Dreivierteljahr, in dem Lisa Borst nun als freie Ostafrika-Korrespondentin in Nairobi weilte, hatte ihr genug zugesetzt, daß sie so schnell nichts mehr umwarf. So sah sie wenigstens aus.

«Kommt rein.» Lisa ging die Stufen hinauf. «Ich hoffe, ihr bleibt ein paar Tage? Mary hat eben das Frühstück gerichtet.»

Claudi fiel fast in Ohnmacht, als ihr klar wurde, daß Mary Lisas minderjähriges Dienstmädchen war. «Das ist normal hier», Lisa lachte. «Wenn ich sie nicht nehme, dann hat sie gar keine Arbeit. Und sie hat zwei Kinder durchzufüttern.»

«Was wäre dann?» fragte Claudi und dachte an so was wie Sozialhilfe.

Lisa zuckte die Achseln. «Dann ging sie wieder als Prostituierte.»

Das Haus war nicht schlecht: Drei Badezimmer, zwei Balkone, zwei Schlafzimmer, Arbeitszimmer, eine riesige Diele mit Korbmöbeln und einem antiken Wandschrank. Drumherum blühte ein sonniger Garten, die Bananenbäume schaukelten im Wind, und Vögel pfiffen Exotisches. «Wir wohnten am Anfang zu zweit hier», erzählte leichthin Lisa, als sie die Treppe wieder hinuntergingen. «Ich und noch so'n Typ, der fürs Fernsehen und für die *Taz* schreibt. Dann ging der aber nach Deutschland zurück, und seither hab ich das Haus für mich alleine.»

«Schnafte», erwiderte Udo, der an seine und Claudis zwei Zimmer mit Dusche dachte.

«Andi?» Lisa lachte. «Der Kunstprof? Hat 'n bißchen 'nen Sozialtick. Aber klar kenn ich Andi. Nairobi ist ein Dorf. Hier kennt jeder jeden.»

Udo traute seinen Ohren nicht.

«Kommt doch mit», sagte Lisa, die sich englische Marmelade auf ein französisches Baguette schmierte. Mary brachte noch Kaffee, den sie in einer deutschen Maschine mit deutschen Filtern aufbrühte. «Heute abend zum Chinesen. Irgendwelche Fuzzis, die hier grad was abdrehen, geben ein Essen. Andi kommt bestimmt auch.»

Claudi hatte sich auf den Balkon gesetzt, mit Musils *Mann ohne Eigenschaften* in der Originalausgabe von 1952, einer Trophäe aus Lisas erst kürzlich beendeter Germanistikzeit. Mit der Halsstarrigkeit einer Bäuerin hielt Claudi den Wälzer vor sich her, als müsse sie sich mit den 1672 Seiten gegen jeden Einbruch der sie umgebenden Wirklichkeit schützen.

Udo gab ihr insgeheim recht. Aber, es war ein Instinkt des Männlichen, er mußte wissen, in welcher Nachbarschaft er sich befand. Deshalb besichtigte er zunächst den postmodernen Konsumtempel *The Mall*, er dünkte Udo wie die unermeßliche Vergrößerung des Schwabenzentrums. Übereinander und nebeneinander reihten sich nette Boutiquen, schicke Reisebüros, Papeterien und Apotheken. Man konnte hier rotbackige Äpfel kaufen, die aussahen, als kämen sie frisch von der Schwäbischen Alb. In der French Bakery gab es Quiche Lorraine mit Zwiebeln und Speck. Beim Buchhändler lagen, neben Kenia-Bildbänden, einige brandneue rororo-thriller.

Mit der Rolltreppe fuhr Udo wieder hinunter. Am Eingang standen Uniformierte mit Maschinengewehren. Links und rechts vom Eingang lagen Kranke und Krüppel, die entweder, unter Lumpen begraben, schliefen oder fiebrig die knochige Hand ausstreckten. Vor dem Eingang lauerten Straßenhändler, die Rosen verkauften, fünf Bananen anboten und einsame Batikbilder, mit fröhlichen afrikanischen Dörfern darauf. Die stürzten sich nun alle auf einmal auf Udo, der sich sagte: Hakuna matata. Ist doch alles okay hier.

Auf dem Rückweg zur Lantana Road erstand Udo an einer der Bretterbuden Bananen, Zitronen und eine große Ananas. Afrikanerinnen in bunten Tüchern, die ihre Lasten auf dem Kopf trugen, säumten wie Glasperlen die staubige Verkehrsader. Bremsen quietschten. Udo sprang zurück. Er hatte sich an die rabiate Geschwindigkeit des Linksverkehrs noch nicht gewöhnt.

Dieses geschäftige, flirrende Straßenbild gefiel ihm, sobald er den Verstand abschaltete, naiv gut. Die Wirklichkeit holte ihn ein, als er ins Haus zurückwollte: Erst schloß der Watchman die Gitter zum Hof auf, dann öffnete Mary die beiden Sicherheitsketten und die Spezialverriegelung am Türschloß. «Das ist normal hier», sagte Lisa, die knapp vom Computer aufsah. Sie saß, wie sie sagte, an einem längeren Feuilleton über das vergessene Elendsviertel Pumwani, das sie, obwohl es hier in Nairobi lag, selbst auf keinen Fall besuchen konnte. Ihr Artikel sollte als Aufmacher für die Wochenendseite des *Tagblatts* erscheinen.

Udo betrachtete das Foto, das neben ihr auf dem Tisch lag: Es zeigte die Müllhütten eines Slums, im Vordergrund starrte ein Kleinkind mit Tollkirschenaugen ernst in die Kamera. Lisa deutete auf das Portrait Daniel Arap Mois, das überall in öffentlichen Räumen herumhing, und das sie sogar in ihre Diele genagelt hatte. «Das erleichtert die Kontakte.» Lisa grinste. «Der Slum ist echt. Ein hiesiger Kollege hat ihn extra für mich abgeschossen.»

Der Chinese entpuppte sich als Inder. Bis sie dort allerdings ankamen, hatten viele Ketten gerasselt. Denn Lisa hatte mit ihrem Billigjeep, der spürbar keinerlei Federung hatte, in benachbarten Festungen noch vier Leute eingesammelt, die aus Schweden, Kanada und Deutschland kamen. Alle hatten sie hier Wichtiges zu tun, das dauerte und gefährlich war. Alle klagten mehrsprachig über uneinsehbare Vorgänge in undurchschaubaren Organisationen.

Bevor sie das Luxusrestaurant des indischen Chinesen betraten, mußte noch der Watchman bestochen werden, der sich für den Jeep verantwortlich zeigte. Erst dann wurden sie von einem Livrierten zu einem riesigen runden Tisch geleitet. In der Halle, die von Säulen reichhaltig gestützt wurde, saßen nur wenige betuchte Afrikaner. Die meisten, die hier speisten, waren indische, bewußt traditionell gekleidete Geschäftsleute. Hier und da zeigten sich europäische Grüppchen, die Herren in Jeans, die Damen schulterfrei.

Claudi guckte. In so einem Schuppen war sie noch nie gewesen. «Das ist hier normal», sagte Lisa. Es gab ein big Hello. Aber Lisa hatte schon vorgewarnt: Keiner konnte den anderen leiden, wo man hinsah, Intrigen und Haß. In Europa wäre man sich aus dem Weg gegangen, hier blieb man aufeinander angewiesen.

Während vierzehn verschiedene Vorspeisen kamen, die in der Tischmitte flämmchenuntermalt und häppchengerecht rotierten, erzählte man sich von neuesten Ausraubungen. Bei Lisa war erst vor vierzehn Tagen eingebrochen worden; der Räuber hatte sie, nachdem der Watchman geflohen war, persönlich mit dem Messer bedroht. Diese Geschichte kannte aber schon jeder. Star war jetzt ein milchhäutiges Mädchen, das bei der UNEP arbeitete. Im Uhuru Park hatte man sie splitternackig ausgezogen, ihr alles geraubt, bloß die Ohrringe nicht. Die hatte man nämlich vergessen. Lächelnd legte das Mädel die Ohren bloß und zeigte die Erbstücke ihrer Oma.

Ein bärtiger Kerl, einer von denen, die auf Fernsehen machten und von deren Spesen die Sause hier abging, erzählte von einem lautlosen Überfall in einem überfüllten Matatu. Und so fort. Das Verbrechen ging herum wie das Reisschüsselchen, das vom eigens herumstehenden Inder alle fünf Minuten neu aufgefüllt wurde.

«Iß was», sagte Udo zu Claudi.

Claudi würgte eher. Udo streichelte ihre Hand. «Ist Andi hier?» fragte er Lisa, die teures englisches Bier hinunterschüttete und munter nach den flambierten Erdnüssen griff.

«Vielleicht kommt er noch», erwiderte sie, bevor sie sich die Stäbchen kunstfertig in den Mund steckte.

«Andi», rief einer und lachte. «Hat Frau und Kind auf dem Hals. Mal sehen, was Rose-Ann dazu sagt.»

«Ich hab gestern nachmittag mit Vera telefoniert», sagte eine, die nach Frauensolidarität aussah, «sie wollte heute mit dem Kleinen gleich los, zum Ngorongoro-Krater.»

Die ganze Jagd, fand Udo, nahm wahnwitzige Züge an. Aber sein journalistisches Gespür hatte ihn noch nie getrogen. Und ungewöhnliche Situationen fordern eben ungewöhnliche Mittel. Er wollte Vera Haigis finden. Bevor es zu spät war. «Urlaub», sagte er zu Claudi, die im versalzenen Gemüse stocherte, «eine Safari wird uns guttun.»

24

«Raus!» schrie Heckmann. Der untersetzte Kerl mit dem Schnauzer, der trotz der hochsommerlichen Hitze in eine schwere Lederkluft gezwängt war, ließ sich nicht beirren. Lässig verließ er den Glassarg des Lokalen wieder und klopfte diesmal an die Scheibe.

«Herein», sagte Heckmann.

«Ich suche den Lokalchef», erklärte der Belederte.

«Der bin ich», erwiderte Heckmann.

«Ossi» Oswald machte einen Satz. «Und Winterhalter?»

«Feuilletonredakteur», Kunstpause, «Winterhalter ist bis Mitte August im Urlaub.»

«Herzlich», sagte Ossi.

Auf dem Gang stieß er auf Kaffka. «Sie suchen Udo Winterhalter? Kann ich Ihnen helfen?»

Ossi beäugte das schüttere Männchen. «Wohl kaum.»

«Stichwort *Friedrichstraße*», flüsterte Kaffka. «Sind Sie Hauptkommissar Oswald aus Dresden?»

Die Medienseite überließ Kaffka der Volontärin. Die Seite würde miserabel und darob vom Chefredakteur heftig beklatscht werden.

Kaffka setzte sich mit Ossi draußen vors *Jenseitz*, wo Ossi die leicht overdresste Hardcore-Figur abgab. Der Verkehr staute sich an der Ampel Bebel-/Schwabstaße, Ossi zog hustend eine Havanna heraus. «Sie wissen Bescheid!» Es klang gelassen nach Befehl.

«Nicht alles.» Kaffka schluckte.

Ossi zog einen dicken Umschlag aus der schwarzen Motorradjacke, den er achtlos geknickt hatte. Als Absender fungierte der Ombudsmann der Bundesanwaltschaft in Bern, adressiert war er an keinen, Briefmarke und Poststempel gab es auch nicht. «Hör zu», raunte Ossi. «Wie ich an das Ding gekommen bin, geht keinen was an. Vergiß, daß du mich getroffen hast. Sicher ist», er paffte, «daß das der einzige Beweis für eure Schose ist. Die Akten in Ostberlin sind vernichtet.»

Zitternd öffnete Kaffka den Umschlag. Darin steckte ein Bündel kopierter Karteikarten.

«Name: Uhlenhaas geb. O e h r l i
Vorname: Alexandra
geboren: 14. 5. 1934 in: Basel
Heimat: Basel
Eltern: Urs und Helene geb. Storz
Zivilstand: geschieden; Ehe mit Per Uhlenhaas, 2. 7. 1927, 1956–61, Deutscher
Kinder: Johannes 1961
Beruf: Journalistin»

Die Wohnorte waren mehrmals durchgestrichen, die älteren offenbar überklebt. Zuletzt hatte Alexandra Uhlenhaas Wohnsitze in Zürich, Basel, Stuttgart und Westberlin.

Links stand jeweils die Aktenbezeichnung, dann folgten Datum, Gegenstand und Fiche-Nummer. Die erste Eintragung war am 3.6.1967. Danach hatten die Schweizer Staatsschnüffler sauber gearbeitet: Kaum ein Vierteljahr verging, in dem ihnen zu Uhlenhaas nichts Neues einfiel. Etwa ein Drittel der Eintragungen war dick geschwärzt.

Ossi riß Kaffka die Fiche aus der Hand. «Das meiste ist kalter Kaffee.» Er blätterte. «Hier.»

Am ersten Spieltag verlor Nürnberg 4:0 gegen Rostock. Die Frage nach dem Heimkomplex, dem die Nürnberger immer wieder unterlagen, stellte sich für die Rostocker sichtlich nicht. Das gab Böttiger den Rest. Heftig wetterte er gegen den Aufsteiger aus der Oberliga Nordost, der vorher «DDR-Nationalliga» war. Sagte Böttiger und rief: «Hansa Rostock. Das darf ja nicht wahr sein! 4:0! Wenn die Saison so anfängt, kann man gleich alles vergessen. Aber ich hab's ja gesagt, das mit dem Entenmann geht nicht gut. Einen Schwaben als Trainer. O Gott!»

Kaffka bekräftigte Sportredakteur Böttiger in allem und hoffte, es gehe vorbei. Was den Fußball betraf, interessierte sich Kaffka ausschließlich für Ror Wolf, das heißt, für dessen ästhetisch hochrangige Fußballhörspiele, die er auf seiner Medienseite hundertneunzigzeilig lobte. Böttiger dagegen sprach unentwegt von einem Fußballreporter namens Günther Koch, der wie Böttiger selber aus Franken kam und auf unsagbare Weise «Tooor!» schrie.

Kaum hatte Böttiger aufgelegt, rief Späth an und begann mit einem medienkritischen Vortrag über die Verwurstung der Wirklichkeit im Fernsehfilm. «Das Herausgreifen des Verwertbaren», rief Späth, «setzt Kunst und Leben in eins und schafft beim Zuschauer die Illusion der getreuen Abbildung.»

Kaffka kannte Späth nicht. Er hielt ihn für einen durchgeknallten Leser seiner *Tagblatt*-Seite und wollte ihn eben abwürgen, da rückte Späth heraus: Er müsse ihn noch an diesem Samstagabend treffen, es sei dringend. «Da das Fernsehen um diese Illusionsbildung weiß, ihr sogar erliegt, also selber daran glaubt, an die Wirkung derselben – deshalb muß einer, der sich mit seiner Arbeit gegen das Medium an sich oder gegen Personen dieses Mediums frontal richtet, unschädlich gemacht werden.»

«Was Sie nicht sagen», erwiderte Kaffka.

Wieder und wieder besah er sich die Fiche. Ein ähnliches Dokument hatte die Schweiz heimlich über jeden noch so entlegenen Staatsbürger verfertigt, der nicht unbedingt die Meinung der *Neuen Zürcher Zeitung* teilte. Das zugehörige Skandälchen, das jeden rechtschaffenen Schweizer betroffen machte, nahm sich hierzulande so idyllisch aus, daß Kaffka haarfein lächelte. Was in der kleinen Schweiz ungehörig ist und in der Ex-DDR ein Trauma, ist bei uns die Tagesordnung, überlegte er gallig. Und jeder ist dabei der Überzeugung, wir seien die beste aller Demokratien. Prost!

Kaffka machte ein Bier auf. Es zischte. Er nahm einen tiefen Zug aus der Flasche. Ossi hatte sich abgesichert. Dem konnte keiner ans Leder. Weiß der Teufel, wie er an das Ding gekommen war, Freunde hatte der windige Hund sicher. Und die würden ihm, warum auch immer, die Stange halten. Was sollte Kaffka jetzt tun? Jetzt, wo Udo nicht da war? Sollte er mit der Fiche zur Polizei gehen? Das war lachhaft. In der Fiche stand nur, wann und wie lange die Uhlenhaas jeweils in der DDR war, was sie dort in welchem Restaurant mit wem gespeist und wo sie mit wem übernachtet hatte. Das reichte, um sie in Verruf zu bringen, oder wer übernachtet schadlos mit einem Christdemokraten und späteren Minister, der dazuhin verheiratet ist. Den Vorwurf, sie habe Terroristen überführt, rechtfertigte das nicht. Einen gemeinen Mord schon gar nicht.

Und wenn Kaffka das Ding den Bullen übergab, so konnte er wohl schwerlich behaupten, er habe es auf der Straße gefunden.

«Kennen Sie Oswald?» fragte Kaffka.

Späth verneinte. Sie saßen in Kaffkas Wohnzimmer, das Matyldes Schwester, eine Innenarchitektin, derart kühl ausstaffiert hatte, daß es aussah wie auf einer Messe. Späth wirkte darin noch fadenscheiniger. Angesichts des poolähnlichen Sofas schrie jede Faser seines Straßenanzugs nach großzügiger Erneuerung.

«Nur so halt.» Kaffka seufzte. Dann schwieg er.

Beim Durchforsten der nationalen Presseerzeugnisse der letzten Woche stieß Kaffka auf eine längere Meldung im *Vermischten*, die von dem gemeinen Mord an einer Ostberlinerin namens Gertrud H. auf dem Hugenottenfriedhof berichtete. Er wurde, da der Kieferknochen der Ermordeten nach dem Todeseintritt durch Erschießen nachträglich noch zermatscht worden sei, einer Gruppe von Skinheads zugeschrieben. Diese Gruppe habe sich das Zertreten des Kiefers zum makabren Sport gemacht, Todesfälle seien jedoch bei den Opfern vorher keine zu verzeichnen gewesen. Einige säßen derweil in Untersuchungshaft. Mutmaßlicher Schütze sei ein ehemaliger Offizier der Nationalen Volksarmee.

In einer anderen Zeitung fand er den Hinweis, der bei ihm bislang in der Redaktion noch gar nicht eingegangen war: Xeni Uhlenhaas avancierte zur Programmdirektorin eines Privatfernsehsenders, der sich soeben in Ostberlin niederließ.

25

Von Arusha aus startete der Jeep. Claudi und Udo hatten über die verwinkelten Kontakte eines der Fernsehfuzzis auf der Stelle ihre Visumsstempel für Tanzania bekommen; es hatte sie läppische hundert Dollar gekostet. *Each*. In Arusha übernachteten sie dafür nach gehabtem Billigflug im *YMCA*, für fast nichts. Wir sind halt doch Schwaben, dachte Claudi, hütete sich aber, das dem überzeugten Alemannen Udo mitzuteilen, der als gestandener Schwarzwälder die angrenzenden Schwaben, unter denen er sich gemeinhin befand, aufs entschiedenste haßte. Sie erwachten, sofern sie überhaupt geschlafen hatten, voller Wanzenbisse und Moskitostiche, im Bad gab es zum dürren Rinnsal Armeen von Kakerlaken. «Hör auf zu heulen», sagte Udo.

Der Fahrer hieß Best. Er war absolut taub, aber der Rest der Mannschaft war mit den schwarzen Rasta-Nummern, deren Bässe aus seinem Walkman quollen, synkopisch zum Geholper prima unterhalten. Außer Claudi und Udo fuhren noch zwei Pärchen mit, ein treudoof amerikanisches, das immer *Look! Look!* schrie, und die beiden australischen Freundinnen, die schon seit acht Monaten schier ohne Geld unterwegs waren und in entsprechendem Zustand.

Sie kamen durch Dörfchen, die etwas Wildwesthaftes hatten. Hier, im Norden Tanzanias, schien die Welt noch in Ordnung; zumindest an den Durchgangsstrecken des Tourismus. Die Kids, die ihnen vom staubigen Fahrbahnrand aus zuwinkten, hatten einen Glanz in den Augen. Sie waren nicht unterernährter als die kleinen US-Macs, die von Burgers und Fritten lebten. Die schachtelartigen Kaschemmen am Straßenrand verkauften ausschließlich Produkte der Firma Coca-Cola. Claudi mußte pinkeln. Als sie zurückkam, guckte sie wieder skeptisch.

Sie übernachteten in einer Art afrikanischer Rocky Mountains Ranch. Es gab ein völkerverständigendes Essen mit fünf Gängen. Udo, der zunehmend Dünnschiß hatte, verzichtete auf den Salat, der, wie Claudi fand, griechisch aussah. «Great», sagten die Amerikaner.

Bereits auf der steilen Einfahrt zum Ngorongoro-Krater fühlte sich Claudi wie daheim. Ihr gefiel das Gebirgige, Geröllhafte, das Karge, das in eine Weite wies, die sie von zu Hause nicht kannte. Wie immer, wenn sie überwältigt war, sprach sie lange nicht. Erst als sie auf 2000 Metern Meereshöhe angekommen waren und sich in den zum Teil bewaldeten Kraterboden hineinschlängelten, schrie sie: «Dort, dort!» Vier Warzenschweine trippelten, der Größe nach wie matte, braune Perlen, hinein in die Vulkanlandschaft. Ihre Flucht vor dem Jeep hatte etwas routiniert Tänzelndes.

Der atemberaubend malerische Vulkankrater hatte einen Durchmesser von fast zwanzig Kilometern, und obwohl es nach Lisas Auskunft sicher schien, daß Vera Haigis mit Max auch an diesem Sonntag noch irgendwo hier herumkreuzte, bevor sie sich aufmachte in die Unendlichkeit der Serengeti, schien das Unternehmen aussichtslos. «Bisher hat doch alles saumäßig gut geklappt», sagte Udo.

Als Claudi das erste Nashorn sah, genau genommen zwei Nashörner, eine stillende Mutter mit Baby, da sah sie fast religiös aus. Udo fand ihre Begeisterung für dies Naturerlebnis etwas übersteigert, zumal sich Claudi nicht das geringste aus den Menschen hier machte. Aus moralischen Gründen schreckte sie vor jeder Berührung mit einem Afrikaner zurück, was freilich prompt mißverstanden wurde. Sie litt unter einem imperialistischen Schuldkomplex. Schuld daran war, wie immer, der rote Karle.

Best fuhr üblich säuisch. Nach zehn Kilometern hatten sie eine Reifenpanne, die er sofort bemerkte und mit einem genauso blutjungen Kollegen, der herbeigerast kam, lautstark behob. Die beiden Australierinnen vergnügten sich derweil mit drei glutäugigen Spaniern, die nicht minder herabgekommen waren. Die Amis lutschten rote Bananen wie die Äffchen. Dutzendweise schwenkten sie die fetten Früchte durch die Luft. «Nimm eine», sagte Claudi zu Udo, der sich suchend nach Büschen umsah, «das stopft.»

Im Schrittempo durchquerten sie eine Büffelherde, deren Glotzen Udo zumal ängstigte. Gleich darauf dasselbe mit Gnus, dann Gazellen. Udo mochte die Zebras, was ihm rätselhaft schien, zumal er das riesige Geschlechtsteil der männlichen Exemplare unmöglich fand. Claudi schwieg und guckte.

Sie rasten über einen gut ausgebauten Weg. «Look! Look!» schrien die Amis. Im Gras saß ein einsamer Löwe. Er war nicht weit entfernt. Best bremste. Er mußte einem Jeep ausweichen. Sie hielten. «Wenn i dös im Kostn hob», hörte man daraus rufen, «dann konn i gehn.»

Jetzt sah es endlich auch Udo: Direkt neben dem offenen Jeep bumsten zwei Löwen, bewacht von drei Jungtieren, friedlich in der Sonne. Der Löwenmann stieg auf die Frau hinauf, scheinbar zögernd erst, dann immer zielsicherer, und verrichtete stoßende Bewegungen. Dabei biß er die Löwenfrau heftig ins Genick, bis er brüllend von ihr abließ. Die Löwenfrau drehte sich in Zeitlupe auf den Rücken und räkelte sich träge. Udo fühlte sich seltsam ertappt.

An einem Hippo-Pool unter den Bäumen machten sie Rast. Alle packten die Eierbrote aus, die sie auf der Ranch bekommen hatten. Es war wie bei einem Schulausflug. Claudi kiekste: Ein geierartiger Vogel stürzte herab und klaute ihr das halbe Sandwich aus der Hand. Alle lachten, am lautesten die Australierin, die es als nächste erwischte.

Udo stierte fasziniert in den Tümpel. Ein Nilpferd apportierte eine Schilfinsel. Man sah das untergetauchte Nilpferd nicht, man hörte nur sein Schnauben. Die Insel schiffte gemächlich wie ein Lastkahn über das Wasser. Claudi beobachtete ein anderes Nilpferd, das an Land ging. Sie fand, es sah aus wie Purzel-Stalin, wenn er aus dem Göttelbach kam.

Ein paar Massai näherten sich zögerlich und setzten sich unter einen Baum. Sie wirkten wie Pilger. Die Männer trugen Speere mit sich. Die Amis erzählten, es gebe einen Initiationsritus, nach dem die jungen Massaimänner zum Zeichen ihrer Mannhaftigkeit erst einmal einen Löwen erlegen müßten. Das habe die Regierung aber den Massai, die hier oben ihre Weiderechte hätten, wegen Tierschutz verboten, und jetzt nähmen die Löwen immer mehr zu und fräßen den Massai das Vieh auf.

Claudi fürchtete sich ein wenig vor dem Fremdartigen der bunt gewandeten, hageren Männer und noch mehr vor der Glatzköpfigkeit der Frauen, die von oben bis unten mit bunten Glasperlen behängt waren. Offensichtlich waren die Massai der Stamm, der am wenigsten Lust hatte, sich anzupassen. Die westliche Mode trugen sie allenfalls als ironisch wirkende Accessoires. Claudi lachte laut auf, als sie einen Jüngling mit viel zu großem Gamsbarthut erblickte, der ihm fast gar über die Ohren ging. Der schöne Jüngling, der dies als ein Zeichen ihrer arglosen Freude wertete, lachte lustig zurück. Und lüftete seinen Hut, was er vom ursprünglichen Träger des bayerischen Haarschmucks gelernt haben mußte. Darunter zum Vorschein kam ein Filmdöschen, das er sich ins riesige Ohrloch gesteckt hatte. Claudi pustete und zeigte mit dem Finger auf ihn.

«Spinnst du?» raunte Udo. Der Gamsbartträger indes kam begeistert heran. Dicht vor Claudi blieb er stehen und entblößte sein weit auseinanderstehendes Gebiß. Dann redete er sehr schnell auf sie ein und berührte ihre nackte Schulter dabei. Claudi wich zurück. Der Massai deutete auf sein Filmdöschen im Ohr und hielt dabei Claudis Handgelenk fest.

«Er will tauschen», erklärte Udo. «Sein Filmdöschen gegen deine Uhr.»

«Wenn's weiter nichts ist», sagte Claudi und schüttelte den Jüngling ab. Dann machte sie ihre Kaufhaus-Uhr los und zeigte dem Kerl, wie sie funktionierte: Man mußte auf einen Knopf drücken, der die Nase von Micky Maus war, und die Leuchtanzeige sprang oben heraus. Der Massai strahlte.

In der Dunkelheit waren sie zurück in Arusha. «I bring you», sagte der nächstbeste Afrikaner. Udo, der wußte, daß hinter ihm schon der nächste lauerte, nickte erschöpft. Sie durchkreuzten mehrmals das Hotelviertel, umsonst. Und das mit den Rucksäkken! Nach eineinhalb Stunden fanden sie etwas abgelegen ein Zimmer, das satte fünfzig Dollar kostete und sogar hübsch war. Udo wollte nichts mehr und bezahlte alles, plus Begleiter, ordentlich.

Und benutzte ausgiebig die Toilette. Claudi duschte. Dann legte sie sich nackt auf das steife, weiße Leintuch und besah sich das Filmdöschen. Als Udo sie so sah, dachte er an die Löwen. Er ging in die Bar, Tanzania-Bier holen, das kein Etikett hatte und bei dem jede Flasche unterschiedlich voll war und anders schmeckte.

«Guck mal», sagte Claudi, als er zurückkam. Sie fuchtelte aufgeregt mit dem Filmstreifen, der auf den Boden fiel. Udo hob ihn auf und hielt die Negative ins Licht. Meine Brille, dachte er.

«Eindeutig», rief Claudi. Jetzt sah Udo es auch: Über der Tür des Zweifamilienhauses stand *Zum singenden Schwan*. Auf den Fotos abgebildet war immer wieder Vera Haigis, mehr oder minder an der Grenze zur Nacktheit. Einige Male hielt sie ein Mann im Arm, der schmal und gelockt war. Es war, das zeigten die Nahaufnahmen, ohne jeden Zweifel Jo Kulbe.

Max fuhr allein weiter in die Serengeti. Eine gute Bekannte von Andreas, Patricia, hatte ihn, ohne viel zu fragen, begleitet. Sie spürte wohl, daß Max und Frau Engert nicht das beste Verhältnis hatten, und ließ sich die Reise von ihr gerne bezahlen.

Nun fühlte sich Frau Engert endlich frei, aber auch seltsam angespannt, als sie am Montag über Dar-es-Salaam weiter nach Zanzibar Town flog. Dort erwartete sie brütende, feuchte Hitze. Mit dem Taxi ließ sie sich in das ehemalige Gästehaus des Sultans bringen, das nun das *Zanzibar Hotel* war. Sie mietete ein einstmals herrschaftliches Zimmer mit einem riesigen Bett und einem schier überdimensionalen Moskitonetz aus naturweißer Baumwolle, das bis hinunter auf den Boden ging. Der schwarze Ventilator klappte, wenn man den brüchigen Schalter zu hoch drehte. Durch die verfallenen Fensterläden drang leises Gelächter herein. In der Ecke war ein gesprungenes Waschbecken, neben dem die Karaffe stand: Wasser gab es nur zu willkürlichen Zeiten.

Es war ein Zimmer, in dem man, wäre man Hemingway gewesen, einen herrlichen Roman hätte schreiben können. Das einstmals Prunkvolle, nun trotz aller Reinlichkeit von der Tropenluft Angekränkelte, das gab dem Raum eine so lyrische Atmosphäre, daß Frau Engert ihr dickes Heft herausnahm. Dann steckte sie es wieder weg. In diesem Zimmer würde sie die Wahrheit schreiben, sie würde aufschreiben, wie es damals wirklich gewesen war.

Frau Engert setzte sich auf den Balkon des *Africa House*, trank ein Ginger Ale (Mineralwasser gab es nicht), blickte auf das Meer und sah dem unerhörtesten Sonnenuntergang zu, den es auf der Welt geben konnte. Die Fischer, die ihre Boote hereinbrachten, wurden darunter immer schwärzer. Während sich oben der

Himmel zu rabiaten Tönen formte, die ins grünrotblaue Wasser zurückfielen. Es war ein Sonnenuntergang, bei dem man plötzlich wußte, daß das Leben schön war, daß es sich lohnte. Frau Engert nahm ihre letzte Light-Zigarette.

«Du hättest hier nicht auftauchen dürfen», sagte Jo. «Kaum bin ich hier, irgendwie.»

Frau Engert lächelte. «It's time to pay now.»

«Meine Schulden bei dir sind abbezahlt», schrie Jo. Im trüben Halbdunkel sah er gar nicht mehr schön aus, ein überheblicher Mensch, den die Angst verzerrt hat. «Hundert- und tausendfach, samt der Sache mit Onkel Reinhard. Ich hab es satt, für euch zu schuften, für dich und deinen feinen Andreas. Der dich aus der Scheiße gezogen hat, damit er sich an mir bereichert.»

«Gebongt», erwiderte Frau Engert. «Aber warum hast du mir gedroht?»

«Hab ich das?» höhnte Jo. «Nur, weil ich alles weiß? Weil ich's dir jetzt gleich irgendwie ins Gesicht sage?»

Der Balkon hatte sich geleert. Nur Frau Engert und Jo standen sich im Dunkel gegenüber. Es rauschten die Palmen. Hätten die Stimmen nicht so gezischt, es wäre idyllisch gewesen.

Jo setzte sich dicht an der Brüstung in einen der herumstehenden Clubsessel. «Du warst es, der Wolf entdeckt hat. Du hattest die Schule geschwänzt und bist hinaufgegangen. Dort hast du Wolf gefunden. Du hast gedacht, daß er tot ist. Und du hast das gleiche gedacht wie Heiko, nämlich, daß der Ofen nicht funktioniert. Du hast gedacht, Wolf hat sich mit dem Qualm vergiftet, und geglaubt, Heiko sei schuld. Weil er den Ofen nicht zum Laufen gebracht hatte. Du hast geglaubt, Heiko müsse wegen dem Unfall von der Schule. Kurz vor dem Abi. Du wolltest ihn schützen. Wo Wolf sowieso tot war. Und da hast du Wolf die Nadel in den Arm geschossen. Damit jeder glaubte, er habe sich den Goldenen Schuß gesetzt.»

Frau Engert lächelte.

«Dann hast du erfahren, daß der Ofen funktioniert hat. Du bist höllisch erschrocken. Weil Wolf womöglich doch nicht tot war. Sondern nur einen seiner gräßlichen Krämpfe gehabt hatte und deshalb so schlimm aussah. Du hast gedacht, er sei nur bewußtlos gewesen und du hättest ihn mit der Luft in der Spritze umgebracht.»

Sie schwieg. Und schaute Jo an. Starr. Geduldig.

«Heiko hat Wolf gezwungen, die Tabletten zu nehmen. Und eiskalt einen Gastod vorgetäuscht. Was schiefgelaufen wäre, wenn du dich nicht als Retterin aufgespielt hättest. Durch die Nadel war Heiko all die Jahre aus dem Schneider.»

«Du steckst selber bis zum Hals im Dreck», flüsterte Frau Engert. «Du kannst mir nichts anhaben. Du mit deinen Drogendeals, grad du. Über dich weiß ich Bescheid. Über dich hab ich im Laufe der Jahre alles gelernt. Wieviel Fixer hast du auf dem Gewissen, von Wolf bis zu mir? Hä?» Jetzt schrie sie.

«Sicher», erwiderte Jo Kulbe, «und ich war ja nicht dabei, als du Heiko umgelegt hast.» Er grinste. «Ist übrigens verständlich, irgendwie.»

«Ich war es nicht.» Vergeblich suchte Frau Engert nach einer Zigarette. Sie klang auf einmal wieder sehr ruhig. «Die Tür war offen. Ich bin hineingegangen. Er war schon tot. Und überall meine Fingerabdrücke!»

Nach dem Frühstück ging Frau Engert hinunter ans Meer. Auf den Wellen schaukelten kleine, motorisierte Holzboote. Sie gehörten Jo. Seine Jungs, die damit die Touristen auf die winzige Trauminsel Prison Island und wieder zurück brachten, warteten mit ins Wasser hängenden Füßen auf Kundschaft. Munter sahen sie Frau Engert zu, die sich ihnen langsam näherte. Zwei sprangen auf. Frau Engert musterte sie rasch. Sie wählte den Dünnsten, einen baumlangen Kerl, der gelangweilt auf seinem Boot saß und ins Wasser stierte.

26 ——— Als Udo und Claudi drei Tage später auf Zanzibar ankamen, hörten sie es schon auf dem Flughafen von einem abreisenden Rucksacktouristen: Ein schwarzer Bootsjunge habe einen Deutschen erstochen. Der Mörder sei geflohen, laufe irgendwo auf der Insel noch frei herum. «Also mir wird's zu heiß hier.»

«Afrika», sagte Udo, der braungebrannt war und schwitzte. Auf dem Nasenrücken löste sich die Haut ab. Er grinste und zuckte die Schultern.

Sie gingen durch *Stone Town*, die Altstadt. Die weiß gekalkten, mehrstöckigen Steinhäuser, die sich in den winkligen Gassen eng aneinanderdrückten, hatten kunstvoll geschnitzte Türen. Die Menschen, die herumgingen, sahen aus, als bewegten sie sich in einer Kulissenwelt. «Ein Freilichtmuseum», sagte Claudi. «Meinst du, ich krieg die Malaria?»

«Ach wo.» Udo grinste breit. «Sollen wir lieber in der Neustadt wohnen? Die Betonklötze dort wurden Anfang der Siebziger mit einem Wohnungsbauprogramm von der DDR gebaut.»

«Komm, gang mer weg», rief Claudi.

«Wirklich, ich fang an, mich zu erholen», sagte Udo. «Man ist von allem so weit entfernt.»

«Das Meer», schrie Claudi. Sie zeigte zwischen die Wände: Da hinten lag es. Boote schaukelten leis auf den Wellen, weit draußen. Claudi ließ den Rucksack fallen und rannte. Ihr ausgefranstes blaues Baumwollkleid flatterte im Wind. An diesem Tag paßte es ausgezeichnet zum Himmel.